AF546182

VIRGINIE GRIMALDI

UNSER TAG IST HEUTE

ROMAN

Aus dem Französischen
von Maria Hoffmann-Dartevelle

Die Originalausgabe erschien 2022
unter dem Titel *Il nous restera ça*
bei Éditions Fayard, Paris.

Penguin Random House Verlagsgruppe FSC® N001967

16. Auflage

Neumarkter Straße 28, 81673 München
produktsicherheit@penguinrandomhouse.de
(Vorstehende Angaben sind zugleich Pflichtinformationen nach GPSR.)

Redaktion: Susanne Kiesow
Umschlaggestaltung: bürosüd
Satz: GGP Media GmbH, Pößneck
Druck und Bindung: GGP Media GmbH, Pößneck
Printed in Germany
ISBN 978-3-328-60329-0
www.penguin-verlag.de

Liebe Leserin, lieber Leser,

willkommen bei Jeanne, Iris und Théo.
Ich hoffe, ihr werdet euch bei ihnen zu Hause fühlen.
Danke, dass ihr mich lest!

Liebe Grüße
Virginie Grimaldi

Für Serena, Sophie und Cynthia,
meine Gewissheiten

In allem ist ein Riss.
Das ist der Spalt, durch den das Licht fällt.

Leonard Cohen

Man darf vor dem Glück keine Angst haben,
es ist einfach ein schönes Erlebnis.

Romain Gary

Prolog

Jeanne

Drei Monate vorher

Der große Tag war gekommen. Jeanne hatte die ganze Nacht nicht geschlafen. Sie steckte sich das Haar hoch und befestigte den Schleier mit Haarklammern. Ihre Hände zitterten leicht, deshalb war es nicht ganz einfach. Trotz der vielen Angebote von allen Seiten hatte sie darauf bestanden, bei den Vorbereitungen allein zu sein. Sie wusste, wie wichtig dieser Augenblick war, dieser Schlüsselmoment, der sich einem tief ins Gedächtnis eingräbt und es nie mehr verlässt, und wollte sich ihm ganz und gar und ohne Ablenkung hingeben. Die Junisonne, die durchs Fenster fiel, überflutete das Eichenparkett ihres Schlafzimmers. Diese goldene Pfütze war ihr liebster Platz in der Wohnung. Sie bildete sich am späteren Vormittag, wenn die Sonnenstrahlen sich einen Weg zwischen den Schornsteinen der gegenüberliegenden Häuser bahnten. Nichts mochte Jeanne lieber, als mit beiden Füßen in dieser sanften Wärme zu stehen. Eines Tages hatte Pierre sie dabei überrascht, wie sie mit geschlossenen Augen und ausgebreiteten Armen in Sonne gebadet am Fenster stand. Vollkommen nackt. Am liebsten wäre sie in den Spalten des Parkettbodens versunken, so sehr hatte sie sich geschämt.

Aber Pierre hatte nur gelacht: »Ich habe immer davon geträumt, ein Erdmännchen zu heiraten.«

Es war ein ungewöhnlicher, origineller, geradezu verrückter Heiratsantrag gewesen. Der vierte, seit sie zusammengezogen waren. Alle anderen hatte Jeanne aus Freiheitsliebe abgelehnt. Dort aber, in der Sonnenpfütze, fasziniert von der ausgefallenen Idee dieses Mannes, der ihren Freiheitswunsch akzeptierte, hatte sie Ja gesagt.

Im Wohnzimmer schlug die Wanduhr. Jeanne war spät dran. Sie warf einen letzten Blick in den Spiegel und verließ die Wohnung.

Sie hatte beschlossen, zu Fuß zur Kirche zu gehen, die nur zwei Straßen entfernt lag. Auf dem Weg dorthin zog sie die Blicke auf sich. Köpfe wandten sich um. Ein junges Mädchen filmte sie mit dem Handy. Ihre Aufmachung fiel auf. Jeanne merkte nichts davon, so sehr beherrschte sie ein einziger Gedanke: In wenigen Minuten würde sie bei Pierre sein. Er würde da sein, in dem schönen grauen Anzug, den sie für ihn ausgesucht hatte.

Der Vorplatz war leer. Alle waren schon in der Kirche. Jeanne strich den Stoff ihres langen Kleides glatt und bemühte sich, ihr Zittern zu beherrschen. Nur mit Mühe hielt sie sich auf den Beinen. Sie setzte ein Lächeln auf und schritt durch das hölzerne Portal.

Die Kirche war randvoll. Die Bänke hatten nicht ausgereicht, weshalb man an den Seiten Stühle aufgestellt hatte, und einige Leute standen sogar. Alle Blicke wandten sich zu Jeanne. Sie beachtete sie nicht. Langsam schritt sie durch das Kirchenschiff und ließ dabei Pierre nicht aus den Augen. Für einen Moment fragte sie sich, ob ihre Brust das wilde Klopfen ihres Herzens aushalten würde. Die Orgel spielte ein Stück, das sie nicht kannte, dabei hatte sie sich »Hallelujah« von Leonard Cohen gewünscht. Mit gefalteten Händen stand der Priester am Altar.

Zu ihrer Rechten bemerkte Jeanne eine Regung. Suzanne zeigte auf einen freien Platz in der ersten Reihe. Sie lächelte und ging weiter, dem Mann entgegen, den sie liebte.

Als sie auf seiner Höhe ankam, verstummte die Orgel. Tiefe Stille machte sich breit. Lange betrachtete Jeanne Pierres Gesicht. Seine langen Wimpern, sein rundes Kinn, seine gerade Stirn. An seinen Gesichtszügen hatte sie sich nie sattsehen können. Sie waren zu ihrer Landschaft, ihrem Lebensraum geworden. Wie könnte sie ohne sie leben? Das Räuspern des Priesters kündigte den Beginn der Messe an. Jeanne lächelte ihm zu und musste wieder an Vater Maurice denken, der sie vor fünfzig Jahren in ebendieser Kirche getraut hatte. Dann hob sie ihren schwarzen Schleier, stützte sich, während sie sich vorbeugte, auf den Sargrand und küsste die Lippen ihres Mannes ein letztes Mal.

Théo

Zwei Monate zuvor

Ich habe ein altes Auto gefunden. Ein Typ ist in die Bäckerei gekommen und hat gefragt, ob er eine Verkaufsanzeige im Laden aufhängen könnte. Ich war gerade dabei, die Kaffee-Eclairs mit Glasur zu überziehen.

»Es ist dringend«, hat er zu Nathalie gesagt, »ich brauche Geld.«

Sie hat abgelehnt, diese Zettelwirtschaft im Laden findet sie furchtbar. Regelmäßig wimmelt sie Leute ab, die Werbeflyer oder Annoncen auf die Theke legen wollen. Der Typ war schon draußen auf dem Bürgersteig, als ich ihn eingeholt habe. Er sah eher abschreckend als vertrauenerweckend aus mit seinem zuckenden Auge und seinen riesigen Händen. Aber er brauchte Geld und ich ein Auto.

Nach Ladenschluss hat er mich auf dem Parkplatz erwartet. Bei dem niedrigen Preis war ich auf das Schlimmste gefasst. Aber es war noch schlimmer. Ein weißer Peugeot 205 mit verbeultem Kotflügel, und der Rest war auch nicht besser. Das

Peugeot-Logo auf Motorhaube und Heckklappe hatte er durch eines von Ferrari ersetzt. Die gesamte Heckscheibe war mit wenig geschmackvollen Aufklebern überzogen. Ich wollte mir den Motor ansehen, aber die Motorhaube ließ sich einfach nicht öffnen. Der Wagen startete, das war die Hauptsache.

»Dafür gebe ich dir hundert Euro«, habe ich gesagt.

»Dreihundert, nicht verhandelbar«, hat er geantwortet.

»Der fährt nicht mehr lange, dreihundert ist er nicht wert.«

Sein Auge hat schneller gezuckt, vielleicht drohte er mir gerade mit Morsezeichen.

»Nicht verhandelbar, habe ich gesagt, klau mir nicht meine Zeit. Willst du ihn, oder willst du ihn nicht?«

Ich bin noch mal um den Wagen herumgegangen, habe mir die Sitze angeguckt, die in ziemlich gutem Zustand waren.

»Zweihundert und ein Kaffee-Eclair. Mehr habe ich nicht, Bro.«

Er hat zu Boden geschaut, und ich habe die Gelegenheit genutzt, um mir seine Hände genauer anzugucken. Das hätte ich lieber lassen sollen. Der hätte mich mit einer einzigen Ohrfeige bis zur ISS befördert. Eine von beiden streckte er mir dann entgegen.

»Alles klar. Eclair kannste behalten, ich bin auf Diät.«

Er hat den Fahrzeugschein durchgestrichen, und wir haben die Verkaufspapiere ausgefüllt. Dann hat er die Scheine zweimal nachgezählt und in die Innentasche seines Blousons gestopft. Ein Drittel meines ersten Lohns. Bevor er ging, hat er mir einen Klaps auf den Rücken gegeben, von dem mir fast der Arm abgefallen wäre. Ich habe meine Tasche auf den Rücksitz geworfen, ein Fahranfängerschild auf die Heckklappe geklebt und bin losgedüst.

Die Pariser Straßen sind vollgestopft, und an jeder Ampel geht der Motor aus. Ich fahre heute zum ersten Mal, seit ich meinen Führerschein habe. Normalerweise nehme ich die Metro.

Morgen sind es zwei Monate, dass ich arbeite. Die Lehrer am Gymnasium hatten mir geraten, unbedingt zu studieren. Aber ich hatte keine Wahl. In meiner Ausbildung werde ich fast die Hälfte des Mindestlohns verdienen. In der Konditorei haben sie mich zwar gewarnt, man könne nach dem Abschluss nicht unbedingt mit einer Festanstellung rechnen. Aber in der Branche gibt es mehr als genug Arbeit. Und ich kann was. Da, wo ich vorher gewohnt habe, waren sie alle von meinen Backkünsten begeistert. Bei jeder Gelegenheit haben sie mich gefragt, ob ich nicht einen Kuchen backen will, und ich habe mich nie lange bitten lassen. Jetzt fehlt ihnen das bestimmt.

Hinter mir hupt jemand. Im Rückspiegel sehe ich, wie mich jemand anschreit. Ich drehe den Zündschlüssel, trete aufs Gas, der Wagen stottert, ich versuch's noch mal, und als die Ampel gerade auf Gelb springt, startet er. Ich fahre los und mache dem Typen im Rückspiegel ein Handzeichen. Er antwortet mir mit dem Mittelfinger.

Als ich Montreuil erreiche, dämmert es schon. In der Rue Condorcet, vor einem kleinen Haus mit blauen Fensterläden, finde ich einen Parkplatz. Ich hole das Sandwich aus der Tasche, das Nathalie mir verkauft hat. Für zwei Euro, weil es sonst im Müll gelandet wäre. Als ich sie gefragt habe, ob ich morgen bezahlen könnte, hat sie geseufzt. Sie ist so was von geizig, ich würde meinen Hintern darauf verwetten, dass sie ihr Klopapier beidseitig benutzt.

Es fängt an zu regnen. Ich probiere die Scheibenwischer aus, aber die funktionieren nicht. Ist mir schnuppe. Ich habe ja nicht vor, mit diesem Auto rumzufahren. Ich lege mich auf den

Rücksitz, schiebe mir meine Tasche als Kissen unter den Kopf und decke mich mit meinem Mantel zu. Ich stecke mir meine Kopfhörerstöpsel in die Ohren und lasse den neusten Song von *Grand Corps Malade* laufen. Dann zünde ich mir die Selbstgedrehte an, die ich seit heute Morgen aufgehoben habe, und schließe die Augen. Lange habe ich mich nicht mehr so gut gefühlt. Heute Nacht schlafe ich nicht in der Metro. Für zweihundert Mäuse habe ich mir ein eigenes Zuhause gegönnt.

Iris

Einen Monat zuvor

Mit zwei Jahren bin ich von einem Karussellpferd gefallen. Mein Vater hatte mich nicht richtig angeschnallt und wurde durch meine Mutter abgelenkt, die ihm von einer Bank aus zurief, dass er mich festhalten soll. Ich habe mir das Handgelenk gebrochen, musste operiert und genäht werden. Meine Mutter war sauer auf meinen Vater, mein Vater war sauer auf meine Mutter, ich war sauer auf das Pferd. Das war meine erste Narbe.

Mit sechs Jahren wollte ich mich nicht vor meinem Cousin blamieren und habe mich bei einem Wettrennen mit Stoffschlittschuhen über das Parkett meiner Großmutter voll ins Zeug gelegt. Meine Unterlippe ist aufgeplatzt und wurde im Krankenhaus genäht. Das war meine zweite Narbe.

Als ich sieben war, hat der apricotfarbene Pudel unserer Nachbarn sich ein Stück von meinem Unterschenkel geschnappt. Das war meine dritte Narbe.

Mit elf Jahren habe ich mich in der Schule plötzlich unter

heftigen Schmerzen gekrümmt. Die Englischlehrerin, die mir gerade eine Frage gestellt hatte, dachte, ich mache nur Theater, und hat mich nicht ins Krankenzimmer gehen lassen. Am nächsten Morgen wurde mir der Blinddarm entfernt, und weil die Englischlehrerin schlimme Schuldgefühle hatte, wurde ich prompt ihr Liebling. Das war meine vierte Narbe.

Mit siebzehn Jahren habe ich mir einen Leberfleck an der Backe entfernen lassen. Er war erhaben und sah hässlich aus, ich kam mir immer vor, als hätte ich einen Choco Pop im Gesicht. Die Sache hat mich fünf Nadelstiche für die Betäubung und sechs für die Naht gekostet. Das war meine fünfte Narbe.

Mit zweiundzwanzig Jahren bin ich eines Morgens mit Schmerzen im Steißbein aufgewacht und konnte nur noch laufen, als hätte ich Schwimmflossen an den Füßen. Bei der Untersuchung hat der Arzt einen Abszess entdeckt, der sofort herausoperiert werden musste. Mit der Betäubung ging was schief, ich dachte, ich sterbe, aber als ich aufgewacht bin, hat mir der Blick an die Decke bestätigt, dass ich nicht im Paradies war. Drei Wochen lang habe ich einen dicken Verband an einer so ungünstigen Stelle getragen, dass meine Sitzflächen immer gepolstert werden mussten. Das war meine sechste Narbe.

Mit sechsundzwanzig Jahren, als ich eines Tages am Strand auf dem Rücken in der Sonne lag, ist mir durch einen heftigen Windstoß der Sonnenschirmständer meines Handtuchnachbarn aufs Schienbein gefallen. Er hat sich überschwänglich entschuldigt und die Gelegenheit genutzt, mich zum Abendessen einzuladen. Ich bin lieber ins Krankenhaus gegangen. Das war meine siebte Narbe.

Mit dreißig Jahren bin ich Jérémy begegnet. Das ist meine achte Narbe.

September

1

Jeanne

Jeanne hielt den Mixer in den Kochtopf und beobachtete, wie das Gemüse langsam zerfiel.

Im Laufe von fünfzig Jahren hatten Pierre und sie sich ihre Angewohnheiten zurechtgestrickt. Jeanne war immer als Erste aufgewacht, von dunklen Gedanken aus dem Schlaf getrieben. Sie war schon immer so gewesen, ausgestattet mit einer lästigen Melancholie, die einen dichten Schleier über alle guten Nachrichten und fröhlichen Ereignisse legte. Manchmal spürte sie, ohne den Grund dafür zu kennen, wie sich in ihrem Bauch ein Abgrund auftat und eine Meerestiefe sie verschlang. Sie hatte sich damit abgefunden, so wie man sich an Hintergrundgeräusche gewöhnt.

Morgens verließ sie leise das Bett, machte sich einen Tee und ging ins Nebenzimmer, in dem sie so lange nähte, bis Pierre aufstand. Anschließend frühstückten sie zusammen, machten sich fertig und verließen das Haus gemeinsam, um zu ihrer jeweiligen Arbeitsstätte zu fahren. Abends kam Jeanne später als Pierre wieder nach Hause. Er war dann schon beim Bäcker und beim Gemüsehändler gewesen, sie kochten zusammen, aßen zusammen, schauten sich zusammen im Fernsehen einen Film oder irgendeine Sendung an.

Seit drei Monaten löste Jeanne diese Gewohnheiten Masche für Masche wieder auf. Aus dem Plural war Einzahl geworden. Die Szenerie und die Uhrzeiten waren noch dieselben, aber alles klang hohl. Sogar die Melancholie war verschwunden, als hätte Jeanne ihr Leben lang nur für die Trauer geübt, mit der sie nun fertig werden musste. Sie war desensibilisiert.

Als es an der Tür klingelte, bellte Boudine. Im Türrahmen stand der Briefträger mit einem Einschreiben in der Hand.

»Eine kleine Unterschrift, Madame Perrin?«

Während sie schrieb, schnüffelte Boudine gierig an den Schuhen des Mannes. Diese Hündin hatte die außergewöhnliche Fähigkeit, ein grunzendes Schwein nachzuahmen.

Jeanne öffnete den Umschlag gar nicht erst, sie wusste ja, was er enthielt. Das Gleiche wie die beiden vorangegangenen. Auch auf den letzten Telefonanruf hatte sie nicht reagiert. Um die Bankgeschäfte hatte sich immer Pierre gekümmert. Sie wusste, wie die Dinge standen, denn er hatte ihr nicht vorenthalten, dass sie seit einigen Monaten in einer prekären finanziellen Lage waren.

Jeanne und Pierre gehörten zur sogenannten Mittelschicht. Dank ihrer Gehälter hatten sie sich im Jahr 1969 im 17. Arrondissement eine Vierzimmerwohnung kaufen und ein angenehmes Leben ohne Ausschweifungen, aber auch ohne Entbehrungen führen können. Einmal im Jahr hatten sie sich eine Reise gegönnt und mehreren Organisationen Geld gespendet. Die Rente hatte sie zu einem schlichteren Lebensstil gezwungen. Von nun an hatten sie auf Fernreisen verzichtet, ihren Fisch- und Fleischkonsum reduziert, und Pierre hatte sich bemüht, regelmäßiger ihre Finanzen durchzurechnen. Die Witwenrente, die Jeanne jetzt nur noch bekam, hatte ihr Konto ins Minus absacken lassen. Der Bankberater hatte zwar Mitgefühl gezeigt, ihr aber geraten, die Wohnung zu verkaufen. Doch das kam nicht infrage. Es war ja nicht *ihre* Wohnung, sondern *ihre und Pierres* Wohnung. Pierre lebte noch dort, in dem Geruch nach Pfeifentabak, der sich in den Wänden festgesetzt hatte, in der Küchentür, die er selbst an einem Frühlingstag grün gestrichen hatte, in seiner gebeugten Silhouette, die Jeanne noch immer am Fenster stehen sah.

Sie legte den Umschlag auf die Flurkommode und erlaubte Boudine, auf ihren Schoß zu klettern. Sie schaltete den Fernseher ein und wählte irgendeinen Sender. Alles besser als diese Stille. Auf dem Bildschirm führte ein junger Mann durch die Räume einer Wohnung. Eine Stimme, vermutlich die des Journalisten, der die Reportage gemacht hatte, erläuterte die Kosten dessen, was er als boomende Wohnform präsentierte. Ein eingeblendeter Text fasste das Thema zusammen: »Wohngemeinschaft, ein vorteilhaftes Arrangement«.

2

Théo

Wie jeden Donnerstag weckt mich die Müllabfuhr. Es ist sechs Uhr morgens. Ich vergrabe meinen Kopf tiefer in dem Kissen, das ich bei Monoprix geklaut habe. Die haben nichts mitgekriegt. Rein bin ich mit flachem Bauch, raus wie eine Schwangere kurz vor der Entbindung. Immerhin war ich nicht unverschämt und habe das billigste genommen. Es ging nicht anders. In der ersten Nacht hatte ich meine Tasche als Kopfkissen benutzt und mir total den Hals verrenkt. Mein Kopf war nach links verdreht, ich konnte nicht mehr geradeaus gucken und musste mich seitlich fortbewegen, wie in einem »Schwanensee für Krebse«. Dabei bin ich nicht gerade zimperlich, was Schlafplätze betrifft, ich bin es gewohnt, mich überall aufs Ohr zu hauen. Am schlimmsten war es allerdings in der Metro, nicht wegen dem Fliesenboden, sondern wegen der Angst. Einmal haben sie mich zu dritt überfallen, um mir mein Handy zu klauen. Ich dachte, das war's dann. In meinem eigenen Auto geht's mir echt besser.

Wie jeden Morgen drehe ich eine Runde durch die sozialen Netzwerke. Ich habe eine Nachricht von Gérard gekriegt, aber ich mache sie nicht auf. Sonst ist da nichts. Sie haben mich schnell vergessen.

Das Haus mit den blauen Fensterläden schläft noch. Ich male mir gern aus, wie sie da drinnen leben. Im Gymnasium haben mir die Lehrer immer vorgeworfen, ich würde in den Wolken schweben, und mich einen Träumer genannt. Ich träume nicht, ich flüchte. Die Realität ist mein Gefängnis.

Hinter den blauen Fensterläden stelle ich mir Räume mit Teppichböden vor. Diese flauschigen, in denen die Füße versinken, nicht so was Raues, wie ich es in meinem Zimmer hatte. Vanilleduft, brennende Kerzen. Im Hintergrund Musik, Klassik oder so. Auf der Kommode am Eingang liegen Schlüssel, unten drunter stehen Hausschuhe. Auf dem Couchtisch eine dampfende Tasse Kaffee. Die Mutter sitzt auf dem Sofa, noch im Schlafanzug, und liest zum fünften Mal Romain Gary. Der Vater pfeift unter der Dusche. Der Sohn schläft noch unter einem dicken Federbett, den Kopf auf einem nicht geklauten Kissen. Eine Katze schnurrt auf dem Bauch ihres Herrchens. Verdammt. Meine Fantasie ist ein Weihnachtsfilm.

Ich versuche, mich zum Aufstehen und Anziehen zu motivieren. Abends ziehe ich mir die Klamotten aus, bevor ich mich schlafen lege, und decke mich mit dem alten Mantel zu, den Ahmed mir überlassen hat, als ich gegangen bin. Alle zwei Wochen bringe ich meine Sachen zur Wäscherei vom Roten Kreuz. Die Zähne putze ich mir mit Wasser aus einer Trinkflasche, und in der Mittagspause wasche ich mich an einem Waschbecken in der Bäckerei. Zweimal die Woche dusche ich kostenlos in einer der städtischen Badeanstalten, und bei der Gelegenheit rasiere ich mich auch. Ich habe es immer gehasst, dreckig zu sein. Ich ertrage es nicht, wenn ich stinke. Die tägliche warme Dusche ist das, was mir am meisten fehlt. Das und Menschen, denen ich wichtig bin.

Ich döse noch, als mich plötzlich ein Licht blendet. Eine Faust schlägt aufs Autodach, und sofort weiß ich Bescheid: die Bullen. Ich öffne die Wagentür, weil die Fensterkurbeln verschwunden sind.

»Polizei, Ihre Papiere bitte.«

Sie sind zu zweit, eher freundliche Typen, und erklären mir, dass ich hier wegfahren muss. Mittlerweile bin ich bei zwölf Knöllchen in zwei Monaten. Regelmäßig parke ich um, fahre den Wagen ein paar Plätze weiter, aber das reicht nicht.

»Sie können hier nicht bleiben.«

Ich erkläre ihnen, dass ich nichts Schlimmes tue, dass ich nur in Ruhe schlafen will, dass ich jeden Morgen die Metro Linie 9 nehme, um zur Arbeit zu fahren, und dass ich abends zum Schlafen zurückkomme. Keine Chance, sie wollen, dass ich verschwinde.

»Warum bleiben Sie in dieser Straße?«, fragt mich der Jüngere von beiden.

Ich zucke mit den Schultern. Sie reden weiter auf mich ein, drohen mir damit, meinen Wagen abschleppen zu lassen, aber ich höre schon nicht mehr zu. Hinter ihnen öffnet sich gerade im ersten Stock einer der blauen Fensterläden.

3

Iris

Das ist jetzt die zwölfte Wohnung, die ich mir anschaue. Noch schäbiger als die elf anderen, das muss man erst mal hinkriegen. Der Immobilienmakler gibt sich nicht die Mühe, den Mund aufzumachen, seine Arbeit erledigt der Markt: Zusammen mit mir drängen sich um die zwanzig Leute auf dem Treppenabsatz und der Treppe, und alle haben nur den einen Wunsch: ihren Namen unter der abgewetzten Klingel zu lesen. Die Miete ist unverschämt hoch, trotzdem höre ich, wie eine junge Frau anbietet, noch mehr zu zahlen. Ein Bärtiger meckert laut, die anderen, auch ich, ziehen es vor, keinen Wirbel zu machen, um nicht als Bewerber auszuscheiden. Verstohlen beobachte ich die Leute und versuche, von ihrer Kleidung und ihrem Verhalten auf die Höhe ihres Gehalts zu schließen. Wie viele von ihnen haben eine bessere Bewerbungsmappe als ich? Neunzehn höchstwahrscheinlich.

Seit ich in Paris bin, sind meine Ersparnisse zusammengeschmolzen. Die Einzimmerwohnung, die ich wochenweise miete, ist billiger als ein Hotel, aber lange werde ich diese Methode finanziell nicht durchhalten können.

Der Immobilienmakler schließt die Wohnungstür und steckt alle Mappen in seine Umhängetasche.

»Wir schauen uns die Unterlagen an und geben Ihnen Bescheid.«

Ich laufe die Treppen hinunter, während meine Hoffnungen im sechsten Stock zurückbleiben. Mich ruft er bestimmt nicht an. Ich arbeite nicht Vollzeit, habe keinen Bürgen, und von den verlangten Dokumenten fehlen mir einige. Ich weiß gar nicht, warum ich überhaupt zu Wohnungsbesichtigungen gehe. Ich hätte größere Chancen, einen gesuchten Drogenboss zu finden als eine Wohnung.

In einem Supermarkt kaufe ich ein paar Lebensmittel ein. Wie jeden Tag werde ich in trauter Zweisamkeit mit dem Fernseher zu Abend essen.

Als ich auf meinem Stockwerk an der Nachbarwohnung vorbeikomme, geht die Tür auf. Dabei versuche ich schon immer, so leise wie möglich zu sein, aber das Gehör dieses Typen ist offenbar so scharf, wie sein Atem riecht, und das will was heißen.

»Wer bist du?«

»Ich miete die Wohnung für ein paar Tage, wir haben uns heute Morgen schon mal gesehen.«

»Hast du was zu trinken?«

»Ich glaube, ich habe noch einen Rest Orangensaft.«

Schallendes Gelächter.

»Hältst du mich für 'ne Schwuchtel?«

Natürlich ist mein Wohnungsschlüssel in die tiefsten Abgründe meiner Handtasche gerutscht. Ich muss lange wühlen, bis ich ihn finde. Der Nachbar lässt nicht locker, ich höre ihn näher kommen.

»Und zu rauchen hast du auch nichts?«

»Tut mir leid, ich rauche nicht.«

»Okay, meine Nachbarin ist ein Tugendbold!«, posaunt er ins Treppenhaus.

Ich überlege, ob ich ihm sagen soll, dass der Ausdruck »Tugendbold« schon seit der Steinzeit nicht mehr benutzt wird und sein Gebrauch inzwischen unter Strafe steht, aber ich fürchte, er könnte es wörtlich nehmen.

Während er weiter sarkastische Sprüche klopft, stoßen meine Finger endlich auf Metall. Ich ziehe den Schlüssel aus der Tasche, stecke ihn ins Schloss, öffne die Tür und lasse sie vor der Nase meines Nachbarn ins Schloss fallen.

Endlich in Sicherheit vor seinem Blick und seinem feinen Gehör, nehme ich all meinen Mut zusammen, stelle mich vor die geschlossene Tür, recke das Kinn, werfe mich in die Brust und flüstere: »Verschwinde wieder in deiner Höhle, Neandertaler.«

4

Jeanne

»Ich habe mal alles durchgerechnet, und es sieht nicht rosig aus.«

Jeanne beugte sich mit der Gießkanne vor und begoss die Erde der Dipladenia. Immer wieder öffneten sich neue Blüten, trotz des trüben Wetters. Der Herbst stand vor der Tür. Diese Phase des Jahres, die den schönen Tagen den Todesstoß versetzte und der toten Jahreszeit den roten Teppich ausrollte, hatte Jeanne nie gemocht. Jetzt aber stimmte der nahende Oktober sie zum ersten Mal nicht traurig. Juli und August hatte sie vollkommen gleichgültig vorbeiziehen lassen und nicht versucht, den Sommer aufzuhalten. Inzwischen fühlten sich für Jeanne alle Monate gleich an.

»Ich weiß, dass du jetzt lachst. Du denkst bestimmt, ich mache Witze, aber ich war noch nie so ernst. Ich habe alles durchgerechnet. Nichts ist unmöglich. Genau vier Stunden und zwölf Minuten habe ich dafür gebraucht, und das Ergebnis ist eindeutig: Mir fehlen zweihundert Euro, um über den Monat zu kommen. Selbst wenn ich die Ausgaben auf das absolute Minimum reduziere.«

Jeanne zog einen Lappen aus ihrer Tasche und begann, die Gedenktafeln zu säubern. Langsam, vorsichtig wischte sie den Staub von den eingravierten Lettern. »Unserem Lehrer« stand dort, »Unserem geliebten Onkel«, »Meinem Liebling, für immer«. Wie jeden Tag hob sie sich das an den Grabstein geschraubte Foto bis zum Schluss auf. Sie streichelte seine Stirn, seine Augen, seinen Mund, und ihre Finger riefen ihr seine Haut ins Gedächtnis. Es war der zärtlichste und zugleich schmerzlichste Moment. Doch diese wenigen Sekunden mit ihm waren es wert, die anschließende grausame Enttäuschung auszuhalten.

»Du wirst begeistert sein zu hören, dass du recht hattest. Wir hätten etwas zur Seite legen sollen. Du warst immer vorausschauender als ich.«

Jeannes klares Bewusstsein von der Endlichkeit des Menschen hatte eine positive Seite: Sie stand immer mit beiden Beinen fest in der Gegenwart. Sie befasste sich erst bei Tagesanbruch mit dem nächsten Morgen, nicht früher. Wenn Pierre davon gesprochen hatte, dass sie für ihre alten Tage sparen müssten, hatte das für sie wie eine Fremdsprache geklungen.

»Und wenn ich vor dir sterbe?«, hatte er oft besorgt gesagt. »Dein Gehalt ist nicht sehr hoch, du wirst nur eine lächerliche Rente bekommen. Was machst du dann?«

»Untersteh dich«, hatte sie regelmäßig erwidert. »Muss ich dich daran erinnern, dass ich drei Monate älter bin als du?«

Jeanne faltete den Lappen wieder zusammen und setzte sich auf die ein paar Schritte entfernt stehende Bank. Boudine legte sich zu ihren Füßen. Der Wind ließ die Zweige einer Trauerweide erzittern. Sie fragte sich, ob man diesen Baum bewusst auf einem Friedhof gepflanzt hatte.

»Ich habe nicht daran geglaubt, dass du eines Tages nicht mehr da sein würdest«, murmelte sie.

Sie blieb noch lange sitzen und erzählte Pierre alles, was sie ihm erzählen konnte. Jedes Thema behandelte sie in aller Breite, bis sie es restlos erschöpft hatte. Dabei war es eher eine Angewohnheit ihres Mannes gewesen, das, was er erzählte, mit nicht unbedingt notwendigen Details auszuschmücken. Wie oft war sie abgedriftet, während er geredet hatte? Ihre Eltern hatten ihr beigebracht, den Mund nur aufzumachen, wenn es absolut notwendig war. Und jetzt saß sie hier, mit vierundsiebzig Jahren, und erzählte einem Grabstein von der am Vorabend angeschauten Fernsehsendung über die Gefahren des Zuckers. Sie hätte sogar das Telefonbuch aufgesagt, wenn ihr das einen Vorwand geboten hätte, um länger zu bleiben.

Zweifellos waren es die Unterhaltungen mit Pierre, die ihr am meisten fehlten. Ebenso gern, wie sie ihm ihre Gedanken anvertraut hatte, hatte sie mit ihm über gesellschaftliche Themen diskutiert. Er war der Mensch gewesen, der sie am besten kannte, sie am besten verstand. Er hatte ihre Reaktion vorausgesehen, ihre seelische Verfassung erspürt. Wenn sie sich gemeinsam einen Film angeschaut hatten und eine Stelle ihr nahegegangen war – was oft passierte, wenn es um eine Geburt oder ein Baby ging –, hatte sie aus den Augenwinkeln gesehen, wie Pierre zu ihr herüberschaute. Dann hatte er seine Hand auf ihren Oberschenkel gelegt, um ihr zu verstehen zu geben, dass er wusste, was in ihr vorging, und dass er da war. Wie sollte sie das Leben ohne ihn ertragen?

Als sie sich von der Bank erhob, hatte die Dämmerung eingesetzt. Sie legte die wenigen Meter zurück, die sie von ihrem Mann trennten, und berührte sein Foto.

»Morgen komme ich wieder, mein Liebling. Dann habe ich bestimmt eine Lösung gefunden.«

Zu Hause schaute Jeanne nach der Post. Im Kasten lag ein Brief, den sie oben in ihrer Wohnung öffnete. Sie zog ein Blatt Papier mit einem ausgedruckten Text aus dem Umschlag.

Winter 1980

Pierre vermag Jeannes Kummer nicht zu lindern. Mit siebenunddreißig Jahren ist sie zur Waise geworden. Kürzlich ist ihre Mutter gestorben, nachdem sie zwei lange Jahre gegen ihren Krebs gekämpft hat. Nur wenig früher ist ihr Vater mit Anfang sechzig einem Herzinfarkt erlegen. Bei der Beerdigung halten Jeanne und ihre Schwester Louise sich bei der Hand wie früher als Kinder. Jeannes Leben geht weiter, jeden Morgen geht sie zu ihrer Arbeit im Atelier, jeden Abend kehrt sie zurück zu Pierre. Doch der Schmerz hat ihr sanftes Lächeln ausgelöscht. Pierre versucht, sie auf andere Gedanken zu bringen. Er geht mit ihr ins Theater, ins Kino, fährt mit ihr ins Baskenland, aber Jeanne bleibt untröstlich. Eines Tages hat er eine Idee. Seine Idee hat vier Pfoten, einen länglichen Körper und Schlappohren. Für beide ist es Liebe auf den ersten Blick. Jeanne beschließt, den Hund Saucisse, Würstchen, zu nennen, und zum ersten Mal seit Wochen lächelt sie wieder.

Jeanne wurden die Knie weich. Ihr Herz raste. Sie ließ sich aufs Sofa sinken und las den Brief ein zweites Mal. Er trug keine Unterschrift. Auf dem Umschlag klebte ein mit ihrem Namen und ihrer Adresse bedrucktes Etikett.

Der Inhalt des Briefs entsprach erstaunlich – und beunruhigend – genau der Wahrheit. Von wem kam er? Alle, die von dieser Geschichte wussten, waren auf die eine oder andere Weise aus ihrem Leben verschwunden.

Sie war so durcheinander, dass sie sich kurz hinlegen musste. In den wenigen Sekunden der Lektüre war die Vergangenheit zurückgekehrt. Verwirrend deutlich sah sie Pierre mit dem Hund auf dem Arm durch die Tür treten. Er war spät von der Arbeit nach Hause gekommen, was sie beunruhigt hatte. Seit dem Tod ihrer Eltern war sie empfindlicher geworden, war innerlich darauf gefasst, dass alle, die sie liebte, verschwinden würden. Pierre hatte kein Wort gesagt. Er schien ihre Reaktion zu fürchten. Er bückte sich und setzte das kleine Tier auf dem Fußboden ab. Dieser wurstförmige Körper, dieser wedelnde Schwanz, das Klicken der Krallen auf dem Parkettboden und diese Schnauze, die alles beschnüffelte, machten Jeannes schwache Bedenken restlos zunichte. »Ein Kunde wollte die Hündin loswerden«, sagte Pierre. »Ich dachte, sie braucht bestimmt Liebe, und du könntest ihr die geben, die du übrig hast.« Es war einer der glücklichsten Momente gewesen, die sie seit Langem erlebt hatte.

5

Théo

Ich habe mich auf Tinder registriert. Ich weiß nicht, was mich geritten hat, wo ich doch immer gesagt habe, ich würde nie auf eine Dating-Plattform gehen. Ich glaube nicht wirklich an die Liebe, aber es ist wie mit Gott: Ich hoffe, jemand beweist mir eines Tages, dass ich unrecht hatte.

Ich lag also in meinem Auto, starrte an die Decke und grübelte wie jeden Abend, warum wir hier sind, wozu wir leben, wenn wir sowieso eines Tages sterben, warum ich nicht in einer anderen Familie gelandet bin, ob das Licht im Kühlschrank ausgeht, wenn man ihn zumacht, und da habe ich mich noch einsamer gefühlt als normalerweise, dabei ist normalerweise schon das Maximum.

In der Bäckerei hört Nathalie immer Radio Nostalgie, der Name passt echt gut, den ganzen Tag hört man tote Chansonniers, die das Leben besingen. Heute Nachmittag lief eine Sendung über Dating-Portale, jede Menge Leute haben angerufen und erzählt, sie hätten auf diese Weise die große Liebe gefunden. Wahrscheinlich habe ich mich deshalb heute Abend, als ich mit meiner Einsamkeit allein war, bei Tinder angemeldet.

Ich habe das einzige Foto von mir gepostet, das mir gefällt. Darauf sieht man mich von hinten beim Betrachten des Sonnenuntergangs. Manon hat es aufgenommen. Wir waren gerade in Seignosse angekommen, aus dem Bus gesprungen und zum Strand gelaufen. Damals habe ich zum ersten Mal das Meer gesehen.

Nachdem ich alle Angaben gemacht habe, ziehen die Fotos mit den Frauen vorbei. Anfangs ist das ganz witzig. Da gibt's die, die lachen oder gerade Sport treiben, die, die schüchtern lächeln, die, die sämtliche Filter aktiviert haben, die, die sich mit ihrer Katze fotografiert haben, die, die immer nur mit Freundinnen erscheinen, die, die einen auf melancholisch machen. Ich spiele mit und tippe ab und zu, eher auf gut Glück, auf das grüne Herz. Manchmal lache ich mich kaputt, zum Beispiel bei »Marie«, die auf allen Fotos gleich aussieht und auch das gleiche Gesicht macht, irgendwie gruselig, gerade so, als hätte sie nur eine andere Umgebung gewählt und sich was anderes angezogen. Oder bei »Jenny65«, die auf einem Sofa liegt, eindeutig stockbesoffen, Flasche im Mund, wie in einer völlig schrägen Möbelwerbung. Aber alles in allem finde ich es nur mäßig. Ich habe das Gefühl, auf einer Klamottenseite nach der stylischsten Mütze zu suchen. Vielleicht weil ich kein gut aussehender Typ bin, obwohl ich weiß, dass Aussehen nicht alles ist, vielleicht weil mir immer noch Manon durch den Kopf geht, ich weiß nicht, aber irgendwie fühle ich mich mies dabei. Wenn ich an all diese einsamen Leute hinter dem Bildschirm denke, fühle ich mich noch einsamer. Gerade will ich die App schließen, da kommt eine Nachricht: Ich habe ein Match. Ein Mädchen, das ich geliked hatte, hat mich auch geliked.

Nur so aus Neugier öffne ich das Fenster. Ihr Pseudonym lautet »Bella«, sie ist neunzehn. Foto von Füßen im Sand. Eine Nachricht sagt mir, dass ich mit ihr chatten kann. Ich muss blitzschnell überlegen. So was habe ich noch nie gemacht. Der erste Satz ist zwar unwichtig, wenn ich sie sowieso nie sehe, aber was, wenn sie zufällig die Frau meines Lebens ist?

Sie ist schneller als ich: »Hallo, alle nennen mich Bella, aber sag bitte nicht gleich Ciao.«

Ich schwanke zwischen Lachen und Flüchten. Sie lässt mir keine Zeit, mich zu entscheiden.

»Tut mir leid, bin neu hier. Den Satz hab ich mal auf Twitter gelesen und fand ihn witzig. Jetzt, wo ich ihn geschrieben habe, merke ich, dass er vor allem blöd ist. Heißt du wirklich Naruto, oder ist das dein Benutzername?«

»Das ist eine Manga-Figur.«

»Weiß ich … Ich versuch's mal ohne Humor.«

Ich muss lächeln, dabei hatte ich das gar nicht vor. Ich bin der Experte für blöde Witze, die danebengehen. Mein Humor ist ein komischer Typ, den die Leute schief angucken. Ich ziehe mir meine Kapuze über den Kopf und schreibe: »Ich heiße Théo.«

6

Iris

Ich bin auf die Minute genau bei Madame Beaulieu, schließe die Tür auf und kündige mich mit lauter Stimme an, so wie man es mir am Schulungstag beigebracht hat.

»Guten Tag, hier ist Iris!«

Aus dem Wohnzimmer schallt mir Madame Beaulieus Stimme entgegen. »Bist du es, kleines Miststück?«

Sie ist guter Laune.

Wie an vier Vormittagen in der Woche verbringe ich auch heute zwei Stunden mit dieser Frau, deren Verstand sich verkrümelt hat. Ich koche ihr das Mittagessen, helfe ihr beim Aufräumen, putze ein bisschen, manchmal gehe ich auch mit ihr spazieren. Eine zweite Pflegerin übernimmt den Nachmittag, bevor abends die Tochter nach Hause kommt. Madame Beaulieu kann uns nicht auseinanderhalten, das ist praktisch: Bei ihr haben wir alle denselben Spitznamen.

Anschließend fahre ich zu Monsieur Hamadi, der seine Beine nicht mehr benutzen kann, seitdem er von einem Auto angefahren wurde, danach zu Nadia, einer Frau, die kaum älter ist als ich und unter Multiple Sklerose leidet.

»Ihr Beruf ist anstrengend, oder?«, fragt sie, während ich ein Kleid bügle.

»Ich kann nicht klagen.«

»Aber es muss doch schwer sein. Machen Sie das schon lange?«

Ich drücke auf den Knopf, und fauchend stößt das Bügeleisen eine Dampfwolke aus, in der ihre Frage sich auflöst. Ich kann einfach nicht lügen, das konnte ich noch nie. Aber wenn ich die Wahrheit sage, wird sie mehr wissen wollen. Ihr zehnjähriger Sohn liegt mit einem Buch bäuchlings auf dem Sofa. Ideale Ausweichmöglichkeit.

»Was liest du denn da?«

»Rot und Schwarz«, antwortet er, ohne aufzuschauen.

Stendhal! Sarkastisches Bürschchen. Ich beschließe, auf sein Spiel einzugehen.

»Wenn du es durchhast, empfehle ich dir Proust. Das ist zwar leichte Literatur, aber so bist du schon mal gewappnet, falls du eines Tages *Tim und Struppi* in Angriff nehmen willst.«

Er dreht den Kopf zur Seite und schaut mir in die Augen. In seinem Blick lese ich eine Mischung aus Ungläubigkeit und Geringschätzung. Er klappt sein Buch zu, steht auf und verlässt das Wohnzimmer. Ich habe gerade noch Zeit, das Buchcover zu sehen: Es ist tatsächlich der Roman von Stendhal.

»Zum Glück kenne ich ihn von Geburt an«, sagt seine Mutter achselzuckend, »sonst würde ich glauben, sie hätten ihn mit einem anderen Jungen vertauscht. In seinem Alter habe ich noch *Fünf-Freunde*-Bücher gelesen.«

»In seinem Alter habe ich meine Barbie gebürstet, vor ihrem Rendezvous mit Ken.«

Sie lacht schallend, bevor sie sich mithilfe ihrer Krücken hochhievt und ebenfalls aus dem Zimmer geht.

Draußen ist es noch warm, als ich Nadias Haus im 17. Arrondissement verlasse. Vor mir liegt ein fast einstündiger Fußmarsch bis zu meiner Wohnung. Die Bürgersteige sind voll, es ist die Zeit, zu der die Leute mehr oder weniger beschwingt nach Hause gehen. Angeblich leben in Frankreich zehn Millionen Menschen allein. Ich beobachte die Passanten um mich herum und frage mich, wer von ihnen wohl dazugehört. Verraten lange Schritte den Wunsch, schnell zur Familie oder zum Partner zurückzukommen? Versuchen schleppende Schritte, die Zweisamkeit mit sich selbst hinauszuzögern? Ich habe soeben sechs Stunden damit verbracht, alleinstehenden Menschen Gesellschaft zu leisten. Was für eine Ironie. An einem Fußgängerüberweg bleibe ich stehen, und als das grüne Männchen aufleuchtet, setze ich meinen Weg schleppenden Schrittes fort.

7

Jeanne

Seit drei Monaten hatte Jeanne das zweite freie Zimmer in ihrer Wohnung nicht betreten. Zum ersten Mal hatte sie so lange nichts genäht. Sie zog die Vorhänge auf und ließ das Tageslicht in den Raum. Ihr war, als kehrte sie nach langer Abwesenheit an einen vertrauten Ort zurück. Sie fühlte sich hier zu Hause und zugleich wie eine Fremde. Sie betrachtete die Overlock-Maschine, das naturfarbene, mit Kreide markierte Viskosequadrat, fuhr mit einem Finger über das von ihrer Mutter geerbte hölzerne Nähkästchen, strich über das bunte Stoffdurcheinander im Regal, ließ eine Garnrolle über ihre Handfläche rollen. Das hier war ihr Refugium, ihr Bunker gewesen. Hätte man sie vor einigen Monaten gefragt, welchen Raum in ihrer Wohnung sie niemals aufgeben könnte, hätte sie ohne Zögern geantwortet: das zweite Zimmer. Doch nun war ihre Entscheidung gefallen.

Sie zog sich ihren Regenmantel an und verließ die Wohnung.

In der Tasche tasteten ihre Finger nach den Zetteln, auf die sie die Suchanzeige geschrieben hatte. Sie hatte sich Mühe geben müssen, denn seit einiger Zeit war ihre Schrift gedrungener und unregelmäßiger, wie von Stürmen zerzaust. Sicher eine der Auswirkungen der Arthrose, die sich an Regentagen stärker bemerkbar machte. Vorher hatte sie sich oft darüber beklagt. Es war ein Rückschritt, eine Behinderung, ein Zeichen ihres körperlichen Verfalls. Mit der Sehkraft hatte alles angefangen, kurz vor ihrem fünfundvierzigsten Geburtstag. Eines Morgens war sie, nachdem sie vor dem Einschlafen das Gesicht ihres Mannes noch deutlich vor sich gesehen hatte, in einer verschwommenen Umgebung aufgewacht. Sie war in Panik geraten, hatte angenommen, dass etwas Ernstes dahintersteckte, so schnell konnte doch die Sehkraft nicht nachlassen. Aber der eilig aufgesuchte Augenarzt hatte sie beruhigt: In ihrem Alter passiere es häufig, dass die Sehkraft abrupt abnehme. Eine Brille tragen zu müssen hatte Jeanne als Entfremdung empfunden: Als brauchte ihr Körper nun Krücken, um erledigen zu können, was er zuvor allein erledigt hatte. Seither hatte sich dieses Gefühl kontinuierlich verstärkt, vor allem, nachdem sie mehrere Zahnkronen bekommen hatte, ihr Cholesterin und ihr Blutdruck medikamentös eingestellt und ihr eine Hüftprothese eingesetzt worden war und sie außerdem regelmäßig Orthesen zur Linderung ihrer Arthroseschmerzen trug. Vor zehn Jahren hatte die Entdeckung eines Tumors in ihrer rechten Brust ihre Altersschwächen zu simplen Zipperlein herabgestuft. Nach ihrer Genesung waren sie zurückgekehrt, langsam, schleichend, bis sie erneut allen Raum eingenommen hatten. Vergebens hatte sie sich geschworen, sich nicht mehr mit ihnen zu belasten, stattdessen hatte sie sie frohgemut willkommen geheißen: Sie waren schließlich das Zeichen dafür, dass ihr Leben wieder in seine alten Bahnen zurückgefunden hatte. Irgendwann würde es auch jetzt wieder so sein, doch im Augenblick dachte Jeanne weder an ihre Arthrose noch an ihren Blutdruck. Ihr ganzes Denken war auf die gähnende Leere gerichtet, die Pierre hinterlassen hatte. Das kleinste Blutgefäß, die kleinste Zelle, der geringste Millimeter Haut hielt sich in Habachtstellung, kampfbereit, um den Trauerattacken zu trotzen. Jeannes kompletter Körper war ganz und gar von Abwesenheit belagert.

Der Gemüsehändler, der Jeanne zu seinen treusten Kunden zählte, erlaubte ihr, nahe der Kasse eine Suchanzeige aufzuhängen. Die Tabakhändlerin hatte in ihrer Verkaufsecke eigens eine Tafel für Annoncen angebracht, machte ihr aber klar, dass Kunden nur selten einen Blick darauf warfen. Im Lebensmittelladen durfte sie ihren Zettel neben die Theke hängen. Die Bäckerin dagegen wollte nichts an ihrer Kasse liegen haben. Hartnäckigkeit war noch nie Jeannes Stärke gewesen, sie dankte der Frau, wünschte ihr einen guten Tag und verließ den Laden. Gerade wollte sie die Tür zum benachbarten Friseur öffnen, da spürte sie eine Hand auf ihrer Schulter.

8

Théo

Als ich um sieben Uhr drei die Bäckerei betrete, begrüßt mich Nathalie mit einem herzlichen »Wieder zu spät!«.

Ich antworte nicht. Als die Liebenswürdigkeit verteilt wurde, war sie diejenige, die zu spät kam. Unangenehmer als sie ist nur der Holzspatel, den der Arzt einem in den Rachen schiebt. Wenn sie wüsste, warum ich zu spät komme, würde sie mir nicht wegen drei armseliger Minuten auf die Nerven gehen. Als ich gestern Abend in Montreuil ankam, war mein Auto nicht mehr da. Ich hatte auf die Bullen gehört, hatte in einer anderen Straße geparkt, dort aber nicht aufgepasst, der Wagen stand zur Hälfte auf einem Zebrastreifen. Ich habe beim Abschleppdienst angerufen, man hat mir bestätigt, dass der Wagen bei ihnen ist, und mir gesagt, ich müsse aufs Kommissariat gehen, dort würden sie mir eine Bescheinigung geben, damit ich den Wagen abholen kann. Also bin ich zum Kommissariat. Aber da wollten sie, dass ich jede Menge Knöllchen für Falschparken, überzogenen TÜV, fehlende Kfz-Versicherung und für abgefahrene Reifen bezahle. Die halten mich wohl für den Doppelgänger der Nationalbank. Ich habe gesagt, ich würde meine EC-Karte holen, und bin abgehauen. Nachts habe ich in der Metro geschlafen, nur ein oder zwei Stunden, ich bin es nicht mehr gewohnt. Und heute Morgen bin ich zum Abschleppdienst gegangen, um meine Sachen zu holen. Dem Typen habe ich erklärt, in der Kiste würde mein ganzes Leben stecken, aber davon wollte er nichts wissen. Resultat: Ich besitze jetzt nichts mehr außer meinem Handy, meinem Geldbeutel und den Klamotten, die ich am Leib trage.

Ich ziehe mir die Arbeitskleidung an und gehe zu Philippe, meinem Lehrmeister, in den Kühlraum. Heute Morgen beginnen wir mit Mille-feuille. Philippe ist einer, der nicht viel redet, auf Fragen antwortet er mit einem Grunzen, aber sobald es um Feingebäck geht, wird er lebendig und ist nicht mehr zu bremsen. Er spricht von Kuchen und Gebäck, als wären es Lebewesen. Einmal habe ich ihn sogar dabei ertappt, wie er ihnen irgendwas zugeflüstert hat. Er hat mir erklärt, dass ein mit Respekt und Liebe gebackener Kuchen immer besser schmeckt als die anderen. Ein bisschen schräg ist er schon, aber vielleicht mag ich ihn deshalb.

Philippe weiß genau, dass Mille-feuille nicht mein Ding ist. Regelmäßig vermassele ich die Marmorierung. Ich schaffe es einfach nicht, eine gerade Linie zu ziehen. So als würde ich unter Drogen stehen. Ich kann mir noch so viel Mühe geben, es klappt einfach nicht. Das erinnert mich an meinen Lehrer in der dritten Klasse, der immer sagte, ich hätte eine Sauklaue, und mich in der Pause nachsitzen und Buchstaben abschreiben ließ. Damals musste ich sogar regelmäßig mittwochs zu einer Psychomotoriktherapeutin, Laëtitia, die war cool, aber als ich umgezogen bin, war Schluss damit. Ich schreibe wirklich schlecht, manchmal kann ich sogar meine eigene Schrift nicht entziffern, aber das ist nicht schlimm, heutzutage schreibt man ja nur noch selten mit der Hand. Sogar im Ausbildungszentrum dürfen wir den Computer benutzen.

Philippe beobachtet mich, während ich die flüssige Schokolade über die Glasur laufen lasse. Es ist mucksmäuschenstill, ich bin hochkonzentriert.

»Die Leute sind ja so nervig!«

Nathalie ist nach hinten gekommen. Weder Philippe noch ich stellen Fragen, aber sie braucht auch gar keine. Warum sie so genervt ist? Weil eine Frau eine Anzeige auf die Theke legen wollte.

»Ist das hier eine Bäckerei oder ein Schwarzes Brett? Ich werde dafür bezahlt, dass ich Brot verkaufe, nicht um Touristen Auskunft zu geben oder Aushänge zu machen. Wenn sie ein Zimmer vermieten will, soll sie doch zum Makler gehen, verdammt! Ich habe noch anderes zu …«

Ohne abzuwarten, bis sie fertig ist, lasse ich den Spritzbeutel fallen und renne zum Ausgang. Eine ältere Dame ist gerade zur Tür rausgegangen, ich laufe hinter ihr her und lege ihr eine Hand auf die Schulter.

9

Iris

Es ist fast vier Uhr nachmittags, als mein Handy vibriert. Ich habe noch keinen Schritt vor die Tür getan, wie jeden Samstag, seitdem ich hier wohne. Außer zur Arbeit und zu Wohnungsbesichtigungen gehe ich nur zum Supermarkt, zur Bäckerei und zum Waschsalon. Ich liege auf der Schlafcouch, schaue mir einen Film über einen Kraken an und frage mich, wann genau mein Leben noch fader geworden ist als das eines Weichtiers. Die eintreffende Handynachricht bildet den Höhepunkt meines Tages und ist in etwa so bedeutend wie die Entdeckung der Erdbeerstückchen im Joghurt von heute Mittag.

»Herzlichen Glückwunsch zum Geburtstag, Iris! Dreiunddreißig und noch alle Zähne!«

Meine Mutter macht es sich gern einfach: Jeder Geburtstagsgruß ist ein Copy-and-paste des Vorjahresgrußes, nur dass sich die Zahl ändert. Ich werde ihr »Vielen Dank, Küsschen« antworten und dem Absender der einzigen anderen Nachricht, die ich heute bekommen habe, meinem Provider, ebenso. Sonst hat niemand meine neue Nummer.

Während der Krake auf dem Bildschirm im Begriff ist,

Mutter zu werden, machen sich in meinem Kopf die Erinnerungen breit. Vor drei Jahren, am Abend meines dreißigsten Geburtstags, hat Jérémy mich von der Arbeit abgeholt. Ich war überrascht, weil ich dachte, er sei für zwei Tage nach London gereist. Wir waren seit drei Monaten zusammen, die sich schon wie ein »Für immer und ewig« anfühlten. Zwischen uns beiden war die Sache von der ersten Stunde an klar gewesen, als hätten sich unsere bisherigen Lebenswege nur zu einem einzigen Zweck berührt: um miteinander zu verschmelzen. Er verband mir die Augen, und wir fuhren im Auto los. Als ich wieder sehen konnte, war ich bei ihm zu Hause und stand meinen sämtlichen Freunden und Verwandten gegenüber, die »Überraschung!« riefen. Meine Eltern, mein Bruder, meine Tante, meines Cousins, meine Kolleginnen und meine lebenslangen Freundinnen Marie, Gaëlle und Mel. Alle, die mir etwas bedeuteten, hatte er mir zuliebe zusammengetrommelt. Die Freunde haben gesungen und getanzt, meine Mutter hat mir das Armband geschenkt, das sie von ihrer Mutter geerbt hatte, und Jérémys verliebter Blick hat jede einzelne meiner Bewegungen begleitet. Noch nie hatte man mir ein so schönes Geschenk gemacht.

Ein erneutes Vibrieren reißt mich aus meinen Gedanken. Meine Wangen sind feucht, blöder Krake, der stirbt, indem er Leben gebiert. Ich rechne mit einer weiteren Nachricht von meiner Mutter oder einer Werbung für einen Pauschaltarif, stattdessen erhalte ich die Information, dass der Wohnungseigentümer mir geschrieben hat.

Ich habe ihn nie zu Gesicht bekommen. Vermietet wird wochenweise über eine App, ich zahle online, und bei meiner Ankunft lagen die Schlüssel in einem Kästchen mit Zahlenschloss. Wir kommunizieren nur selten und ausschließlich über den zugeordneten Messengerdienst. Laut seinem Profil heißt er Gilles.

»Guten Tag, ich brauche meine Wohnung wieder! Sie haben bis Sonntag bezahlt. Montag können Sie ausziehen. Schönen Tag.«

Verdutzt lese ich die Nachricht mehrmals. Ich hatte den Besitzer extra gefragt, ob die Wohnung eine Weile verfügbar sei. Er hatte bejaht und geschrieben, dass es ihm recht sei, wenn er nicht jede Woche nach neuen Mietern suchen müsse. Ich rutsche auf dem Sofa hoch, um zu antworten. Plötzlich habe ich nichts mehr von einem Weichtier.

»Guten Tag, Gilles, ich bin erstaunt! Sie hatten mir doch gesagt, ich könne eine Weile hierbleiben. Es kann gut sein, dass ich bald eine Wohnung finde, aber ich brauche noch etwas Zeit. Wäre das okay?«

Es dauert über eine Stunde, bis er mir antwortet. In der Zwischenzeit starre ich auf das Display und frage mich, ob er seine Meinung ändert oder ob ich demnächst auf der Straße sitzen werde. Neue Nachricht.

»Guten Tag, ich brauche meine Wohnung wieder! Sie haben bis Sonntag bezahlt. Montag können Sie ausziehen. Schönen Tag.«

Derselbe Satz, vielleicht hat er nicht verstanden. Ich habe noch Hoffnung.

»Danke für Ihre Antwort, aber könnten Sie noch etwas warten? Vielleicht einen Monat? Ich kann für die gesamte Zeit im Voraus zahlen.«

Diesmal lässt die Antwort nicht auf sich warten.

»Guten Tag, ich brauche meine Wohnung wieder! Sie haben bis Sonntag bezahlt. Montag können Sie ausziehen. Schönen Tag.«

Ich hake ein letztes Mal nach, aus Spaß an der Freude.

»Vielleicht könnten Sie mir ein oder zwei Wochen Zeit lassen, damit ich eine andere Unterkunft finde. Die brauche ich wirklich …«

Ich warte ein paar Minuten. Drei kleine Punkte zeigen an, dass er dabei ist, mir zu antworten.

»Guten Tag, ich brauche meine Wohnung wieder! Sie haben bis Sonntag bezahlt. Montag können Sie ausziehen. Schönen Tag.«

Eine Weile starre ich nur vor mich hin und fange an, die Tatsachen zu begreifen. In zwei Tagen habe ich kein Dach mehr über dem Kopf. Dann tippen meine Daumen, ohne meine Vernunft um Erlaubnis zu fragen, die Antwort: »Okay, schönen Tag, Gilles Dubiosus.«

Reglos sitze ich auf dem Sofa. All meine Energie wird von meinem Gehirn beansprucht, das nach einer Lösung sucht. Ich kann nirgends hin. In Paris kenne ich niemanden außer Mel, und die soll nicht wissen, dass ich hier bin. Zurück nach Hause zu fahren, kommt nicht infrage. Mir fällt wieder der Abend meines dreißigsten Geburtstags ein. Nie hätte ich gedacht, dass ich eines Tages niemanden mehr haben würde und nirgends hinkönnte.

Ich stehe auf, ziehe mir meine Jacke und meine Sportschuhe an und laufe die Treppe hinunter. Heute ist mein Geburtstag, und mangels Kerzen habe ich jetzt große Lust auf ein Stück Kuchen.

10

Jeanne

Der junge Mann trug einen schwarzen Bäckerkittel und eine Haube auf dem Kopf. Er redete schnell und mit einem leichten Akzent, den Jeanne nicht recht einordnen konnte. Toulouse? Bayonne? Den Südwesten Frankreichs kannte sie gut, Pierre und sie waren in den Ferien oft dorthin gefahren. Am liebsten mochte sie das Baskenland mit seinen sattgrünen Bergen, seiner majestätischen Küste und seinem unvergleichlichen Käse. Jeanne hob die Hand.

»Sprechen Sie langsam, junger Mann, ich verstehe kein Wort.«

»Ich habe gehört, dass Sie ein Zimmer vermieten. Ich suche eins, wie hoch ist die Miete?«

Mit einer derartigen Frage hatte Jeanne nicht gerechnet. Sie hatte die Anzeige verfasst, ohne eine klare Vorstellung davon zu haben, wie viel sie an Miete verlangen sollte, überzeugt davon, dass es lange dauern würde, überhaupt einen Mieter zu finden. Sie überlegte ein paar Sekunden und kam zu dem Schluss, dass die Summe, die ihr monatlich fehlte, angemessen sein müsste.

»Zweihundert Euro.«

»Ich nehme das Zimmer!«

Jeanne musterte das Gesicht des jungen Mannes. Sein Blick war sanft und bildete einen Kontrast zu seinen permanent zusammengezogenen Augenbrauen. Er flößte ihr Vertrauen ein, aber Pierre hatte sie oft vor ihrer Gutgläubigkeit gewarnt. Das letzte Mal, dass sie einem Fremden die Tür geöffnet hatte, hatte sie wenig später eine zehnbändige Enzyklopädie am Hals gehabt.

Die Tür der Bäckerei öffnete sich bimmelnd. Eine dunkelhaarige Frau mit einer kleinen Pappschachtel in der Hand kam heraus. Sie tat ein paar Schritte, blieb stehen und suchte etwas in ihrer Handtasche.

»Wie alt sind Sie, junger Mann?«, fragte Jeanne.

»Achtzehn.«

»Arbeiten Sie hier?«

»Ja, ich bin Konditorlehrling.«

»Ich brauche Garantien. Können Sie mir Ihre letzten drei Gehaltsabrechnungen und eine Empfehlung Ihres derzeitigen Vermieters vorbeibringen?«

Er zögerte und nickte. Jeanne zog eine weitere Anzeige aus der Tasche und gab sie ihm.

»Hier steht meine Nummer drauf. Rufen Sie mich an, wenn Sie die Unterlagen haben.«

Der junge Mann dankte ihr und schien in die Bäckerei zurückgehen zu wollen, doch im nächsten Moment schaute er Jeanne direkt in die Augen.

»Madame, ich brauche wirklich eine Wohnung. Ich weiß noch nicht mal, wo sie liegt, aber ich wäre auch bereit, jeden Tag ganz Paris zu durchqueren, um zur Arbeit zu kommen. Ich kann keine ganze Wohnung bezahlen, aber ein Zimmer wäre super. Ich verdiene nicht viel, aber ich bin seriös. Bitte, geben Sie mir eine Chance!«

»Entschuldigung, dass ich mich einmische, vermieten Sie ein Zimmer?«

Jeanne und der junge Mann wandten sich der Stimme zu, von der die Frage kam. Die dunkelhaarige Frau, die soeben die Bäckerei verlassen hatte, schaute Jeanne lächelnd an. Sie trug eine Jeansjacke und hatte einen Pagenschnitt. Unter ihren grünen Augen war die Schminke leicht verschmiert.

»In der Tat«, antwortete Jeanne. »Ich habe in meiner Wohnung ein Zimmer frei und suche einen Mieter.«

»Und das bin ich!«, ergänzte der junge Mann rasch.

»Was noch nicht sicher ist«, bremste ihn Jeanne.

»In welchem Viertel liegt sie?«, fragte die junge Frau.

Jeanne hob den Kopf und zeigte auf ein Fenster im dritten Stock eines etwa fünfzig Meter entfernten Hauses.

»Oh!«, riefen die beiden jungen Leute gleichzeitig.

»Ich bin auch interessiert, Madame«, sagte die Frau. »Ernsthaft interessiert. Ich brauche so schnell wie möglich eine Unterkunft. Ich habe ein anständiges Gehalt, bin diskret und vertrauenswürdig. Sie würden es nicht bereuen.«

Jeanne zögerte einen Moment. Das Gesicht des jungen Mannes hatte sich verschlossen, während in dem der Frau Hoffnung aufleuchtete. Zwischen ihrem Gerechtigkeitssinn und ihrer Empathie hin- und hergerissen, reichte Jeanne auch ihr eine ihrer Anzeigen und bat sie, sie anzurufen, sobald sie die drei Gehaltsabrechnungen und eine Empfehlung ihres derzeitigen Vermieters hätte.

»Ich werde mir die Unterlagen von Ihnen beiden anschauen«, versicherte sie.

»Ich war aber zuerst da, das ist ungerecht«, rief der junge Mann.

Die junge Frau schüttelte den Kopf.

»Tut mir leid, ich brauche wirklich ein Zimmer.«

»Ach, vergessen Sie es! Ich bin es gewohnt, dass man mich bescheißt.«

Er drehte sich auf dem Absatz um und verschwand in der Bäckerei. Die junge Frau rief ihm eine zweite Entschuldigung hinterher, bevor sie sich ihrerseits entfernte. Jeanne ging zurück zum Gemüsehändler, zur Tabakhändlerin und zum Supermarkt und sammelte ihre Zettel wieder ein.

11

Théo

Ich bin total sauer. Ich hatte mir schon überlegt, ein Vermieterschreiben zu fälschen. Bestimmt hätte sie mir das Zimmer überlassen, aber dann ist diese dumme Tussi aufgetaucht. Neben jemandem mit einem richtigen Gehalt habe ich überhaupt keine Chance. Ich habe ja gesehen, wie die alte Frau mich angeschaut hat, sie hat mir vertraut, bei ihr hätte ich mich wohlgefühlt. Außerdem direkt neben meinem Job. Das wäre einfach zu schön. Aber wenn was schön ist, ist es nie was für mich. Auf jeden Fall habe ich mich geärgert und blöd reagiert, und damit ist die Sache gestorben. Dabei hat man mir oft genug gesagt, ich würde mich zu schnell aufregen, ich war ja deswegen bei mehreren Psychologen. Einer hat mir erklärt, ich sei hyperaktiv, alle anderen haben nur behauptet, es läge an der »Situation«. Ich fand es immer witzig, wenn sie die »Situation« sagten, statt die Sache klar auszusprechen, als würden klare Worte mich noch mehr kaputtmachen als die Fakten.

Der erste Psychologe, bei dem ich mit sechs oder sieben war, hieß Dr. Leroux. Bei dem sollte ich Bilder malen, während er auf seinem Handy gedaddelt hat. Dann war ich bei Dr. Volant, der war cool und schien mir wirklich helfen zu wollen, aber ich wollte nicht reden. Ich kann mich auch noch an Dr. Benjelloun erinnern, den deprimierendsten Typen des gesamten Universums. Die ganze Sitzung hindurch hat er mir immer wieder vorgejammert, der Welt gehe es schlecht, die Menschheit sei verloren, das Leben sinnlos, weil man ja am Ende sowieso sterben müsse. Von den Therapiestunden bei ihm kam ich immer so optimistisch zurück, als ginge ich zum Zahnarzt. Als Jugendlicher war ich dann ein paar Jahre bei Dr. Merny. Der hat während der Sitzungen geraucht und war immer ungekämmt. Er war witzig, allerdings wusste ich vorher nie, wie er drauf sein würde: Mal war er fröhlich, das nächste Mal sauer. Eines Tages hatte er die Füße auf dem Schreibtisch liegen, als ich zu ihm reinkam.

»Wissen Sie, warum ich so hier sitze?«, hat er mich gefragt.

»Nein.«

»Weil ich einen Furunkel am Hintern habe.«

Einmal habe ich ihn angerufen, weil ich kurzfristig absagen musste. Ich war total erkältet und hatte fast keine Stimme mehr, und er, er war schlecht drauf. Er hat mir zu verstehen gegeben, dass er nicht zu meiner freien Verfügung stünde, ich solle ihn einfach wieder anrufen, wenn ich bereit sei, meine Verpflichtungen einzuhalten. Ich weiß nicht, was mich da gepackt hat, ich habe angefangen zu schreien, nur dass aus meinem Mund nichts als ein lächerliches Fiepen kam. Er hat mich sagen hören, dass ich es satthätte, dass er so mit mir redet, dass ich kein Stück Scheiße bin, dass er mich respektieren muss. Daraufhin hat er mir ganz ruhig erklärt, ich könne ihn wieder anrufen, wenn ich nicht mehr so eine Stimme wie ein Hundespielzeug hätte. Schließlich ist er in Rente gegangen, sonst hätte ich vielleicht weiter bei ihm Therapie gemacht.

Der Letzte, zu dem ich geschickt wurde, war Dr. Fabre. Der holte mich im Wartezimmer ab, setzte sich in seinen Sessel, schaute mich mit einem Auge an, schloss das andere und bewegte sich die ganze Stunde lang nicht mehr. Nicht ein Wimpernschlag. Ich habe mir immer schon vor den Sitzungen zurechtgelegt, was ich ihm erzählen würde, sonst hätte das totale Schweigen geherrscht. Manchmal habe ich Grimassen geschnitten, aber er saß immer nur da wie eine Strohpuppe. Erst wenn die Stunde rum war, wurde er wieder lebendig. Ich habe noch nie so viel dafür bezahlt, jemandem beim Schlafen zuzugucken.

In meiner Jeanstasche vibriert das Handy. Ich schließe mich im Klo ein, weil Philippe es nicht mag, wenn ich während der Arbeit draufschaue. Es ist Bella. Nach unserem ersten Gespräch haben wir unsere Nummern ausgetauscht, und ich habe mich bei Tinder abgemeldet. Sie wollte, dass wir uns Fotos schicken, aber ich will lieber noch warten. Sie hat mir trotzdem eins geschickt, und da war ich platt. Sie ist superscharf, hat lange Haare und eine Wahnsinnsfigur. Wenn sie mich sieht, wird sie sofort abtauchen.

»Hallo, Baby, du fehlst mir. Bin im Englischunterricht, der Lehrer ist voll *boring*.«

Immer wenn ich ihre Nachrichten lese, kriege ich ein komisches Gefühl im Bauch. Seit kurzer Zeit denke ich mehrmals am Tag an sie. Ich hatte mir allerdings vorgenommen, mich nicht mehr zu verlieben. Es tut zu sehr weh, wenn man wieder auf die Beine kommen muss. Ich werde ihr aber mal sagen, dass ich diesen Kosenamen nicht mag. So hat meine Mutter mich immer genannt. Ich antworte schnell irgendwas Lockeres und zugleich Anteilnehmendes, und als ich das Handy wieder wegstecke, berühre ich in der Tasche die zusammengefaltete

Wohnungsanzeige. Ich rufe an, bevor Philippe mich holen kommt und mir der Mut versagt.

»Madame, es tut mir leid, dass ich mich vorhin so aufgeregt habe. Aber auch wenn es vielleicht so scheint, ich bin kein schlechter Kerl. Ich verspreche Ihnen, jeden Monat meine Miete zu zahlen und Sie nicht zu stören. Meine Musik werde ich über Kopfhörer hören, und zum Rauchen gehe ich nach draußen. Ich kann für Sie backen, das kann ich ziemlich gut. Allerdings will ich Sie nicht belügen: Eine Bescheinigung meines aktuellen Vermieters kann ich Ihnen nicht geben, da mein aktueller Vermieter die Metro ist. Herzliche Grüße, Théo Rouvier.«

12

Iris

Mein ganzes Leben passt in einen Koffer. Den hat Jérémy mir an einem Freitagabend im Dezember geschenkt. Das war kurz nach meinem Geburtstag. Wir hatten gerade von der Krankheit meines Vaters erfahren und standen alle unter Schock. Jérémy hat mich von der Arbeit abgeholt. Ich wollte nur eins: mich mit einer Tüte Chips aufs Sofa hauen und mir eine Serie angucken, die nur die oberste Schicht meines Gehirns beanspruchen würde. Aber sein Anblick hat all meine Müdigkeit verscheucht. Er wohnte in La Rochelle, ich in Bordeaux, wir trafen uns, sooft wir konnten, und in der Zwischenzeit vermissten wir uns. Er hat mich nicht zu mir nach Hause gefahren, hat die Umgehungsstraße genommen und auf meine zahlreichen Versuche herauszubekommen, wohin wir fuhren, nicht reagiert. Bevor ich mit ihm zusammen war, hatte ich eine lange Beziehung zu einem Mann, dessen Überraschungen sich auf dem Niveau von Kinderüberraschungseiern bewegten. Also ließ ich mich mit ungeheucheltem Genuss führen.

»Aber ich habe doch gar nichts dabei!«, habe ich protestiert, als wir am Flughafen ankamen.

Er hat aus dem Kofferraum einen grünen Koffer geholt, den er für den Anlass gekauft hatte.

»Ich habe ihn gepackt, es ist alles drin.«

Wir haben ein Wochenende außerhalb der Zeit verbracht, eine wundervolle Auszeit in Venedig. Für zwei Tage habe ich die Krankenhausflure und den Blick meines Vaters vergessen. Wir sind durch die Straßen gelaufen, sind essen gegangen, haben uns geliebt, haben was gegessen, haben Fotos gemacht, waren wieder essen, haben besichtigt, gegessen, gelacht, gegessen, uns geliebt, gegessen, diskutiert, gegessen.

Auf dem Rückflug, während ich ihm die Finger zerquetschte, hat er mir ein kleines Kästchen überreicht. Drinnen lag ein Schlüssel.

»Ich möchte, dass du zu mir ziehst«, hat er geflüstert.

In meiner Brust hat es heftig geklopft. Ich liebte ihn schon so wahnsinnig.

Sechs Monate später habe ich Bordeaux verlassen. Es war mir wichtig gewesen, bis zum Schluss in der Nähe meines Vaters zu bleiben.

Im dritten Stock bleibe ich stehen, um Luft zu schnappen. In Nadias Haus ist der Aufzug defekt, und das ausgerechnet an dem Tag, an dem ich einen Koffer hochschleppe, der schwerer ist als ich selbst. Ich würde gern den achten Stock erreichen, bevor mein Trapezmuskel wie der von Vin Diesel aussieht.

Im vierten Stock überholt mich ein Mann, der ungefähr doppelt so alt ist wie ich. Federnden Schrittes nimmt er Stufe für Stufe und grüßt mich, ohne eine Spur atemlos zu wirken.

Im fünften Stock bin ich kurz davor, meinen Koffer stehen zu lassen.

Im sechsten bin ich kurz davor, meine Lunge abzuschreiben.

Im siebten bete ich. Ihr Lungenflügel, die ihr in Flammen steht, vergebt mir meine Zigaretten, wie wir sie vergeben denen, die gepafft haben, und führe uns nicht in Versuchung, sondern erlöse uns von dem bösen Nikotin, Amen.

Als ich im achten die Tür zu Nadias Wohnung öffne, atme ich wie ein platter Reifen, aber lächle wie jemand, der den Kilimandscharo bestiegen hat.

Sie ist in der Küche und bereitet gerade eine Tajine zu. Der Duft nach Pflaumen- und Mandelsoße erinnert mich sofort an meine Freundin Gaëlle, die dieses Gericht immer liebend gern kochte. Ich verscheuche die Erinnerung, bevor mich Wehmut überkommt.

»Wollen Sie hier einziehen?«, fragt Nadia, als sie meinen Koffer sieht.

»Natürlich, hatte ich Ihnen das nicht gesagt?«

Sie lacht und lässt sich in ihren Rollstuhl fallen.

»Heute ist ein schlechter Tag«, erklärt sie mir. »Meine Beine wollen mich nicht länger als ein paar Minuten tragen.«

»Morgen geht es bestimmt wieder besser.«

Schon während ich den Satz ausspreche, wird mir bewusst, wie nichtssagend er klingt. Diese Aufmunterungssprüche nützen oft zu nichts anderem als dazu, die eigene Machtlosigkeit zu überlisten. Nie habe ich so häufig den Satz »So ist das Leben« gehört wie in der Zeit, als ich mit dem Tod konfrontiert war.

»Mal im Ernst«, fragt Nadia, »warum haben Sie einen Koffer dabei?«

Mir schießt das Blut in die Wangen, und ich fange an, albern zu kichern, wie immer, wenn ich lüge. Während ich zum Geschirrschrank flüchte, sage ich die auswendig gelernte Antwort auf, als würde ich vor der dritten Klasse ein Gedicht vortragen. Irgendwas von Kleidung, die ich zu einer Freundin zurückbringen muss, bei der ich nach der Arbeit vorbeigehen werde.

Es wäre mir lieber, das würde stimmen. Als ich nach zwei Stunden bei Nadia wieder ihre acht Etagen hinuntergehe, habe ich immer noch keine Ahnung, wo ich schlafen werde.

In der vierten Etage lege ich eine Pause ein, um auf der Immobilien-App nachzuschauen, ob mir jemand geschrieben hat. Ich habe ein Dutzend Anfragen an Vermieter geschickt, aber von keinem ist eine Antwort gekommen.

In der dritten Etage bleibe ich stehen, um weiter nach Wohnungen zu suchen und neue Anfragen rauszuschicken. Der Athlet von vorhin rennt die Treppe hinunter.

In der zweiten Etage schaue ich nach Hotelpreisen, nach meinem Kontostand und lasse mir ein Stockwerk lang Zeit, um eine Entscheidung zu treffen.

In der ersten Etage stoße ich auf ein einigermaßen erschwingliches Hotel, dessen Bewertungen allerdings einen skandalösen Mangel an Hygiene und Komfort beanstanden. »Der einzige Stern, den man in diesem Hotel findet, ist ein Seestern«, hat jemand geschrieben. In meiner Lage darf ich nicht kleinlich sein, ich buche ein Zimmer.

Im Erdgeschoss schreibe ich eine SMS.

»Guten Tag, Madame, ich wollte Ihnen nochmals sagen, dass ich an Ihrem Zimmer interessiert bin. Glauben Sie mir, wenn ich nicht in einer sehr heiklen Lage wäre, hätte ich Ihr Gespräch mit dem jungen Mann, der ebenfalls dringend ein Dach über dem Kopf zu brauchen scheint, niemals unterbrochen. Falls Sie sich noch nicht entschieden haben, würde ich verstehen, wenn Sie lieber ihn nehmen. Herzliche Grüße, Iris.«

Oktober

13

Jeanne

Jeanne traf zur gleichen Zeit wie jeden Tag auf dem Friedhof ein. Sie legte Wert darauf, zu diesen Treffen nicht verspätet zu erscheinen. Morgens war sie zu ihrer Friseurin gegangen, um sich die Spitzen schneiden zu lassen. Ihr langes Haar steckte sie sich immer zu einem Knoten hoch, bevor sie das Haus verließ. Einmal pro Saison ließ sie es sich bei zunehmendem Mond ein paar Zentimeter abschneiden, damit es kräftig blieb.

Mireille, die ihr seit über zwanzig Jahren die Haare schnitt, hatte sich besorgt nach Pierre erkundigt, weil sie ihn so lange nicht gesehen hatte. Wie immer, wenn diese Frage ihr einen Stich in die Brust versetzte, hatte Jeanne es nicht geschafft zu sagen, dass er tot war. »Ich habe ihn verloren« hatte ihre Antwort gelautet, und genau das war es, was sie empfand.

Die Bank in der Nähe von Pierres Grab war heute besetzt. Eine Frau saß dort mit aufrechtem Rücken und blickte ins Leere. Jeannes Gruß wurde nicht erwidert, aber sie nahm keinen Anstoß daran. Pierre erwartete sie. Sie legte eine Hand auf sein Foto, streichelte es und beugte sich zu seinem Ohr hinunter.

»Ich suche dich überall, mein Liebling«, flüsterte sie. »Im Bett neben mir, im dampfenden Duschwasser, im Spiegel, in einem Vorhang, der sich bewegt, ich suche dich in Boudines Blick, im Geräusch von Schritten im Treppenhaus, in deinen Hemden, die noch auf ihren Bügeln hängen. Ich suche dich in meinen Erinnerungen, in einer Fernsehsendung, in einem Lied, im Klang einer Stimme, ich suche dich im Wind, im Donnergrollen, in der Sonnenwärme. Ich suche dich in deinem Rasierwasser, in deiner halb leeren Zahnpastatube, in deiner unvollständigen Einkaufsliste, im Anrufbeantworter deines Handys, im Video von unserem letzten Urlaub, auf den Fotos, die ich nie sortiert habe. Ich suche dich an den Straßenecken, an den Zebrastreifen, in den Parks, im Schatten der Bäume, auf den Caféterrassen, in der Supermarktschlange, ich suche dich, wenn das Telefon klingelt, wenn es an der Tür klopft, wenn ich den Briefkasten öffne. Ich suche dich um drei Minuten nach Mitternacht, um sieben Uhr vierunddreißig, um zwölf Uhr mittags, um siebzehn Uhr siebzehn, um sechs nach acht. Ich suche dich in meinem Rücken, an meinem Hals, unter meinen Händen, an meinem Bauch. Ich suche dich überall und finde dich nicht. Ich habe dich verloren, mein Liebling.«

Jeanne wischte sich die Wangen trocken und drehte sich zu der Bank um. Die Frau war verschwunden. Sie zupfte ein paar verwelkte Blätter von den Blumen ab, goss die, die Wasser brauchten, wischte den Staub von den Gedenktafeln und setzte sich schließlich hin.

»Ich hatte dir ja versprochen, eine Lösung für die Wohnung zu finden. Ich habe Wort gehalten. Ich bin mir zwar nicht sicher, ob du die Idee gut fändest, aber ich habe lange überlegt, und mir bleibt einfach nichts anderes übrig. Ich habe jetzt das zweite Zimmer zur Miete angeboten. Ich nähe nicht mehr, mir ist die Lust dazu vergangen. Ich habe alle Nähsachen in den Keller gebracht, und Victor hat mir geholfen, ein Bett und eine Kommode ins Zimmer zu stellen. Die Mieterin heißt Iris, sie ist Pflegerin und macht einen seriösen Eindruck. Heute Abend zieht sie ein.«

Jeanne schwieg einen Augenblick, die Augen auf das Foto ihres Ehemannes gerichtet. Da er nicht antwortete, fuhr sie fort: »Ich bin etwas aufgeregt, ich habe ja immer nur mit dir zusammengelebt. Victor hat gemeint, es sei eine gute Sache, ich würde mich dann weniger allein fühlen. Ich fühle mich nicht allein, ich fühle mich nur ohne dich.«

Erneut hielt sie inne, diesmal um die aufsteigenden Tränen herunterzuschlucken. Ihre übrigen Gedanken behielt sie für sich und ging über zu dem neusten bei Mireille aufgeschnappten Klatsch. Pierre war darauf genauso scharf wie sie. Es hatte sich zum Ritual entwickelt. Vom Friseur, zu dem er häufiger ging als Jeanne, kam er nie ohne die aktuellen Tratschgeschichten aus dem Viertel zurück. Über den neuen Freund von Madame Minot, den Skandal um Monsieur Schmidt oder die neusten Streiche der Liron-Kinder lachten sie wie freche Gören.

Nachdem sie sich erneut für den nächsten Tag mit ihm verabredet hatte, verließ Jeanne ihren Mann. Der Himmel hatte sich zugezogen. Sie wickelte sich ihren Schal um den Hals, legte Boudine die Leine an und machte sich mit tiefer hängenden Schultern als gewöhnlich auf den Weg Richtung Ausgang. Das ungute Gefühl, ihm nicht die ganze Wahrheit gesagt zu haben, bedrückte sie.

Im Briefkasten erwartete sie wieder ein Brief ohne Absender. Eilig ging sie hoch in ihre Wohnung und öffnete den Umschlag, noch bevor sie sich den Regenmantel ausgezogen hatte.

Frühjahr 1993

Nachdem Jeanne im Kino Ghost gesehen hat, geht sie zum Friseur, um sich die Haare so kurz schneiden zu lassen wie Demi Moore. Ein paar Wochen hat sie gezögert, sich dann aber dazu entschlossen. Haare wachsen ja wieder nach, sagt sie sich. Pierre hat sie nichts davon erzählt, sie will ihn damit überraschen. Er kennt sie nur mit ihrem langen braunen Haar. Jeanne geht nur selten zum Haareschneiden, hat auch keinen Stammfriseur. Sie wählt auf gut Glück einen Friseursalon und landet bei einer Friseurin, die ihr bestätigt, dass der Demi-Moore-Look gerade modern ist. Sie versichert ihr, sie habe Übung mit diesem Haarschnitt. Auf dem Rückweg fühlt Jeanne sich gut. Leicht. Sie kommt sich vor wie Demi Moore. Als sie zu Hause ankommt, ist Pierre da. Sie fühlt sich wie ein junges Mädchen vor ihrem ersten Rendezvous, hin- und hergerissen zwischen Ungeduld und ängstlicher Aufregung. Pierre ist überrascht. Er mustert sie, bittet sie, sich einmal um sich selbst zu drehen, schaltet das Licht ein, um sie besser betrachten zu können, und sagt schließlich, sie sei wunderschön, der Haarschnitt unterstreiche ihr hübsch geformtes Kinn und ihre gerade Nase. »Weißt du, an wen du mich erinnerst?«, fragt er. Jeanne frohlockt. Sie weiß, er wird sie jetzt mit Demi Moore vergleichen, daran zweifelt sie keine Sekunde, spielt aber die Ahnungslose und schüttelt den Kopf. Er lächelt gerührt, wie jemand, der gleich ein wunderba-

res Kompliment machen wird, und antwortet: »An Mireille Mathieu.«

Diese Anekdote hatte Jeanne völlig vergessen. Beim Gedanken daran musste sie unwillkürlich lachen, merkte dann aber, dass sie sich hinsetzen musste. Sie hatte weiche Knie. Sie war genauso ergriffen wie bei der Lektüre des ersten Briefs, vielleicht sogar noch mehr. Diesen zweiten hatte sie erhofft und gefürchtet. Er enthielt keinerlei Hinweise auf seinen Absender, aber das war in diesem Moment nicht mal das Wichtigste. Für einen kurzen Moment war Jeanne in die Welt eingetaucht, die nicht mehr existierte.

14

Théo

Ich fasse es nicht. Als die alte Frau angerufen hat, um mir zu sagen, dass es mit dem Zimmer klappt, dachte ich zuerst, sie hätte eine falsche Nummer gewählt. Das letzte Mal, dass ich Glück hatte, war bei einem vom Jagdverein organisierten Bingo, das ist bestimmt zwei oder drei Jahre her. An dem Tag zog ich mit Manon, Ahmed und Gérard (der nicht so alt ist wie sein Vorname) um die Häuser. Wir kamen an der Festhalle vorbei und sahen jede Menge Leute, die auf Karten voller Zahlen starrten, als würden sie auf einem Wimmelbild nach Walter suchen. Da haben wir Lust gekriegt mitzumachen. Wir haben zu viert eine Karte gekauft, das hat uns einiges gekostet. Dann kam die letzte Runde, das größte Los. Uns fehlte nur noch eine Zahl, um die Karte voll zu kriegen: die 63. Direkt neben uns wartete eine Frau, die Augenbrauen wie Pinselstriche hatte, auf die 31. Sie hatte ungefähr zehn Karten und sogar Magnetchips, die sie mit einem Magnetstab einsammelte. Wir hatten nur das eine Los, haben aber trotzdem gewonnen. Als die 63 kam, sind wir vor Freude in die Luft gesprungen, als wären wir gerade Fußballweltmeister geworden, sind durch die Gegend gerannt und haben alle Leute umarmt. Aber als wir erfuhren, was wir gewonnen hatten, haben wir uns schnell wieder eingekriegt. Die anderen haben vielleicht Augen gemacht, als wir mit einem lebendigen Schwein ins Heim gekommen sind! Wenn ich daran denke, mache ich mir jedes Mal vor Lachen in die Hose. Das Schwein wurde unser Maskottchen. Manchmal fällt es mir wieder ein, wenn mich meine Erinnerungen überkommen, was ich aber möglichst vermeide, weil meine Mutter immer gesagt hat, Heulen sei was für Schwächlinge.

Ich klingle an der Gegensprechanlage, die Tür geht auf. Drinnen sind Briefkästen und ein kleiner Hof mit Pflanzen und Mülltonnen. Ich weiß nicht so genau, wohin ich gehen muss. Ein Typ lehnt sich aus einem Fenster im Erdgeschoss und fragt mich, ob er mir helfen kann. Ich weiß noch nicht mal, wie die Besitzerin heißt.

»Ich will zu einer Dame mit einem Haarknoten.«

Er schließt das Fenster, und schon ein paar Sekunden später kommt er mit einer Katze auf dem Arm durch eine rote Tür. Er war verdammt schnell, als hätte man ihn gebeamt. Er sagt, er heißt Victor Giuliano und ist hier der Hausmeister. Offenbar wusste er schon, dass ich kommen würde.

»Madame Perrin wohnt im dritten Stock. Da geht's zur Treppe.«

Er weist mir den Weg, ich bedanke mich und will gerade hochlaufen, als er mich am Arm zurückhält.

»Sie ist eine liebe Frau, wissen Sie.«

»Okay.«

Er lässt mich nicht los.

»Tun Sie ihr nichts Böses.«

»Ach, Sie meinen, sie im Schlaf erwürgen und ihr Gehirn verspeisen? Wie schade.«

Victor lässt meinen Arm los und tritt einen Schritt zurück. Ich habe das Gefühl, ich muss ihm erklären, dass ich nur Spaß gemacht und noch nie gern Hirn gegessen habe. Er kichert und beteuert, das habe er verstanden. Ich tue, als würde ich ihm glauben, obwohl er mich anguckt wie ein Truthahn, der kurz vor Weihnachten einem Metzger begegnet.

Als ich im dritten Stock ankomme, öffnet mir die alte Dame die Tür. Sie bittet mich, auf der Fußmatte zu warten, und legt zwei große Stoffrechtecke vor meine Füße.

»Jetzt können Sie hereinkommen.«

Ich mache einen großen Schritt über die Rechtecke und stehe in einer kleinen Diele. Sie stellt sich mir in den Weg.

»Ziehen Sie bitte die Schlittschuhe an!«

»Die was?«

Sie zeigt auf die beiden Stoffstücke und erklärt mir, das seien Wohnungsschlittschuhe zum Schutz des Parkettbodens.

»Entweder Sie behalten Ihre Schuhe an und rutschen auf den Schlittschuhen durch die Wohnung, oder Sie ziehen Ihre Schuhe aus. Das ist hier noch das alte Parkett, ich pflege es, aber es nutzt sich eben leicht ab. Haben Sie kein Gepäck?«

Ich schüttle den Kopf und stelle mich auf die komischen Dinger. Dann folge ich ihr rutschend bis in mein neues Zimmer. Die Eisprinzessin in Person.

Das Zimmer ist klein und nicht sehr hell, aber es wird schon gehen. Ich sehe ein schmales Bett, eine Kommode, einen Schreibtisch und auf dem Boden einen weißen Teppich. Ich rutsche über den Boden bis zum Fenster, das auf den Hof hinausgeht.

»Kommen Sie erst mal in Ruhe an. Danach zeige ich Ihnen die ganze Wohnung.«

Endlich allein. Ich ziehe meine Sportschuhe aus und lasse mich aufs Bett fallen. Unwillkürlich muss ich lächeln, und dabei sehe ich bestimmt bescheuert aus, aber wenn ich heute nicht lächle, wann dann? Ich habe ein Zuhause! Ich habe ein Zuhause! Ich fasse es einfach nicht. Wenn hier mehr Platz wäre, würde ich einen dreifachen Lutz machen. Ich war mir sicher, dass die Tante aus der Bäckerei mir das Zimmer weggeschnappt hat. Bestimmt geht's ihr jetzt mies, aber das ist nun mal Schicksal. Sie hat immerhin versucht, sich vorzudrängeln, hatte kein Mitleid mit mir, da werde ich auch keins mit ihr haben.

Ich greife nach meinem Handy, um meinen Freunden Bescheid zu sagen, aber im letzten Moment überlege ich es mir anders. Seit meinem Auszug habe ich mich nicht wieder bei ihnen gemeldet, da sollte ich ihnen jetzt nicht das hier unter die Nase reiben, sie mussten ja schließlich dableiben. Lieber schicke ich Bella eine Nachricht. Seit gestern habe ich nichts mehr von ihr gehört. Normalerweise schreiben wir uns die ganze Zeit, sobald wir können. Abends kann das Stunden gehen, wenn sie nichts zu tun hat. Sie kümmert sich um ihren kranken Vater, und das neben ihrem Kunstgeschichtsstudium und einem Job als Kellnerin. Wir haben vieles gemeinsam. Sie hat mir Sachen anvertraut, die sie noch nie jemandem gesagt hat. Da habe ich auch angefangen, ein paar Geheimnisse auszupacken. Ich habe das Gefühl, dass sie mich wirklich versteht. Gestern habe ich ihr ein Foto von mir geschickt, weil sie schon länger gebettelt hat. Als die Nachricht raus war, habe ich mich mies gefühlt, aus Angst, dass sie mich hässlich findet. Aber sie hat mir »Ich liebe dich« geantwortet. Da hatte ich ein ganz komisches Gefühl in der Herzgegend. So was hat man mir nicht oft gesagt. Ich wusste gar nicht, dass man jemanden liebhaben kann, den man nie gesehen hat.

»Hallo, Bella, alles klar bei dir? Rate mal, von wo aus ich dir schreibe.«

Genau in dem Moment, als ich auf »Senden« tippe, klingelt es an der Tür. Ein paar Minuten später höre ich zwei Stimmen. Ich öffne meine Zimmertür einen Spalt und schaue in den Flur. Eine Frau stellt sich auf die Schlittschuhe. Als sie aufschaut, erkenne ich sie wieder: Es ist die Tante von der Bäckerei, gefolgt von einem grünen Koffer.

15

Iris

Seit meiner Kindheit habe ich keine Wohnungsschlittschuhe mehr benutzt. Meine Großmutter hat uns immer gebeten, welche anzuziehen, wenn sie den Boden geputzt hatte. Mein Cousin und ich haben damit Wettrutschen veranstaltet. Er war zwei Jahre älter als ich und sehr selbstbewusst. Und da sich damals bei mir die Lust am Wettstreit zu regen begann, habe ich mich ordentlich ins Zeug gelegt, um ihn nicht gewinnen zu lassen. So ordentlich, dass ich schließlich eine Wandecke geküsst habe, meine Lippe aufgeplatzt ist, mit Klebeband repariert wurde und ich wegen des Bluts auf dem frisch gebohnerten Parkett kein Fernsehen schauen durfte.

Als ich aufschaue, trifft mein Blick den des Jungen aus der Bäckerei. Ich lächle ihm zu, er schließt die Tür.

»Ich habe beschlossen, Sie beide zu nehmen, weil ich zwei leere Zimmer habe. Kommen Sie, ich zeige Ihnen Ihres. Übrigens, ich heiße Jeanne.«

Ich folge ihr bis zum Ende des Flurs. Das Zimmer ist nicht sehr groß, aber mit allem Nötigen ausgestattet inklusive einem molligen Federbett, unter das ich mich am liebsten gleich verkriechen würde. Jeanne lässt mich allein und schlägt vor, dass wir uns in zehn Minuten zusammensetzen, um unser WG-Leben zu besprechen. Zwei genügen mir, um meinen Koffer auszupacken. Er enthält gerade genug zum Anziehen für ein paar Tage. Weiter konnte ich nicht vorausschauen, da war zu viel Nebel um mich herum. Ich träume von einer warmen Dusche. In dem Hotel, in dem ich die letzten fünf Nächte verbracht habe, lief nur ein lauwarmes Rinnsal aus dem Duschkopf. Ich betrachte die weißen, vermutlich selbst genähten Vorhänge und die Tapete mit dem Wolkenmuster und frage mich, ob ich es schaffen werde, mich hier zu Hause zu fühlen. Es ist das erste Mal seit meiner Flucht aus La Rochelle, dass ich mich wirklich irgendwo niederlasse. Ich habe mir die Schritt-für-Schritt-Methode angewöhnt, taste mich vorwärts, ohne zu wissen, was der nächste Tag bringen wird. Einen Ort ganz für mich zu haben, ist beruhigend, selbst wenn ich ihn natürlich über kurz oder lang wieder werde verlassen müssen.

Als ich die Tür öffne, die ins Wohnzimmer zu führen scheint, stürmt ein wildes Tier auf mich zu. Ich renne zum erstbesten erkennbaren Zufluchtsort und stehe im nächsten Moment auf einem grünen, samtbezogenen Sofa. Jeanne und der Junge starren mich sprachlos an.

»Keine Angst, keine Angst, Boudine will Sie nur begrüßen.«

»Ich wusste nicht, dass Sie einen Wachhund haben!«

»So einen kräftigen Kampfhund habe ich noch nie gesehen«, kichert der Junge.

»Boudine ist kein Kampfhund!«, protestiert Jeanne und nimmt den Hund auf den Arm. »Sie ist ein Zwergdackel. Komm, mein Schatz, hör nicht auf das, was sie sagen.«

Seit dem Tag – ich muss etwa sieben gewesen sein –, als der

apricotfarbene Pudel unserer Nachbarin in unseren Garten gerannt kam und meine Wade mit einem Brathähnchen verwechselt hat, habe ich eine Hundephobie. Ich habe damals versucht, das Biest abzuschütteln, habe wild um mich getreten, aber es war nichts zu machen, der Hund hing an meinem Bein und hat nicht losgelassen. Ich habe geschrien, mein Vater kam aus dem Haus gerannt und hat es schließlich geschafft, den Angreifer von mir zu trennen. Die Wunde wurde genäht, und ich bin mit einer Narbe und panischer Angst vor Hunden jeder Größe davongekommen. Als Jérémy gesagt hat, er würde gern einen Labrador adoptieren, habe ich eine Therapie gemacht, aber das hat nicht genügt. Er hat oft davon gesprochen, wie enttäuscht er war.

Mit Pudding in den Knien verlasse ich meine erhöhte Position und setze mich zu meinen neuen Mitbewohnern an einen runden Holztisch. Der junge Mann zeigt mit dem Finger auf das Sofa: »Sie haben da was verloren.«

Mit Blicken suche ich die Sitzfläche ab. Nichts. Ich stehe auf und inspiziere das Sofa aus der Nähe, schiebe eine Hand zwischen die Kissen, immer noch nichts.

»Ich verstehe nicht. Was habe ich verloren?«

»Ihre Würde«, antwortet er ernst.

Das WG-Leben beginnt unter den besten Vorzeichen.

16

Jeanne

Nach Pierres Tod hatte Jeanne sich angewöhnt, früh ins Bett zu gehen. Sie hatte sich bemüht, ihren Alltag möglichst unverändert beizubehalten, aber manche Gewohnheiten hatten inzwischen ihren Sinn verloren. Mit Pierre hatte sie sich einen Film immer bis zum Schluss angeschaut, danach hatten sie darüber geredet, ihre Eindrücke ausgetauscht und manchmal aus Anlass irgendeiner vertrauten Szene Erinnerungen wachgerufen. Jetzt schaute sie sich die Filme nicht mehr bis zum Ende an. Was auf dem Bildschirm oder in einem Buch passierte, fesselte sie nicht mehr. Ihre Gedanken berührten nur die Oberfläche, schweiften durch eine andere Fiktion, in der Pierre die Hauptrolle spielte.

An diesem Abend, nach dem Einzug ihrer beiden Untermieter, war Jeanne noch früher als sonst zu Bett gegangen. Sie hatte gehofft, das eigenartige Gefühl, das sie beherrschte, abschütteln zu können, es im Schlaf loszuwerden. Seit Wochen bedeutete Schlaf für sie Zuflucht. Wenn er sich nicht von selbst einstellte, holte sie ihn mithilfe der Schlaftabletten herbei, die ihr der Arzt verschrieben hatte. Es war das einzige Mittel, mit dem sie es schaffte, ihren schrillen Schmerz zum Schweigen zu bringen, ihn beiseitezuschieben und durchzuatmen, um für den nächsten Realitätsansturm gewappnet zu sein.

Sie war nicht mehr wirklich bei sich zu Hause. Dieser Gedanke hatte sie den ganzen Abend über beschäftigt. Fremde Menschen – so reizend sie auch sein mochten – saßen jetzt an ihrem Tisch, lebten in ihrer Wohnung, und dadurch war alles, was diese Wohnung bedeutete, verfälscht. Sie hatte ihre Entscheidung übereilt getroffen, aus lauter Angst vor den untragbaren finanziellen Belastungen, ohne die Folgen abzuschätzen. Und dann war es passiert, noch bevor sie Zeit gehabt hatte, darüber nachzudenken. Diese Fremden würden jetzt aus denselben Gläsern trinken wie Pierre, ihren Kopf auf dieselben Kissenbezüge legen, mit ihren Händen dieselben Türgriffe anfassen wie er. Die junge Frau war sogar auf das Sofa gesprungen, genau an die Stelle, wo er immer gesessen hatte.

Jeanne streckte den Arm aus, um Boudine zu streicheln, die Pierres Platz im Bett eingenommen hatte. Der Schwanz der Hündin zuckte. Jetzt konnte sie es nicht mehr rückgängig machen. Sie hatten einen Mietvertrag abgeschlossen. Der Junge hatte sich bestimmt zehn Mal bei ihr bedankt, und sie hatte bemerkt, wie Iris kurz vor dem Unterschreiben mit den Tränen kämpfte. Anschließend hatten sie, um ein gutes Zusammenleben zu gewährleisten, eine Art Hausordnung aufgestellt. Für alle drei war es eine Premiere, jeder hatte Vorschläge gemacht, dann hatten sie abgestimmt. Sie hatten sich darauf geeinigt, dass Besucher nicht gern gesehen waren, dass sie reihum die Wohnung sauber machen und einen Putzplan aufstellen würden, dass jeder wegräumte und abwusch, was er benutzt hatte, dass Lärm verboten war, dass die Zimmer private Bereiche waren, die niemand außer ihren Bewohnern betreten durfte, dass jeder im Kühlschrank und im Küchenschrank ein Fach bekam, dass es keine Verpflichtung gab, die Mahlzeiten gemeinsam einzunehmen, dass die Miete am 5. jedes Monats zu zahlen war und jeder den Schlaf des anderen zu respektieren hatte. Die Regeln würde man im Lauf des Zusammenwohnens noch ausbauen, aber das Fundament war gelegt.

Am Ende der Besprechung hatte Jeanne den beiden vorgeschlagen, gemeinsam zu Abend zu essen. Théo hatte abgelehnt mit der Begründung, er habe vor dem Verlassen der Bäckerei ein Sandwich gegessen. Iris aber hatte zugestimmt, und sie hatten die Kürbissuppe und die Quiche Lorraine gegessen, die Jeanne zubereitet hatte, in der Annahme, die beiden seien vermutlich nicht zum Einkaufen gekommen. Sie hatten ein paar Banalitäten ausgetauscht, dann hatte die junge Frau den Tisch abgeräumt und war in ihr Zimmer gegangen, nicht ohne zuvor einen besonderen Wunsch zu äußern: »Mir wäre es lieb, wenn mein Name nicht auf dem Klingelschild steht.« Jeanne war überrascht gewesen, hatte es dann aber akzeptiert.

Endlich sank sie in einen traumlosen Schlaf. Um drei Uhr morgens wurde sie von einem Geräusch geweckt, stand auf, schlüpfte in ihre Pantoffeln, zog sich den Morgenmantel an und öffnete vorsichtig die Tür zum Flur. Das Geräusch wurde lauter. Jeanne ging in die Richtung, aus der es kam, bemüht, die knarrenden Dielen zu meiden, und hielt ihr Ohr an die Tür des dritten Zimmers. Das Geräusch war jetzt deutlich zu vernehmen und ließ keinen Zweifel an seinem Ursprung: Iris weinte.

17

Théo

Heute war ich zu früh bei der Arbeit. Nathalie wären fast die Augen aus dem Kopf gefallen. Ich habe von zu Hause aus genau vier Minuten gebraucht.

Zu Hause. Bei mir. Wie lange habe ich das nicht mehr gesagt? Als ich zum ersten Mal im Heim gelandet bin, war ich fünf. An vieles kann ich mich heute nicht mehr erinnern, aber ich weiß noch, dass ich die Hände so stark zu Fäusten geballt habe, dass meine Fingernägel sich in die Handballen gegraben haben, und wie meine Mutter gekreischt hat, als sie mich mitgenommen haben. Auch an den Fußtritt von Jason kann ich mich gut erinnern, einem der Großen, der es nicht so toll fand, dass ich auf sein »Hallo« nicht reagiert habe. Und an meinen kleinen Rucksack mit dem Koalakopf.

Gestern habe ich den ersten Mietvertrag meines Lebens unterschrieben. Ich habe mich erwachsen gefühlt. Eines Tages werde ich eine eigene Wohnung ganz für mich allein haben. Träume habe ich nicht viele, weil die immer Scherben hinterlassen, wenn sie kaputtgehen. Aber an den von der Wohnung glaube ich wirklich. Ich will meine Schlüssel in *meinem* Schloss umdrehen, ich will *meinen* Kühlschrank öffnen, mich auf *mein* Sofa setzen, *meine* Musik auflegen und *mein* Leben cool finden. Wenn ich erst mal meinen Gesellenbrief habe, würde ich gern in einem großen Restaurant oder in einem guten Café arbeiten. Irgendwo, wo die Leute essen. Damit ich ihr Gesicht sehen kann in dem Moment, wo sie meinen Kuchen probieren. Das ist für mich das Schönste, wenn ich für andere backe. Dieser Moment, in dem es sie glücklich macht.

Ich gehe in den Kühlraum zu Philippe. Er ist nicht allein. Er stellt mir Leïla vor, die Nathalie beim Verkauf unterstützen wird. Ich wusste gar nichts davon, aber das ist hier normal, Kommunikation ist ihnen schnuppe, für sie ist das nur ein leeres Wort. Die ganze Zeit vibriert mein Handy. Ich nehme es mit aufs Klo und schließe mich ein. Es ist Bella.

»Théo, ich brauch dich.«

»Théo, bitte, es ist dringend.«

»Ich sitz in der Scheiße!!!«

Ich bin so besorgt, dass ich sie sofort anrufe. Gleich werde ich zum ersten Mal ihre Stimme hören. Während es klingelt, kommt wieder eine Nachricht: »Ich kann nicht antworten, ich bin im Krankenhaus.«

Ich lege auf und frage sie, was los ist.

»Er hatte einen Infarkt. Er liegt im Koma. Ich hab Angst …«

Bella erzählt mir oft von ihrem Vater. Ihre Mutter ist vor zwei Jahren gestorben, sie hat jetzt nur noch ihn. Sie hat mir schon mehrmals geschrieben, dass sie es nicht überleben würde, ihn zu verlieren.

»Ich brauch dich, Théo.«

»Willst du, dass ich komme?«

Jemand klopft an die Tür. Ich weiß, dass es Philippe ist. Ich sollte das Klo verlassen, aber Bella antwortet gerade: »Nein, nicht jetzt. Heute Morgen ist mir meine Kreditkarte geklaut worden, und um meinen Vater zu operieren, wollen die hier eine Kaution von zweihundert Euro von mir. Könntest du mir einen PCS-Gutschein schicken?«

Mir wird flau im Magen. Ich frage sie, was ein PCS-Gutschein ist, aber die Antwort kenne ich schon.

»Du musst zu einem Tabakladen gehen, da kaufst du einen Gutschein über zweihundert Euro, sie geben dir einen Code, und du brauchst mir nur diesen Code zu geben.«

»Okay, Bella, ich kümmere mich sofort darum.«

Philippe klopft kräftiger an die Tür. Es dauert eine Weile, bis ich aufhöre zu zittern. Wie konnte ich mich nur so reinlegen lassen? Dabei habe ich schon jede Menge Geschichten gehört von Leuten, die auf Dating-Seiten abgezockt wurden. Ich bin wirklich ein Idiot. Es reicht, dass mir jemand ein paar Krümel Zuneigung oder ein »Ich liebe dich« hinwirft, und meine Neuronen streiken komplett. Das ist mein Schwachpunkt. Wenn ich mit Liebe in Berührung komme, werde ich weich. Deshalb hat Manon mich auch sitzen lassen: Sie fand mich zu lieb. Als wir uns kennengelernt haben, hatte ich eine große Schnauze und habe mich gern geprügelt, das hat ihr gefallen. Aber kaum fing ich an, ihr poetische Sachen zu schreiben, Blumen für sie zu pflücken und mit ihr reden zu wollen, wenn sie mich blöd angemacht hatte, fand sie das nicht mehr toll, und dann ist sie mit einem Stück von meinem Herzen abgehauen.

Wieder wird an die Tür gehämmert. Ich mache auf, Philippe steht mit verschränkten Armen davor.

»Schade, dass du kein Öl scheißt. Du wärst schon Millionär!«

Leïla hält sich eine Hand vor den Mund, um nicht zu kichern, Nathalie lacht vorne im Laden. Ich gehe wortlos zu meinem Arbeitsplatz zurück. Sollen sie mich doch alle am Arsch lecken.

18

Iris

»Bist du's, kleines Miststück?«

»Ja, ja, ich bin's!«

Madame Beaulieu freut sich, mich zu sehen. Seit sie mir ihre Schwäche für Scrabble gestanden hat, spielen wir es oft. Wegen ihrer kognitiven Störungen haben wir die Regeln vereinfacht: Man legt die Wörter, die man will und wohin man will. Manchmal fragt sie mich nach der Bedeutung eines Begriffs, dann denke ich mir irgendwas aus. Zum Beispiel ist »Ptiwob« eine orangefarbene tropische Blume, wenn einem heiß ist, kann es passieren, dass man in aller Öffentlichkeit »murtelt«, und ein »Zipel« ist ein Zebrajunges.

Sie schaut mir beim Putzen und bei der Hausarbeit zu. Anfangs fühlte ich mich überwacht, aber nach und nach habe ich begriffen, dass meine Arbeit für sie eher eine Art Schauspiel ist. Ich bin eine Ballerina mit Staubwedel. Madame Beaulieu hat zwanghafte Ängste um ihre Unterwäsche. Alle drei Minuten will sie wissen, ob sie auch genügend Slips hat. Ich versichere ihr, dass alle im Schrank liegen, im dritten Fach. Sie nickt beruhigt, aber drei Minuten später fängt sie wieder an. Die seltenen Male, als ich ihre Tochter getroffen habe, hat diese mir von ihrer starken, aktiven Mutter erzählt, die die Krankheit ihr gestohlen habe. »Sie ist für Frauenrechte auf die Straße gegangen, sie hat es gewagt, sich scheiden zu lassen, hat ihre eigene Firma gegründet und war die Chefin von circa dreißig Angestellten. Sie war eine tolle Frau. Ich kann gar nicht mit ansehen, wie sie abgebaut hat.«

Manchmal durchdringt ein Blitz geistiger Klarheit ihren nebligen Himmel. Zum Beispiel heute, als sie mir direkt in die Augen schaut, nachdem ich »govhnoox« als Wort mit dreifachem Buchstabenwert gelegt habe.

»Gefällt dir dein Beruf?«

Ich nicke und will schon das Thema wechseln, dann aber fällt mir ein, dass sie das, was ich ihr sagen werde, sofort wieder vergessen wird, und beschließe, ihr etwas anzuvertrauen: »Pflegerin ist nicht mein richtiger Beruf.«

»Tatsächlich? Was ist denn dein richtiger Beruf?«

Ich habe es lange nicht mehr ausgesprochen und bin mir nicht mal sicher, ob ich überhaupt einmal ein anderes Leben hatte.

»Ich bin Physiotherapeutin. Ich habe in einer Praxis gearbeitet, zusammen mit einer anderen Physiotherapeutin und einer Osteopathin.«

Madame Beaulieu runzelt die Stirn.

»Aber warum um alles in der Welt übst du diesen Beruf nicht mehr aus?«

»Ich konnte nicht mehr in der Praxis bleiben und musste schnell Arbeit finden. Ich wusste, dass im Pflegebereich oft Leute gesucht werden. Und außerdem …«

Ich verstumme aus Angst, mich zu weit vorzuwagen, aber Madame Beaulieus Neugier holt mich ein.

»Ja?«

»Meinen Beruf zu behalten, war zu gefährlich.«

Sie mustert mich lange. Ich bereue, geredet zu haben, und fürchte, sie will jetzt mehr erfahren. Ich habe die Wahrheit so tief vergraben, dass es wehtut, sie freizulegen. Eine kaum merkliche, aber doch sichtbare Veränderung tritt ein. Madame Beaulieus Blick verschwimmt, wird unstet und scheint durch mich hindurchzugehen. Sie schaut nicht mehr zu mir, sondern in ihre andere Welt. Ein paar Minuten später fragt sie mich schließlich, was »govhnoox« bedeutet.

Mein Arbeitstag endet früh. Als ich in die Wohnung zurückkomme, sind die anderen ausgeflogen. Ich bin jetzt seit einer Woche hier und konnte in dieser Zeit die Gewohnheiten meiner Mitbewohner kennenlernen: Jeanne ist nie vor achtzehn Uhr da, Théo kommt ungefähr eine Stunde später nach Hause. Auch der Kampfhund ist weg, was mir nur recht ist.

Ich fülle Wasser in den Kessel und stelle den Herd an. Nachdem ich zwei Schränke durchsucht habe, finde ich den Tee. Die Küchenmöbel mit ihrem weißen Holz und ihren blauen Griffen sind in den Neunzigerjahren stecken geblieben. Alles Sichtbare ist ordentlich aufgeräumt, beim Rest sieht es anders aus. Das Innere der Schubladen gleicht einem Kriegsschauplatz. Das Besteck wurde kreuz und quer hineingeworfen, zwischen leeren Dosen liegen Nudeln und Reiskörner, und einmal bin ich auf eine Mehlpackung gestoßen, die älter war als ich. »Das ist mein gut organisiertes Chaos«, hat Jeanne sich verteidigt, als sie mein erstauntes Gesicht bemerkte.

Ich habe ihr nicht gestanden, dass ich genauso bin wie sie, aus Angst, dass sie mich dann durch eine perfekte Hausfrau ersetzen wird. Wenn sie wüsste! Man bezahlt mich dafür, dass ich für andere organisiere, putze, aufräume, aber für mich selbst kriege ich das nicht hin. Ich bin ein barfüßiger Schuster, ein veganer Metzger, ein kahlköpfiger Friseur. Jérémy war das Gegenteil von mir, er räumte seine Sachen in Boxen, die mit Schildchen versehen und alphabetisch geordnet waren. Gerade habe ich das heiße Wasser in eine Tasse mit den Köpfen von William und Kate gegossen, da klingelt mein Handy.

»Ist alles in Ordnung, mein Schatz?«

»Hallo, Maman.«

»Ist alles in Ordnung?«, hakt sie nach.

In ihrer Stimme schwingt Sorge mit. Sie weiß Bescheid. Ich komme gar nicht zum Antworten.

»Jérémys Mutter hat mich angerufen, Iris. Sie hat mir erzählt, dass du seit zwei Monaten verschwunden bist. Ist es wegen der Hochzeit?«

19

Jeanne

Als sie das Haus betrat, fragte sich Jeanne, ob es eine gute Idee war. Sie hatte immer an die Existenz eines Jenseits glauben wollen, im Gegensatz zu Pierre, der ein überzeugter Atheist gewesen war. Deshalb hatte sie es als Zeichen gedeutet, als der Mann sie angerufen hatte.

Das goldene Schild an der schwarzen Tür sprach eine deutliche Sprache.

Bruno Kafka
Die Stimme der Abwesenden

Der Eingangsbereich war wie ein Wartesaal gestaltet. Jeanne lief über das Gewirr aus Teppichen und setzte sich in einen abgewetzten Ledersessel.

In ihrer Kindheit hatte die Geschichte eines Nachbarn sie stark beeindruckt. Er hatte aller Welt erzählt, seine Frau und er hätten einander versprochen, dass der Erste von beiden, der starb, sich dem, der zurückblieb, in irgendeiner Form offenbaren sollte. Am Abend nach der Bestattung seiner Frau habe er in seinem Schlafzimmer deutlich ihre Gegenwart gespürt. Er habe dreimal an die Wand geklopft und gewartet. Ein paar Sekunden später hätten ihm drei Klopfzeichen geantwortet. Das hatte der kleinen Jeanne genügt, um sich lauter Fragen über den Sinn des Lebens und seine Endlichkeit zu stellen und sich fest an die Vorstellung zu klammern, dass den Menschen nach seinem großen Schritt etwas erwartete.

Mit den Jahren hatten sich Zweifel eingeschlichen, trotz einiger schmerzlicher Trauerfälle, bei denen sie sich gern mit Gewissheiten abgefunden hätte. Und doch hatte sie ihre Hoffnungen weiter genährt, hatte Berichte gelesen von Menschen, die mit einem Angehörigen in Verbindung getreten waren oder Nahtoderfahrungen gemacht hatten.

Vielleicht war dieser Monsieur Kafka der Alchimist, der ihre Hoffnungen in Überzeugung verwandeln würde.

Als die Tür aufging, stand ein kleiner, kahlköpfiger Mann vor ihr und begrüßte sie lächelnd.

»Madame Perrin? Ich habe Sie erwartet.«

Jeanne erhob sich, bemüht, die Zuckungen ihres Körpers zu beherrschen. Sie trug die rote Bluse, die Pierre immer so gefallen hatte.

Sie folgte Monsieur Kafka in einen dunklen Raum. Die Rollläden waren heruntergelassen, nur hier und da brannte eine Kerze. Monsieur Kafka bat sie, auf dem Sofa Platz zu nehmen, und setzte sich ihr gegenüber an den Tisch.

»Madame Perrin, ich habe Sie kontaktiert, weil ich eine Nachricht für Sie habe. Ihr Mann hieß Pierre, nicht wahr?«

Jeanne nickte schweigend, mit zugeschnürter Kehle, sodass sie keinen Ton herausbrachte. Der Mann schlug einen Notizblock auf und griff nach einem Kugelschreiber.

»Pierre möchte, dass Sie sich keine Sorgen machen«, fuhr er fort. »Er hat seinen Frieden, es geht ihm gut.«

Jeanne spürte Tränen aufsteigen.

»Können Sie ihn sehen?«, gelang es ihr zu fragen.

»Absolut. Er steht neben Ihnen. Spüren Sie seine Hand auf Ihrer Schulter?«

Jeanne konzentrierte sich, spürte aber nichts.

»Ja«, antwortete sie.

»Er spricht von Ihren Kindern. Ich kann ihre Namen nicht verstehen. Zwei, nicht wahr?«

»Wir hatten keine Kinder.«

Der Mann wirkte verlegen.

»Oder vielleicht ein Tier? Eine Katze?«

»Eine Hündin.«

»Genau! Das ist es! Manchmal ist die Verbindung etwas beeinträchtigt, aber ja, es ist eine Hündin. Pierre ist glücklich, dass Sie beide einander haben. Er bittet Sie, sich keine Sorgen zu machen, er werde da sein, wenn Sie eines Tages zu ihm auf die andere Seite kommen. Er wirkt auf mich sehr entspannt.«

Der Mann hielt kurz inne und zog die Kappe von seinem Kugelschreiber.

»Möchten Sie ihm eine Frage stellen? Ich bin da, um seine Antworten zu notieren. Wie ich Ihnen schon am Telefon sagte, stehen meine fünf Sinne im Dienste der Verstorbenen.«

Die Antwort auf ihre wichtigste Frage hatte Jeanne bereits: Eines Tages würde sie ihren Pierre wiedertreffen. Aber eine Frage hatte sie noch an ihren Gesprächspartner.

»Woher haben Sie meine Telefonnummer? Ich werde nie auf dem Festnetz angerufen.«

»Ihr Mann hat sie mir gegeben, als er sich mir offenbart hat. Ich habe Sie auf seinen Wunsch hin kontaktiert. Haben Sie noch weitere Fragen?«

»Ich will nur wissen, ob es ihm gut geht.«

»Also, da können Sie ganz beruhigt sein: Er ist in bester Verfassung. Für einen Toten, meine ich. Verzeihen Sie mir«, lachte er, »ich habe den Humor eines Mediums!«

Jeanne blieb noch eine Weile, dann bezahlte sie die zweihundert Euro, die die Sitzung kostete, in bar, wie verlangt. Sie erhob sich, ohne zu wissen, ob sie überzeugt war oder nicht. Der Mann begleitete sie zur Tür, und bevor er sie gehen ließ, flüsterte er ihr einen letzten Satz ins Ohr: »Pierre bedankt sich bei Ihnen für die rote Bluse.«

20

Théo

Heute ist meine erste Karatestunde. Ich habe mir einen gebrauchten Kimono gekauft und bin nach der Arbeit mit der Metro nach Montreuil gefahren. Morgens habe ich einen Zettel in die Küche gelegt, damit Jeanne Bescheid weiß, dass ich später nach Hause komme. Ich weiß gar nicht, warum ich das getan habe. Eigentlich macht sie sich keine Sorgen um uns. Umso besser, ich hatte nämlich Angst, sie sei so eine, die alles kontrolliert. Allerdings klebte sie neulich, als ich eine halbe Stunde später als gewöhnlich nach Hause gekommen bin, am Türspion. Ich hatte den Eindruck, sie war beunruhigt, aber vielleicht habe ich mir das auch nur eingebildet.

Im Dojo sind wir etwa zwanzig Leute, Alte, Kinder, Frauen und Männer. Der Trainer ist um die vierzig. Körperlich macht er nicht viel her, aber man möchte nicht unbedingt erleben, wie sein Blick sich verfinstert. Er redet nicht laut, betont aber jeden Konsonanten. Es klingt, als würde er deutsch sprechen, aber auf Französisch. Ich stelle mich zwischen einen kleinen Jungen und eine rothaarige Frau. Das Aufwärmen dauert gute zwanzig Minuten und schmälert meine Lebenserwartung um zehn Jahre.

Ich komme mir vor, als wäre ich in einem militärischen Trainingslager, wir laufen, kriechen, springen, machen Liegestütze, ich schwitze. Anschließend müssen wir Bewegungen nachmachen, die Kihon heißen, und welche, die Kata heißen. Die sehen auf den ersten Blick zwar einfach aus, aber ihr Name passt genau: eine Katastrophe. Ich habe vier Gliedmaßen, die sich einen Teufel um meinen Verstand scheren. Mein Körper wurde offenbar geliefert, bevor man die Koordinierung eingestellt hatte. Ich bin zwar absolut in der Lage, eine bestimmte Bewegung mit dem linken Arm auszuführen und die gleiche Bewegung notfalls auch parallel dazu mit dem rechten Arm. Aber wenn man mich bittet, zwei unterschiedliche Bewegungen zu machen, und zu allem Übel noch die Beine dazukommen, geht gar nichts mehr. Systemfehler. Ich habe mal versucht, Gitarre zu spielen. Die Gitarre erinnert sich heute noch an mich. Der Kleine neben mir gibt mir Ratschläge. Er hat einen grünen Gürtel und ist superpräzise. Da kriegt man Lust dranzubleiben.

Wegen dem Heim und den Umzügen konnte ich nie Sport machen. Mit Freunden habe ich manchmal Fußball gespielt, aber so richtig Spaß hatte ich nie dabei, es ging einfach nur darum, irgendwas zu machen. In der Schule fand ich Handball toll, konnte aber nie in einem Verein spielen.

Noch ein paar Minuten bis zum Ende der Stunde. Der Trainer fordert uns auf, einen Partner für einen Probekampf zu wählen. Ich wende mich spontan dem Kleinen mit dem grünen Gürtel zu. Er ist einverstanden. Er heißt Sam und ist zehn Jahre alt. Immer wenn ich versuche, ihn anzugreifen, macht er sich über mich lustig. Das finde ich nicht so toll, aber ich sage lieber nichts aus Rücksicht auf meine Nasenscheidewand. Außerdem hat er ja recht, bei jedem meiner Fußtritte verliere ich das

Gleichgewicht und sehe aus wie Van Damme an einem windigen Tag.

Als ich nach Hause komme, bin ich mies drauf. Manchmal erwischt mich das einfach so, ohne Vorwarnung. Es bedeutet, dass alles in Ordnung ist. Wenn es richtig schlecht läuft, muss ich kämpfen, dann hat meine Stimmung keinen Platz, um sich breitzumachen. Vielleicht liegt es an der Frau, die ich vorhin in der Metrostation gesehen habe. Sie hat laut gelacht und getanzt, sie wirkte glücklich, als hätte sie gerade eine gute Nachricht bekommen. Und plötzlich ist sie getaumelt, hat versucht, sich an der Luft festzuhalten, und ist hingefallen. Sie lag auf dem Rücken und hat gleichzeitig geweint und gelacht. Sie war sturzbesoffen. Solche Szenen kenne ich nur zu gut.

Jeanne und Iris schauen zusammen Fernsehen. Jeanne sitzt auf dem Sofa, Iris auf einem Stuhl. Sie grüßen mich, ich gehe in die Küche. Ich bin hungrig, bestimmt habe ich beim Training eine Million Kalorien verloren. Der Zettel, den ich für Jeanne hinterlassen hatte, liegt immer noch auf der Arbeitsplatte. Sie hat etwas unter meine Nachricht geschrieben.

»Im Kühlschrank gibt's einen Hähnchenschenkel und gebratene Möhren, die musst du nur noch warm machen.«

Mein eigenes Fach ist beinahe leer, da liegen nur noch eine Scheibe Schinken und ein Stück Gruyère. Meistens esse ich ein Sandwich in der Bäckerei. Ich stelle den Teller in die Mikrowelle, gieße mir ein Glas Cola ein und setze mich, ohne lange zu überlegen, ins Wohnzimmer zu meinen beiden Mitbewohnerinnen.

21

Iris

Das Wartezimmer in der Notaufnahme ist rammelvoll. Seit fast einer Stunde warte ich darauf, dass ich drankomme, aber das kann noch dauern. Mein Fall gilt nicht als dringend, da ich keine Wunde und keine Schmerzen habe. Dabei bin ich dem Tod gerade so von der Schippe gesprungen.

An allem ist Victor schuld, der sich in den Kopf gesetzt hatte, die Treppenstufen auf Hochglanz zu polieren. Um sieben Uhr morgens, also um die Zeit, wo alle unterwegs sind und sie benutzen.

Zusammen mit Théo habe ich die Wohnung verlassen. Bereits auf der obersten Treppenstufe habe ich gemerkt, dass ich das Erdgeschoss nicht in aufrechter Haltung erreichen würde. Mein Fuß ist ohne Vorwarnung abgerutscht, der übrige Körper hatte keine Zeit, die Information zu registrieren, und ist ihm gefolgt. Ich sah bestimmt aus wie eines dieser Figürchen, die zusammensacken, wenn man von unten draufdrückt. Oder wie ein Soufflé, das man zu früh aus dem Ofen geholt hat. Wobei mir das andere Bild ehrlich gesagt wesentlich besser gefällt. Ich habe versucht, mich an Théo festzuhalten, habe aber nur seinen

Ärmel erwischt. Dann bin ich etwa zehn Stufen auf Hintern und Rücken abwärts gerutscht, fast wie in Zeitlupe, und durfte dabei mit jedem Knochen, jedem Muskel, jeder Sehne meines Körpers Bekanntschaft machen. Besonders zu meinem Steißbein habe ich eine intensive Beziehung aufgebaut. Am Ende meiner Rutschpartie war ich meiner Einschätzung nach in einer Position, wie man sie normalerweise nur bei Schlangenmenschen sieht (oder auf Picassos Bildern). Ich glaubte meinen Mitbewohner lachen zu hören, aber vielleicht war es auch nur mein Hintern, der geheult hat.

Théo hat mir aufgeholfen.

»Geht's?«, hat er gefragt. »Nichts gebrochen?«

Nach einer Untersuchung meiner Gliedmaßen konnte ich bestätigen, dass offenbar alle an der ihnen ursprünglich zugedachten Stelle saßen. Ich habe mich an dem Arm festgehalten, den er mir hingehalten hat, und ihn bis ins Erdgeschoss nicht mehr losgelassen, wo er mich zum zweiten Mal gefragt hat, ob er den Notarzt rufen solle.

»Ich bin okay«, habe ich ihm versichert.

Sobald er aus meinem Blickfeld verschwunden war, habe ich die Agentur angerufen, bei der ich angestellt bin, um meinen Ausfall anzukündigen, und bin zur Notaufnahme gefahren. Ich musste untersuchen lassen, ob ich *wirklich* okay war.

Auf den beigen Plastikstühlen mir gegenüber tippt ein Paar auf einem Handy herum, was bei mir eine in der Tiefe schlummernde Erinnerung wachruft. Eines Tages habe ich gerade auf meinem Handy gespielt, als Jérémy nach Hause kam. Bei dem Spiel ging es darum, mit Buchstaben, die man gezogen hatte, mehr oder weniger lange Wörter zu bilden. Ich war schon geübt, als Kind war ich verrückt nach Buchstabenspielen, nachdem meine Eltern mir *La Dictée magique* und *Boggle* geschenkt hatten. Und später habe ich oft stundenlang Kreuzworträtsel gelöst. Jérémy hat mich gefragt, ob er mitspielen dürfe. Ich habe sofort Ja gesagt, habe mich gefreut, meine Leidenschaft mit ihm teilen und, wenn ich ehrlich bin, ihn mit meinem Talent beeindrucken zu können. Ich habe eine gute Buchstabenverbindung nach der anderen hinbekommen und jede Menge Punkte gesammelt, während er nur mit Mühe ein paar Wörter bildete. Als ich es gemerkt habe, habe ich mich gezwungen, langsamer zu werden, damit er mithalten konnte, aber sobald mir ein passender Begriff einfiel, konnte ich mich einfach nicht zurückhalten und habe ihn hingeschrieben. Noch bevor wir das Ende des Levels erreicht hatten, ist Jérémy wortlos aufgestanden. Ich habe sofort begriffen, dass er gekränkt war. Ich bin zu ihm ins Schlafzimmer gegangen, wo er sich aufs Bett gelegt hatte, bin wie eine Katze zu ihm hochgesprungen, um ihn zum Lachen zu bringen, habe ihn angefleht zurückzukommen, ihm versprochen, mir beim Spielen mehr Zeit zu lassen. Da er stumm blieb, habe ich mich sogar entschuldigt. Er hat sich nicht gerührt, ist mit geschlossenen Augen und reglosem Gesicht liegen geblieben. Zwei Tage lang hat er nicht mit mir gesprochen. Ich fand mich selbst prahlerisch, kindisch und gemein. Und eines Abends kam er von der Arbeit wie immer, so als hätte es diese zwei Tage nie gegeben. Er hat die Sache nie wieder erwähnt. Als ich das Spiel nach einiger Zeit mal wieder auf meinem Handy spielen wollte, war die App verschwunden.

»Madame Iris Duhin?«

Ich stehe auf und folge der Ärztin in die Kabine. Sie fordert mich auf, mich auszuziehen, mich auf die Behandlungsliege zu legen und ihr den Grund für mein Kommen zu erklären. Ich beschreibe ihr meinen Sturz und erkläre ihr, was mir Sorgen bereitet. Minutenlang beantworte ich nur ihre Fragen und zügle meine Ungeduld. Ich will endlich untersucht werden. Schließlich drückt die Ärztin Gel aus einer Tube auf meinen Bauch und setzt die Ultraschallsonde auf. Das Geräusch eines klopfenden Herzens durchdringt mein eigenes Herzklopfen. Das kleine Wesen, das in mir wächst, ist noch da.

22

Jeanne

Jeden Morgen brauchte Jeanne länger, um aus dem Bett zu kommen. Die Stunden bis zum Abend kamen ihr vor wie unüberwindbare Hürden. Nur das tägliche Treffen mit Pierre gab ihr ein wenig Antrieb. Dann kam für ein paar Stunden der Mechanismus ihres Herzens wieder in Gang. Die übrige Zeit war sie eine leere Hülle. Das hatte sich auch durch Iris' und Théos Einzug nicht gebessert. Deren Gegenwart störte nur die Abwesenheit, die sich in der Wohnung breitgemacht hatte. Jeanne stand erst auf, wenn beide zur Arbeit gegangen waren.

Als sie an diesem Morgen ihr Zimmer verließ, erlebte sie eine unangenehme Überraschung: Iris stand mit einer Tasse in der Hand im Wohnzimmer. Die junge Frau hatte sie offenbar nicht gehört, so sehr war sie in die Betrachtung eines Hochzeitsfotos von Jeanne und Pierre vertieft, das auf der Anrichte stand.

»Arbeiten Sie heute nicht?«, fragte Jeanne.

Iris fuhr zusammen.

»Die Dame, um die ich mich morgens kümmere, ist zu Untersuchungen im Krankenhaus. Ich fange heute erst um ein Uhr bei Herrn Hamadi an. Möchten Sie auch einen Tee?«

»Nein, danke.«

»Entschuldigen Sie, Jeanne, ich wollte nicht indiskret sein. Aber Sie sind ein sehr schönes Paar auf diesem Foto.«

Jeanne spürte, wie sich ihre Kehle zusammenzog. Dieses Foto kannte sie auswendig, ebenso wie all die anderen, die in den in ihrem Nachttisch liegenden Alben klebten. Sie verbrachte viel Zeit damit, sich das lächelnde Gesicht ihres Mannes einzuprägen, und bemühte sich dabei nach Kräften, das Bild auszulöschen, das alle anderen überlagerte: das Bild seines letzten Blicks. Es nahm allen Platz ein, füllte den gesamten Raum aus. Jeannes größte Angst war mittlerweile, dass die glücklichen Erinnerungen nie wieder auftauchen würden, dass nur dieser 15. Juni in ihrem Gedächtnis haften bleiben würde.

An jenem fatalen Morgen war herrliches Wetter gewesen. Jeanne hatte die Fenster weit geöffnet und ihre Füße in den See aus Sonnenlicht gestellt, der sich auf dem Parkett gebildet hatte. Auf dem Teller des Plattenspielers, den sie sich nie hatten überwinden können, durch ein moderneres Gerät zu ersetzen, sang Brel ihr Lieblingsstück: »La Chanson des vieux amants«. »Das Lied der alten Liebenden«.

Und jedes Möbelstück erinnert sich
In diesem Zimmer ohne Wiege
Daran, wie hier die Stürme tobten
Nichts sah danach wie vorher aus.

Auf ihrem Bett hatte ein aufgeklappter, noch halb leerer Koffer gestanden. In wenigen Stunden würden Pierre und sie nach Apulien aufbrechen, sie durfte jetzt nicht trödeln. Er war zur Bäckerei gegangen, um ein Baguette zu kaufen und für unterwegs Brote zu schmieren. Widerwillig hatte sie die Sonnenpfütze verlassen und weiter die Kleidungsstücke ausgesucht, die sie mitnehmen wollte. Seit sie beide in Rente waren, reisten sie so oft wie möglich. Nie sehr weit weg, da Pierre nicht fliegen wollte – angeblich aus Rücksicht auf den Planeten, in Wirklichkeit aber wegen einer unüberwindlichen Flugangst. Sie begnügten sich mit Reisen innerhalb Frankreichs und Europas und betrachteten diese Einschränkung schließlich als Glück, so begeistert waren sie jedes Mal von ihren Entdeckungen.

Letzten Endes, letzten Endes
Brauchten wir einiges Talent
Um alt und nicht erwachsen zu sein.

Diesmal hatten sie sich ein Wohnmobil gemietet. Diese Art zu reisen hatten sie schon einmal in Skandinavien ausprobiert, und es war eine wunderbare Fahrt gewesen. Die Freiheit, die das Transportmittel bot, entsprach dem, was sie vom Reisen erwarteten. Laute Stimmen rissen Jeanne aus ihren Gedanken. Sie trat ans Fenster, um nachzuschauen, woher der Lärm kam, und sah, dass sich etwa fünfzig Meter von ihrem Haus entfernt eine Menschenansammlung gebildet hatte. Hinter der Wand aus Schaulustigen erkannte sie einen am Boden liegenden Mann und einen zweiten, der ihm eine Herzmassage machte. Noch bevor sie ihn erkannte, begriff sie und rannte zur Tür.

Oh, mein Liebling,
Mein süßer, zärtlicher, wunderbarer Liebling
Vom Morgengrauen bis zum Ende des Tages
Liebe ich dich immer noch, weißt du, ich liebe dich.

Als Jeanne bei ihm ankam, war Pierre nicht bei Bewusstsein. Sie fiel neben ihm auf die Knie und wiederholte immer wieder gebetsmühlenartig seinen Namen. Eine Frau mit einem Handy in der Hand teilte ihr mit, sie habe soeben den Notarzt gerufen, der sei unterwegs. Nach einer Weile, die ihr endlos vorkam, öffnete Pierre die Augen. Der junge Mann hörte mit der Massage auf, und die Neugierigen applaudierten. Jeanne bedeckte das Gesicht ihres Mannes mit Küssen und Tränen.

»Mein Liebling, ich hatte solche Angst!«

»Ich habe Kopfschmerzen«, murmelte Pierre. »Ich habe Angst zu sterben.«

Sein Blick klammerte sich an Jeannes Blick. Dieser Blick, den sie nicht mehr vergessen konnte, ein Blick voller Schrecken und Schmerz. Sein letzter Blick.

Wenige Sekunden später war er endgültig erloschen. Alles Weitere blieb als verschwommene Erinnerung in Jeannes Gedächtnis haften. Die Ankunft des Rettungswagens, die Wiederbelebungsversuche, die sich auflösende Menge der Schaulustigen, der Körper, der im Krankenwagen davonrollte, und wie sie selbst auf dem Bürgersteig zurückblieb, in der Mittagssonne zu Eis erstarrt, ein Baguette zu ihren Füßen.

Ich liebe dich immer noch, weißt du
Ich liebe dich.

Jeanne ging wortlos an Iris vorbei, griff mit einer brüsken Bewegung nach dem gerahmten Bild, das auf der Anrichte stand, und verschwand in ihrem Zimmer. Auf dem Parkett glänzte die Sonnenpfütze. Jeanne stellte sich hinein, presste das Foto an ihr Herz und schluchzte so heftig, dass es ihr dem Atem nahm.

23

Théo

Ich habe ja schon einiges an Unordnung gesehen, aber so was wie hier ist einmalig. Jedes Mal, wenn ich eine Schublade öffne, kommt es mir vor, als hätten Einbrecher alles durchwühlt. Das würde man niemals vermuten, wenn man in die Wohnung kommt, alles sieht blitzblank aus. Aber falls man nicht von einer bretonischen Kaffeetasse, die einem entgegenfliegt, eine aufgeplatzte Augenbraue haben will, sollte man nicht den Wandschrank öffnen. Ich weiß nicht, wie man in einer derartigen Unordnung leben kann, mich macht so was verrückt. Heute Nachmittag war Jeanne wie üblich nicht da, und Iris war in ihrem Zimmer, da habe ich mir vorgenommen, mal ein bisschen aufzuräumen. Ich habe alles aus den Schränken geholt, gesäubert, sortiert, geordnet. Im Heim habe ich es genauso gemacht, wenn überall Sachen rumlagen. Anfangs haben sich alle über mich lustig gemacht, aber als ich meine Fäuste benutzt habe, haben sie den Mund gehalten. So lief das. Fressen oder gefressen werden, das habe ich schnell gelernt. Was mich genervt hat, war nicht das Chaos, auch nicht, dass alle sich über mich lustig gemacht haben, sondern dass es mich an meine Mutter erinnert hat. Bei uns zu Hause sah es immer aus wie in einem Saustall. Ich habe mal gehört, wir hätten alle ein Sonnenkapital, und wenn das verbraucht sei, solle man lieber nicht mehr in die Sonne gehen, um Gesundheitsprobleme zu vermeiden. Bei meiner Mutter habe ich mein Unordnungskapital verbraucht. Überall lag was rum. Sie machte eine Packung Kekse auf und ließ die Hülle auf den Boden fallen, in der Küche stapelte sich das dreckige Geschirr, der Fußboden klebte, das Klo sah ekelhaft aus. Manchmal, wenn sie plötzlich in Fahrt war, stellte sie die Musik ganz laut, riss alle Fenster auf und fing an, Ordnung zu schaffen. Damit war sie dann mehrere Tage beschäftigt, füllte Dutzende Müllbeutel, scheuerte die Möbel, kroch auf allen vieren über den Boden, um klebriges Zeug wegzuwischen, stopfte Wäscheberge in die Maschine, und ich, ich schwang den Staubwedel und habe mich total gefreut, beim Großputz mitmachen zu können. Jedes Mal habe ich geglaubt, jetzt würde alles besser. Und jedes Mal sind meine Illusionen am wahren Leben zerschellt.

»Was machst du?«, fragt mich Iris, als sie in die Küche kommt.

Geschirr und Lebensmittel sind fein säuberlich eingeräumt, und ich habe einen Schwamm in der Hand, aber offenbar braucht sie eine Erklärung.

»Mich epilieren, sieht man das nicht?«

Sie zuckt mit den Schultern. Ich werde nicht schlau aus ihr. Sie wirkt eigentlich ganz sympathisch für eine Frau, die Dackel mit Kampfhunden und Treppen mit Rutschbahnen verwechselt, aber ich kann einfach nicht vergessen, dass sie versucht hat, mich auszutricksen. Wäre ich neulich nur ein bisschen später gekommen, hätte ich wegen ihr auf der Straße gesessen. Sobald sich die Gelegenheit bietet, wische ich ihr eins aus. Es ist einfach stärker als ich.

Sie füllt Wasser in den Kessel und fragt: »Kann ich dir helfen?«

»Ich bin fast fertig.«

»Willst du einen Tee?«

»Mag ich nicht.«

»Du musst deinen Eltern mal sagen, sie sollen dir noch mal die Grundlagen der Höflichkeit beibringen …«, kichert sie, während sie eine Teedose öffnet.

Ich spüre, wie in meinen Adern das Blut hochkocht, wie immer, wenn jemand meinen wunden Punkt trifft. Ich stehe auf und schaue ihr geradewegs in die Augen: »Sprich nicht von meinen Eltern!«

Iris' Reaktion lässt meine Wut sofort verpuffen. Sie macht einen Schritt zurück und hält sich die Hände wie ein Schild vors Gesicht. Ihre Lippen beben. Es sei doch nur ein Witz gewesen, murmelt sie, sie habe mich nicht verletzen wollen, dann geht sie wieder in ihr Zimmer, während der Kessel pfeift. Ich komme mir bescheuert vor. Ich wollte ihr keine Angst machen, ich habe auch nicht das Gefühl, ich sei aggressiv geworden, aber sie hat es so wahrgenommen. Wahrscheinlich war ich zu laut. Ich habe eine tiefe Stimme, wie man mir schon oft gesagt hat. Das hat sie wohl erschreckt. Ich räume die letzten Teller in den Schrank und schließe ihn.

Als ich an Iris' Tür klopfe, öffnet sie sofort. Aus ihrem Zimmer dringt Musik, irgendwas für Alte, das ich nicht kenne. Ich reiche ihr einen dampfenden Becher.

»Ich habe dir Tee gemacht. Tut mir leid, wenn ich dir Angst eingejagt habe.«

»Danke, das ist nett. Und mir tut mein blöder Witz leid.«

Ich weiß nicht, was ich noch sagen soll, also frage ich das Erstbeste, das mir einfällt: »Was machst du gerade?«

Ihre Antwort sitzt: »Mir den Schnurrbart rasieren, sieht man das nicht?«

24

Iris

Während ich die Tür wieder schließe, muss ich mir das Lachen verkneifen. Ich hatte nicht den Mut, Théo zu sagen, dass sein Tee ungenießbar ist. Er hat einfach die losen Teeblätter ins Wasser geworfen, statt den Teefilter zu benutzen. Zum ersten Mal in diesem Monat war er nicht unfreundlich zu mir. Lieber verzichte ich auf Tee, als die Harmonie zu zerstören.

Als ich gerade weggehen will, klingelt das Telefon. Meine Mutter, wie jeden Tag, seit sie erfahren hat, dass ich ausgezogen bin. Ich gehe nicht ran. Ihre ständige Sorge ist ansteckend. Deshalb habe ich ihr auch nichts erzählt. Angst ist der ständige Begleiter meiner Mutter, vor allem seit dem Tod meines Vaters. Wenn es um meinen Bruder oder mich geht, ist sie oft verrückt vor Sorge. Als ich mit Jérémy zusammengezogen bin, hat sie sich beruhigt. Er war der Halt, der beschützende, liebevolle Mann, den sie sich für ihre einzige Tochter erträumt hatte. Anders als befürchtet hat sie es ihm nicht mal übel genommen, dass ich seinetwegen weit weg gezogen bin. Ich war ja in guten Händen, und sie konnte beruhigt sein.

Bei unserem letzten Telefonat hat sie mir erzählt, dass er sie besucht hat. Von meinem Verschwinden hatte sie allerdings nicht durch ihn erfahren, sondern durch seine Mutter. »Er ist so ein aufmerksamer Mensch, er wollte nicht, dass ich mir Sorgen mache«, sagte sie. »Ich habe ihn nicht wiedererkannt, er ist um zehn Jahre gealtert. Du hattest mich ja gebeten, ihm deine Telefonnummer nicht zu geben, daran habe ich mich auch gehalten, aber wenn man ihn so sieht, kann er einem leidtun, Schätzchen. Du solltest wenigstens mal von dir hören lassen, er stirbt vor Sorge.«

Ich sah Jérémy vor mir, und es zog mir das Herz zusammen. Seine Sensibilität merkt man ihm sofort an, er ist jemand, der dazu neigt, alles persönlich zu nehmen. Mir fiel wieder der Tag ein, als eine unangenehme Bemerkung seines Chefs ihm das ganze Wochenende verdorben hat. Ständig hat er das Bedürfnis, beschwichtigt zu werden. Ich habe mich schuldig gefühlt, weil er jetzt meinetwegen diese bedrückende Ungewissheit erlebt. Und dann fiel mir wieder eine der Situationen ein, in die er wegen seiner affektiven Unsicherheit geraten war.

Wir waren gerade zusammengezogen. Nach monatelanger Suche und mehreren Enttäuschungen hatte ich schließlich eine Praxis gefunden, die jemanden als Ersatz für einen in Rente gehenden Physiotherapeuten suchte. Das Team – eine zweite Physiotherapeutin und eine Osteopathin – war ausschließlich weiblich, ein nicht zu unterschätzender Pluspunkt in den Augen von Jérémy, den meine Bewerbung bei einer Praxis beunruhigt hatte, die von einem attraktiven jungen Mann geführt wurde (der seine Zusage allerdings in letzter Minute widerrufen hat). Seit fast einer Woche arbeitete ich bei meiner neuen Stelle und begann, meine Patienten und Kolleginnen, die beide außerordentlich nett waren, besser kennenzulernen. Jérémy ging sehr auf meine Gefühle ein und überschüttete mich mit Zärtlichkeit. Er wusste, dass ich nur schweren Herzens aus Bordeaux fortgezogen war, dass mir meine Familie und meine Freunde fehlten. Ich hatte ihm vorgeschlagen, zu mir nach Bordeaux zu kommen, aber sein Job als Vermögensverwalter bei einer großen Bank war keiner von denen, die man so leicht aufgibt. Beim Radfahren durch die Altstadt und Sonnenuntergängen über dem Meer war es ihm gelungen, mich davon zu überzeugen, dass mich in La Rochelle ein herrliches Leben erwartete. Und so war es tatsächlich, es übertraf sogar noch meine Vorstellungen. Mein Himmel war tiefblau, ohne das kleinste Wölkchen am Horizont.

An besagtem Vormittag musste ich nicht arbeiten. Meinen ersten Termin hatte ich erst um vierzehn Uhr. Aber bei Coralie, der anderen Physiotherapeutin, kam etwas dazwischen, und sie flehte mich an, sie für ein paar Stunden zu vertreten. Jérémy arbeitete im Homeoffice, weil sein Wagen in der Werkstatt war. Ich war etwas spät dran, bin aus dem Wagen gesprungen und zur Praxis gelaufen. Da hörte ich ein metallisches Geräusch, das mich stutzig machte. Ich bin noch mal umgekehrt, weil ich mir sicher war, dass es von meinem Auto kam, bin einmal ganz um den Wagen herumgegangen und dachte schon, ich hätte mir das Geräusch nur eingebildet, als ich auf die Idee kam, den Kofferraum zu öffnen. Da lag Jérémy, seitlich zusammengekrümmt, sein leuchtendes Handy in der Hand. Ich stand wie unter Schock, während er mir erklärte, er habe geglaubt, ich würde ihn anlügen, aber das sei nicht seine Schuld, mein Blick sei nicht aufrichtig gewesen, ich müsse offener zu ihm sein, er sei schon mal betrogen worden und wolle so was nicht wieder erleben. Danach habe ich den ganzen Tag gegrübelt, wie ich mich in Zukunft verhalten sollte. Abends hat er sich entschuldigt und mir versprochen, dass so etwas nicht noch mal vorkommen würde. Er hat mir von seiner Ex erzählt, die ihn mit seinem besten Freund betrogen habe, und ist in Tränen ausgebrochen. Er tat mir ehrlich leid, und ich habe ihm verziehen.

Die Nachricht meiner Mutter lösche ich, ohne sie mir anzuhören. Ich muss mich schützen, ich muss *uns* schützen. Seit gestern spüre ich, dass es sich in meinem Bauch bewegt. Zuerst dachte ich, Jeannes Kohlrouladen seien daran schuld, aber ich glaube, es ist das Baby.

November

25

Jeanne

Es war das erste Mal, dass Jeanne auf dem Friedhof eine derartige Betriebsamkeit erlebte. Am Eingang verkaufte eine Blumenhändlerin Töpfe mit Chrysanthemen. Jeanne zuckte nur mit den Schultern. Für sie war jeder Tag ein 1. November.

»Tut mir leid, dass ich spät dran bin, ich war noch bei meiner Schwester«, flüsterte sie Pierre zu, während sie sein Foto auf dem Marmor streichelte.

»Er scheint es Ihnen nicht übel zu nehmen«, antwortete eine weibliche Stimme.

Jeanne drehte sich um und sah die Frau vom letzten Mal auf der Bank sitzen. Sie tat, als hätte sie die Bemerkung nicht gehört, und setzte ihren Monolog fort.

»Ich war lange nicht mehr bei Louise, heute habe ich die Gelegenheit ergriffen. Ich habe ihr auch versprochen, bald wiederzukommen. Sie liegt gleich hier in der Nähe, das ist praktisch. Weißt du, dass Théo und Iris jetzt schon drei Wochen bei uns wohnen? Und stell dir vor, ich fange an, mich an ihre Anwesenheit zu gewöhnen. Inzwischen finde ich sie nicht mehr so unerträglich. Na ja, ich sehe sie nur selten, beide ziehen sich oft auf ihre Zimmer zurück, aber manchmal ertappe ich mich dabei, dass ich ihre Gesellschaft angenehm finde. Boudine ist auch meiner Meinung, für sie ist es eine amüsante Abwechslung, dass sie der armen Iris Angst einjagen kann.«

Als die Hündin ihren Namen hörte, wedelte sie mit dem Schwanz. Jeanne zog einen Zettel aus ihrer Manteltasche und überflog ihn. Dann fuhr sie fort.

»Ich habe die Heizung angemacht. Letzte Nacht ist das Thermometer auf acht Grad gesunken. Der Winter wird kalt werden. Die Zwiebeln haben sich mehrere Schichten zugelegt, das ist ein deutliches Zeichen. Übrigens habe ich gestern die erste Zwiebelsuppe des Jahres gekocht. Die mochtest du doch so gern … Iris hat sie gut geschmeckt, aber der Kleine wollte sie nicht einmal probieren. Da half auch mein Angebot nichts, mehr geriebenen Käse hineinzutun. Er hat gesagt, er hasst Zwiebeln. Seit vier, fünf Tagen essen wir gemeinsam zu Abend. Genauer gesagt, wir essen nebeneinander vor dem Fernseher. Das hat sich so ergeben, am ersten Abend habe ich einfach vergessen, dass wir beim Essen nicht mehr nur zu zweit sind, und habe ein ganzes Hühnchen gebraten, so wie wir es oft für uns beide gemacht haben, mit Bouillon und Möhren. Am zweiten Abend habe ich dann zwar nicht mehr vergessen, dass du nicht mehr da bist, habe aber ein Omelett gebacken, das für mich allein zu groß war. Gestern Abend hat dann Théo einen Nachtisch mitgebracht: selbst gemachte Schokoladeneclairs. Habe ich dir erzählt, dass er in der Bäckerei arbeitet, in der du immer Brot gekauft hast? Die Eclairs konnten sie nicht verkaufen, weil die Glasur missglückt war, aber uns haben sie trotzdem sehr gut geschmeckt.«

Jeanne schwieg kurz, dann zog sie wieder ihren Zettel aus der Tasche. Seit einiger Zeit notierte sie sich auf der Fahrt zum

Friedhof die Themen, über die sie mit Pierre sprechen wollte. Die stellten sich inzwischen nicht mehr so spontan ein wie am Anfang. Es war, als würde die Quelle versiegen. In fünfzig Ehejahren hatten die Unterhaltungen mit Pierre sie nicht ein einziges Mal gelangweilt. In jungen Jahren hatte der Gedanke ihr Sorgen bereitet, sich womöglich ihr Leben lang hauptsächlich mit ein und derselben Person zu unterhalten. Eintönigkeit und Wiederholung schienen ihr dabei so unausweichlich, dass sie nicht unbedingt am Heiraten interessiert war. Selbst ihre Begegnung mit Pierre hatte ihre Zweifel nicht automatisch beseitigt. Doch der Wunsch, mit diesem Mann durchs Leben zu gehen, hatte sie nach und nach in den Hintergrund gedrängt.

Jeanne wollte gerade von der neuen Freundin von Monsieur Duval im zweiten Stock erzählen, als die Frau auf der Bank sich erneut einmischte.

»Ist er schon lange tot?«

Diesmal machte Jeanne sich die Mühe, die aufdringliche Person genauer anzuschauen. Die Frau war deutlich älter als sie, unter ihrem schwarzen Filzhut schaute eine blonde Kurzhaarfrisur hervor. Sie lächelte freundlich.

»Wer sind Sie?«, fragte Jeanne.

»Simone Mignot. Mein Mann ist der Grabnachbar Ihres Mannes. Ich komme seit fünfzehn Jahren jeden Tag hierher und freue mich sehr, mal andere Gesellschaft zu haben als die meines lieben Mannes, der zugegebenermaßen nicht mehr der Gesprächigste ist.«

In Jeannes Ohren klang das so absurd, dass sie sich ein Kichern nicht verkneifen konnte. Sie bereute es sofort und fürchtete, ihre Gesprächspartnerin dadurch womöglich noch zum Reden animiert zu haben. Aber sie war ja nicht zum Kaffeeklatsch hergekommen, sondern um Zeit mit Pierre zu verbringen. Diese Simone schien zwar ganz nett zu sein, doch am Plaudern war Jeanne nicht interessiert. Um es deutlich zu machen, wandte sie der Frau ostentativ den Rücken zu und setzte mit leiser Stimme ihren Monolog fort. Nichts durfte ihr den einzigen glücklichen Moment des Tages verderben.

26

Théo

Kaum habe ich den Laden betreten, stürzt sich Philippe auf mich. Während ich mir meinen Arbeitskittel anziehe, hat er schon mehr Wörter von sich gegeben als in der ganzen Zeit, die ich hier arbeite. Ich kann ihm kaum folgen, ich schlafe noch. Ich versuche, mich zu konzentrieren, um zu verstehen, was er mir sagen will, und als das klappt, bereue ich schon, mich konzentriert zu haben.

»Da ist ein neuer Wettbewerb, bei dem der beste Konditorlehrling von ganz Paris ausgezeichnet wird. Ich habe mich schon mal darum gekümmert, dich anzumelden, die Vorauswahl findet in zwei Monaten statt, du hast also noch genug Zeit zum Üben. Was bei der Prüfung verlangt wird, erfährst du erst im letzten Moment, also werden wir bis dahin an deinen praktischen Fähigkeiten arbeiten. Heute Morgen fangen wir mit Saint-Honoré-Torte an.«

Ich warte, bis er fertig ist, dann erkläre ich ihm, dass ich da nicht mitmachen werde.

»Das ist mein erstes Jahr, ich arbeite seit nicht mal fünf Monaten hier, die machen mich doch platt. Nee, kommt gar nicht infrage.«

Nathalie muss unbedingt ihren Senf dazugeben: »Wenn du das schon so negativ angehst, verlierst du natürlich. Komm schon, für uns wäre das eine tolle Werbung!«

»Sehe ich aus wie eine Litfaßsäule?«

Leïla, die genau hinter Nathalie steht, kichert. Zur Abwechslung stöhnt Nathalie mal wieder. Ich habe noch nie jemanden gekannt, der so oft stöhnt. Philippe versucht, mich zu überreden. Ihm scheint viel an der Sache zu liegen, so aufgeregt habe ich ihn noch nie erlebt, und es funktioniert: Schließlich willige ich ein, bei diesem Wettbewerb mitzumachen. Dann gehen sie wieder an ihre Arbeit, als wäre nichts passiert, als hätten sie mir nicht soeben eine Tonne Lampenfieber auf die Schultern geladen.

Ich habe schon mal bei einem Wettbewerb mitgemacht. Da war ich sechs. Meine Mutter trank damals seit drei oder vier Monaten nicht mehr, sie hatte einen neuen Job, vergaß nie, mich zu besuchen, und die Erzieher sagten, bald würde ich wieder bei ihr leben können. Ich war glücklich. Die Schule hatte einen Gesangswettbewerb organisiert, und ich war derjenige in meiner Klasse, der am wenigsten falsch sang, also sollte ich die Klasse vertreten. Die Lehrer und die anderen Schüler würden abstimmen, und wer die meisten Stimmen bekam, dessen Klasse würde gewinnen. Ich hatte ein bisschen Lampenfieber, vor allem, weil meine Mutter versprochen hatte zu kommen. Das Publikum bestand aus den Erziehern und den Heimkindern. Ich stand hinter den Kulissen und versuchte immer wieder zu erkennen, ob sie gekommen war. Aber sie war nicht da. Ich war enttäuscht, hatte aber nicht viel Zeit, daran zu denken. Corinne, meine Lehrerin, übte noch mal das Lied mit mir, das sie für mich ausgesucht hatte. Es war »Savoir aimer« von Florent Pagny. Noch heute erinnere ich mich an den Text. Schließlich war ich dran, bin auf die Bühne gegangen, habe mich im Publikum umgeschaut, und da sah ich sie. Sie saß in der ersten Reihe. Ich habe sofort kapiert, dass sie getrunken hatte. Ich erkannte es immer an den kleinsten Anzeichen, ich war selbst zum Alkoholtest geworden, da war gar kein Blasen mehr nötig. Ich fing an zu singen, und sie stand gleich auf, hat geklatscht und gepfiffen. Ich habe versucht, nicht zu ihr hinzuschauen, aber sie ist zur Bühne getorkelt, und beim Versuch hochzuklettern ist sie hingefallen. Da habe ich angefangen zu heulen und bin von der Bühne gerannt. Also, was Wettbewerbe betrifft, gibt's bestimmt schönere Erinnerungen.

Eine Stunde lang mache ich kleine Windbeutel und Diplomatencreme für die Torte, dann gehe ich raus in den kleinen Hof, um eine zu rauchen. Das mache ich nur selten, schon weil es hier nicht gern gesehen wird, dass man Pausen einlegt, aber vor allem, weil der Tabak eine Stange Geld kostet und ich sparen muss. Aber jetzt brauche ich einfach eine.

»Kann ich eine bei dir schnorren?«, fragt mich Leïla, die zu mir gestoßen ist.

Es ist das erste Mal, dass sie mich anspricht. Aber da sie Teilzeit arbeitet und ich an manchen Tagen in der Berufsschule bin, haben wir auch kaum Gelegenheit zum Reden.

Ich drehe ihr eine Zigarette.

»Genieße sie, die ist mehr wert als eine Diamantenkette.«

Wie blöd von mir. Jetzt hält sie mich bestimmt für einen Geizhals.

»Dann trage ich sie vielleicht lieber als Anhänger«, sagt sie lächelnd.

Ich schaue ihr aus dem Augenwinkel dabei zu, wie sie sich die Zigarette anzündet. Mir war noch gar nicht aufgefallen, dass sie auf dem einen Augapfel einen braunen Fleck hat. Ihre Wimpern sind lang und schwarz. Zwei Zähne versuchen, sich über die Nachbarzähne zu schieben. Abgenagte Fingernägel. Ihre Haare trägt sie immer zusammengebunden, wegen der Hygiene. Als sie mich anschaut, schaue ich weg, sehe aber gerade noch, wie sie errötet. Ich bleibe bis zum letzten Zug, wir sagen kein Wort. Das ist echt komisch, weil ich nämlich das Gefühl habe, dass ich ihr in diesen paar Minuten ganz nah war.

27

Iris

Der Tag kam mir endlos vor. Noch nie seit meinem Physikunterricht in der zehnten Klasse habe ich so sehr die Minuten gezählt.

Mein kleiner Bewohner verschlingt all meine Energie und wirbelt meine Gefühle durcheinander. Ich habe jetzt nur noch Lust, nach Hause zu gehen und zu duschen, nach einem Abstecher bei Monoprix, wo ich mir Maronencreme kaufen will. Seit ein paar Tagen lechze ich danach.

Während ich im Laden noch überlege, welche Sorte ich nehmen soll (mit Vanille, mit Maronenstückchen, im Glas oder in der Tube), höre ich eine vertraute Stimme. Mein Herz begreift als Erstes und stolpert. Da steht sie, genau neben mir, ich brauche sie nicht mal anzuschauen, um zu wissen, wer es ist. Mel. Meine älteste Freundin.

Ich war sechs Jahre alt, als meine Eltern in einen kleinen, aus fünf Einheiten bestehenden Häuserkomplex gezogen sind. Wir bewohnten ein durch die Garage vom Nachbarhaus getrenntes Reihenhaus. Während die Möbel ins Haus getragen wurden, bin ich im Garten auf Entdeckungsreise gegangen. Der kam mir damals riesig vor. Einen Zaun gab es noch nicht, und deshalb war ich überrascht, in unserem Refugium auf ein anderes kleines Mädchen zu stoßen. Ich ging mit verschränkten Armen und gerunzelter Stirn auf sie zu, um ihr klarzumachen, mit wem sie es zu tun hatte. Sie lächelte mich freudestrahlend an und sagte, sie heiße Mélanie. Unsere Refugien sind zusammengewachsen, ich habe meine Kindheit und Jugend teils bei ihr, teils bei mir verbracht, später auch bei Marie und Gaëlle, deren Häuser nachträglich angebaut wurden. Alle drei habe ich seit über einem Jahr nicht mehr gesehen.

In der ersten Zeit nach meinem Umzug nach La Rochelle haben Mel, Marie, Gaëlle und ich es geschafft, in Verbindung zu bleiben. Wir hatten eine WhatsApp-Gruppe, in der wir uns täglich austauschten. Obwohl ich es bei meinem Auszug versprochen hatte, kam ich nur selten nach Bordeaux, denn Jérémy verbrachte immer am liebsten romantische Wochenenden zu zweit. Meine Freundinnen zeigten Verständnis. Zu Anfang. Eine erste bissige Bemerkung fiel, als ich einen geplanten Besuch in Bordeaux absagte. Schon zum zweiten Mal. Beim ersten Mal hatte Jérémy einen Hexenschuss, beim zweiten musste er in letzter Minute einen beruflichen Termin wahrnehmen. Marie hat ihm damals unterstellt, er mache es extra. Ich dachte, sie scherzt, aber sie meinte es ernst, und die beiden anderen haben ihr nicht widersprochen. Ich war sauer, es hat mich verletzt, dass meine Freundinnen schlecht über den Mann dachten, den ich liebte. Einmal sind sie dann selbst nach La Rochelle gekommen. Sie hatten sich mit Partnern und Kindern zwei Kilometer von uns entfernt ein Haus gemietet. Am ersten Abend hat Jérémy eine verdorbene Auster erwischt und das Wochenende zwischen Bett und Klo verbracht.

»Soll ich bei dir bleiben?«, habe ich ihm angeboten.

»Ich will nicht, dass du wegen mir auf deine Freundinnen verzichtest«, hat er geantwortet.

Ich war erleichtert. Sie fehlten mir, und ich war froh, endlich ein bisschen Zeit mit ihnen verbringen zu können. Ich bin für zwei Stunden weggegangen. Als ich zurückkam, lag Jérémy förmlich im Sterben. Mit einer – leeren – Plastikwanne auf dem Bauch und an der Stirn klebenden Haaren stöhnte er bei jedem Atemzug. Ich habe versucht, das Ganze mit einem Witz zu entdramatisieren: »Machen Sie die Beine breit, Monsieur, ich schau mal nach, wie weit sich Ihr Muttermund schon geöffnet hat.«

Er hat nicht gelacht, sondern mich gebeten, ihm ein Medikament aus dem Badezimmer zu holen. Er wäre gern selbst gegangen, hat er noch hinzugefügt, sei dazu aber nicht in der Lage gewesen und habe deshalb höllisch gelitten und auf meine Rückkehr gewartet. Daraufhin habe ich das für den Abend geplante Treffen abgesagt. Auf Maries Vorschlag, wir könnten uns doch alle bei uns treffen, hat Jérémy erwidert, meine Freundinnen seien egoistisch und verdienten nicht so jemanden Großherzigen wie mich.

Ein paar Tage später schrieb Gaëlle eine lange Nachricht auf WhatsApp. Sie teilte mir ihre Bedenken bezüglich Jérémys Verhalten mit, das sie sehr dominant fand. Die beiden anderen stimmten ihr zu. Alle drei hatten den Eindruck, er wolle mich von meinen Freunden fernhalten. Und obwohl ich ihnen ausführlich den Jérémy beschrieb, den sie nicht kannten, den aufmerksamen, sensiblen, großzügigen Mann, mit dem ich zusammenlebte, beharrten sie auf ihrer Meinung. »Wir lieben dich und wissen, dass du seit dem Tod deines Vaters labil bist. Das sollte er nicht ausnutzen.«

Die Abstände zwischen den WhatsApp-Nachrichten vergrößerten sich. Ich bekam Angst, meine Freundinnen zu verlieren. Ich schlug Jérémy vor, ein Wochenende bei meiner Mutter zu verbringen, und er fand die Idee sehr gut. Das sollten meine Freundinnen unbedingt erfahren. Am Samstagabend aßen wir alle bei Mel. In ihrer Wohnung stand alles voller Kisten, ihr großer Umzug nach Paris, wo sie eine Stelle als Anwältin bekommen hatte, stand bevor. Sie hatte beim Packen alte Fotos wiedergefunden, die wir uns an dem Abend unter viel Gelächter gemeinsam anschauten. Lauter Erinnerungen kamen hoch, die Sportstunden, unser Gothic-Look in der Gymnasialzeit, das Kostümfest im Abschlussjahr, das Fest zur Feier meines Diploms, der Campingurlaub auf Noirmoutier, die Skiferien, eine Pyjamaparty bei Marie …

Jérémy schaute weg. Ich versuchte, ihn für die Bilder zu interessieren, aber er schien mich gar nicht zu hören. Mel gab ihm das Fotoalbum, aber er warf es auf den Tisch. Allgemeines Schweigen. Ich starrte ihn an, ohne zu begreifen, was ihn so verärgert hatte. So hatte ich ihn noch nie erlebt, er saß da mit völlig verspanntem Kiefer und Wut in den Augen.

»Das sind doch nur alte Fotos«, sagte Mel. »Da ist kein Ex drauf, falls es das ist, was dir Sorgen macht.«

»Ihr früheres Leben interessiert mich nicht«, erwiderte Jérémy kalt.

Marie griff unter dem Tisch nach meiner Hand und drückte sie.

»Warum tust du das?«, murmelte ich. »Wir amüsieren uns doch nur, wir machen nichts Schlimmes!«

Er stieß sich mit seinem Stuhl vom Tisch ab und stand auf. »Komm, wir gehen.«

Marie drückte meine Hand noch fester. Mel lächelte mich an. »Du kannst bleiben, Iris.«

»Wir sind für dich da«, sagte Gaëlle.

Jérémy ist zur Wohnungstür gegangen.

»Mach, was du willst, Iris«, sagte er, »ich geh nach Hause. Rücksichtslosigkeit ertrage ich nicht.«

Ich versuchte noch ein letztes Mal, ihn zurückzuhalten, aber ich wusste schon, wie es ausgehen würde. Also entschuldigte ich mich flüsternd bei meinen Freundinnen, stand auf und folgte Jérémy.

Ein paar Wochen lang habe ich versucht, ihnen Jérémys – und meine – Reaktion zu erklären. Marie hat nur kurz geantwortet. Gaëlle hat ein Emoji geschickt. Mel ist stumm geblieben.

Ich schaue zur Seite, da steht Mel mit einer Keksdose in der Hand, daneben ihr Mann Loïc. Er sieht mich als Erster. Ich erstarre, aber er scheint sich zu freuen. Er lächelt und stupst Mel an, die seinem Blick folgt und mich erkennt. In ihren Augen lese ich Überraschung, eine Spur Freude, viel Verlegenheit. Erleichtert gehe ich auf sie zu und will sie wie gewohnt zur Begrüßung umarmen. Aber die Zeiten der Gewohnheiten sind vorbei. Noch bevor ich bei ihr bin, nimmt Mel ein Glas Marmelade aus dem Regal, dreht sich auf dem Absatz um und entfernt sich wortlos.

28

Jeanne

Jeanne bekam wieder einen Brief. Diesmal fühlte sich der Umschlag dicker an als sonst. Als sie ihn öffnete, verstand sie, warum: Dem beschriebenen Blatt Papier war ein Zeitungsausschnitt mit einem Foto beigefügt. Als sie es wiedererkannte, fingen ihre Hände an zu zittern.

Winter 1997

In Paris schneit es. Das passiert selten und teilt die Stadt in zwei Gruppen: die, die sich freuen, und die, die meckern. Jeanne und Pierre gehören zu Ersteren. Die unberührte Landschaft gibt ihnen das Gefühl, zu Hause auf Reisen zu sein. Mit Stiefeln an den Füßen, die sie sich speziell für diese Gelegenheit gekauft haben, fahren sie zum Montmartre, wo die Leute angeblich eine Skipiste improvisiert haben. Der Anblick ist fantastisch: Kinder gleiten auf Müllbeuteln den Berg hinunter, einige besonders Mutige haben sogar ihre Skier mitgebracht. Pierre schlägt Jeanne eine Schlittenfahrt vor, die sie entschieden ablehnt. »Nie im Leben. Wir sind fünfzig und keine zwanzig mehr, falls du es vergessen hast!«

Dieselbe Jeanne saust ein paar Minuten später, auf einem Müllbeutel zwischen den Beinen ihres Mannes sitzend, den Hang hinunter und kreischt vor Vergnügen.

Als Iris nach Hause kam, lag Jeanne auf dem Sofa und schlief. Sie schnarchte leise, neben ihr lag Boudine. Die Hündin sprang zu Boden, um Iris zu begrüßen, worauf ihr Frauchen wach wurde. Jeanne faltete den Brief, den sie noch in der Hand hielt, wieder zusammen und schob ihn in ihren Rockbund.

»Geht es Ihnen gut?«, fragte Iris besorgt.

»Ich bin nur plötzlich müde geworden, aber jetzt geht es mir wieder besser«, versicherte Jeanne und stand auf. »Wollen Sie einen Aperitif? Ich müsste noch Suze, Martini oder Portwein dahaben. Pierre und ich haben gern mal ein Gläschen getrunken.«

»Danke, ich trinke lieber einen Orangensaft.«

Iris hängte ihren Mantel im Flur auf und kehrte zurück.

»Ich möchte nicht indiskret erscheinen, aber ich will auch nicht, dass Sie denken, ich würde mich nicht für Sie interessieren. Pierre war Ihr Mann?«

»Ja«, sagte Jeanne leise.

»Lebt er schon lange nicht mehr?«

»Seit vier Monaten.«

»Oh! Das ist ja noch gar nicht lange … das tut mir leid.«

»Eine Ewigkeit.«

Jeanne stellte zwei Gläser auf den Tisch.

»Ich kann mich einfach nicht damit abfinden, dass er nicht mehr von dieser Welt ist. Die ganze Bedeutung dieses Ausdrucks erfasst man erst, wenn man damit konfrontiert ist. ›Nicht mehr von dieser Welt‹. Selbst wenn ich ihn überall suche, Himmel und Erde bewege, durch die weite Welt reise, ich werde ihn nicht finden. Er ist nicht mehr im selben Leben wie ich.«

Jeanne brach die Stimme. Sie setzte sich neben Iris und trank einen Schluck Suze.

»Und Sie? Sind Sie schon der Liebe begegnet?«, fragte sie.

Die junge Frau senkte den Blick.

Das Geräusch eines Schlüssels im Schloss unterbrach ihr Gespräch. Die Tür ging auf, und Théo betrat die Wohnung. Als er seine beiden Mitbewohnerinnen bei einem Drink zusammensitzen sah, machte er große Augen und grüßte sie von Weitem.

»Möchten Sie was trinken?«, bot Jeanne ihm an. »Einen Orangensaft, eine Grenadine? Vielleicht habe ich auch Minzsirup …«

»Ich bin schon achtzehn, wissen Sie!«, lachte der junge Mann. »Ich kann Ihnen meinen Personalausweis zeigen.«

Jeanne lächelte: »Sie sind ein Baby, aber da Sie darauf bestehen: Ich habe auch Portwein, Suze und Martini.«

»Okay, ich bin im letzten Jahrhundert gelandet … Gibt es kein Bier?«

Da die angebotenen Getränke ihn nicht reizten, servierte Jeanne ihm ein Glas Birnenschnaps und stellte einen Teller mit Kräckern und ein Schälchen Oliven dazu. Théo trank seinen Aperitif und verzog das Gesicht. Iris bereitete ein Kürbisgratin zu, das sie gemeinsam aßen. Der junge Mann berichtete von seiner Leidenschaft fürs Backen, die junge Frau erzählte Anekdoten von den Personen, die sie betreute. Der Fernseher blieb ausgeschaltet. Etwas später als üblich brach Jeanne zum Spaziergang mit Boudine auf, leicht beschwipst von zwei Glas Suze und dem Leben, das sich mit an ihren Tisch gesetzt hatte. Bevor sie die Tür hinter sich zuzog, drehte sie sich zu Iris und Théo um, die dabei waren, den Tisch abzuräumen.

»Wäre es Ihnen recht, wenn wir uns duzen?«

29

Théo

Einmal im Monat gehe ich durch das große Tor. Das mache ich nicht gern, weder in die eine noch in die andere Richtung. Ich komme nicht gern, und erst recht gehe ich nicht gern.

Ich bin mit dem Zug gekommen. Als ich noch in der Nähe wohnte, war es einfacher. Im Zug bin ich eingeschlafen und hätte fast die Station verpasst. Ich bin todmüde, wegen diesem Wettbewerb gehe ich jetzt immer superspät ins Bett. Jeden Abend übe ich zu Hause. Die beiden haben nichts dagegen, Iris hat sich sogar zweimal von den Opéra-Schnitten genommen.

Für die Frau am Empfang bin ich Luft, hier kann jeder reingehen. Allerdings, wer käme schon, wenn er nicht müsste?

Ich hole tief Luft, bevor ich auf die Türklinke drücke. Das mache ich jedes Mal, als würde sich dadurch was ändern. Es verschafft mir noch ein paar Sekunden Aufschub, wenigstens das.

Meine Mutter ist in ihrem Zimmer. Sie haben sie in den Sessel gesetzt. Ich richte ihren zur Seite hängenden Kopf auf. Es ist bescheuert, aber jedes Mal, wenn ich diese Tür hier öffne, hoffe ich, dass sie mir zulächelt. Dabei haben die Ärzte mir klipp und klar gesagt: keine Chancen, dass sie sich wieder erholt. Das hier ist der Körper meiner Mutter, aber sie selbst steckt nicht mehr darin. Ich bin mir nicht mal sicher, ob sie meine Anwesenheit spürt.

Sie sagen, sie hätte Glück gehabt, sie hätte auch draufgehen können. Wenn man mit dreiundvierzig Jahren dazu verdammt ist, nur noch vor sich hin zu vegetieren, nenne ich das allerdings nicht Glück. Das einzige Glück an der Sache ist, dass sie niemanden im anderen Auto getötet hat. Fünf Jahre ist es jetzt her, aber ich kann mich einfach nicht damit abfinden.

Ich setze mich auf ihr Bett und hole mein Handy aus der Tasche, aber eigentlich surfe ich durch meine Gedanken. Automatisch stelle ich mir vor, wie unser Leben verlaufen wäre, wenn meine Mutter keine Alkoholikerin gewesen wäre. Eine Ahnung davon hatte ich in den Zeiten, in denen sie aufgehört hat zu trinken. Zweimal bin ich sogar zu ihr zurückgezogen. Da war sie selbstbewusst, mit dem Blödsinn war Schluss. Ich war mir ganz sicher. Sie war wie ausgewechselt. Wir hatten Spaß zusammen, sie hat ständig gesungen und getanzt, hat gern gekocht und besonders gern Kuchen gebacken. Wir haben zusammen Hütten gebaut, im Wald oder am Strand, obwohl wir drei Stunden bis dorthin fahren mussten. Ihr war es egal, dass ich dafür die Schule schwänzte, sie meinte, leben würde man nicht im Sitzen lernen. Sie schlief oft bei mir im Bett, manchmal weil ich es wollte, manchmal weil sie Lust dazu hatte. Sie schrieb mir kleine Zettel, die sie überall in die Wohnung klebte und auf denen stand, dass sie mich liebt, dass ich der tollste kleine Junge der Welt bin, ihr Sonnenschein. Die Zettel habe ich aufgehoben, sie liegen im Auto beim Abschleppdienst. Und dann auf einmal, einfach so, ohne erkennbaren Grund, ist sie wieder abgestürzt. Und zwar nicht nur ein bisschen. Sie fing gleich nach dem Aufstehen an zu trinken, zu torkeln, zu lallen. Sie trank direkt aus der Flasche. Anfangs heimlich, dann im Wohnzimmer, in meinem Zimmer, auf der Straße. Sie verlor ihren Job. Sie kümmerte sich nicht mehr ums Essen, sie sang nicht mehr, tanzte nicht mehr. Sie fuhr mitten in der Nacht zur Tankstelle, um Nachschub zu kaufen. Sie wollte mich immer zu Hause lassen, aber ich habe gebettelt, dass sie mich mitnimmt. Ich hatte zu große Angst, dass sie unterwegs einen Unfall baut. Wenn wir drauf und dran waren, im Graben zu landen, griff ich ihr ins Lenkrad. Sie vergaß, mich zur Schule zu bringen. Sie vergaß, mich mitzunehmen, wenn sie mit Freunden übers Wochenende wegfuhr. Wir sind mehrmals umgezogen, aber irgendwann haben immer irgendwelche Nachbarn sie angezeigt. Wenn das Sozialamt auftauchte, habe ich alles geleugnet.

Wäre ich dabei gewesen, hätte ich ihr ins Lenkrad gegriffen. Was mir am meisten wehtut, ist, dass es jetzt keine letzte Chance mehr gibt.

Ich bleibe den ganzen Nachmittag über bei ihr und setze in Gedanken unsere Welt neu zusammen. Jedes Mal, wenn ich wieder gehe, läuft das gleiche Ritual ab. Ich gebe ihr einen Kuss auf die Wange, ich sage ihr, dass ich ihr nie böse war, dass diese verdammte Krankheit nicht ihre Schuld ist, ich lese den Text, der an der Wand hängt, der, den man nach dem Unfall in ihrer Brieftasche gefunden hat, und ich verspreche ihr, bald wiederzukommen.

Ich gehe durch das große Tor. Das mache ich nicht gerne, weder in die eine noch in die andere Richtung. Ich komme nicht gern, und erst recht gehe ich nicht gern.

30

Iris

Als ich bei Madame Beaulieu ankomme, wundere ich mich, dass ich nicht mit meinem wunderschönen Spitznamen empfangen werde. Das Wohnzimmer ist leer, die Stimme der Tochter bittet mich, zu ihr ins Schlafzimmer zu kommen. Dort packt sie gerade ein paar Kleidungsstücke und Waschzeug in eine Tasche.

»Meine Mutter ist eben von einem Krankenwagen abgeholt worden. Tut mir leid, Iris, bei dem ganzen Durcheinander habe ich nicht daran gedacht, die Agentur anzurufen und Bescheid zu sagen. Sie sind umsonst gekommen. Ich fahre jetzt zu ihr.«

»Was ist passiert?«

Sie ist nervös, ihre Hände zittern, und ihre Wangen tragen Tränenspuren.

»Wir saßen gerade beim Frühstück, da habe ich gesehen, wie sich ihr Mund verzog. Und was sie sagte, ergab überhaupt keinen Sinn mehr, alles klang wirr. Ich habe den Notarzt gerufen, kurz darauf kam der Krankenwagen. Sie vermuten, dass es ein Schlaganfall war, jetzt wird sie gründlich untersucht.«

In solchen Momenten kommen einem Worte nutzlos vor, aber da ich es selbst erlebt habe, weiß ich, dass jedes Wort ein winziges Pflaster auf der Wunde ist. Nach dem Tod meines Vaters habe ich viele Beileidsbekundungen bekommen. Ein paar Zeilen, manchmal auch mehrere Seiten, eine Mail, eine SMS von Menschen, die mir nahestanden, aber auch von anderen. Ich habe sie gelesen, noch mal gelesen, wieder und wieder, und die Liebe aufgesogen, die in ihnen steckte. Seither bin ich zutiefst davon überzeugt, dass das Herz, wenn es lebendig ist, Liebe auf animalische, fast brutale Weise aufnimmt. Es zieht sie an, nimmt sie sich und nährt sich von ihr. Es wächst über die Liebe hinaus. Alles andere wird belanglos. Was zählt, sind Worte, ein Lächeln, Berührungen, andere Menschen.

Deshalb sage ich zu ihr, dass ich mit ihr fühle und hoffe, dass alles gut wird. Dass ihre Mutter eine erstaunliche Frau ist, die mich oft zum Lachen gebracht und mich manchmal tief bewegt hat. Dass ich mich sehr freue, sie zu kennen. Dass ich hoffe, sie bald wiederzusehen und zu hören, wie sie mich »kleines Miststück« nennt. Die Tochter lacht und weint gleichzeitig.

Als sie gegangen ist, bleibe ich noch ein wenig, um Ordnung zu machen und den Tisch mit dem nicht beendeten Frühstück abzuräumen. Mir fällt wieder ein, was mir die Ausbilderin bei der Pflegeagentur bezüglich meiner Tätigkeit gesagt hat. Wir betreten den persönlichen Bereich von Menschen, mitunter werden wir zur einzigen Person, mit der die Betroffenen sich austauschen, und manchmal ist es unvermeidlich, dass eine engere Bindung entsteht.

Ich lege einen Zettel auf den Tisch, auf dem ich Madame Beaulieu eine gute Rückkehr wünsche, und während ich die

Wohnung verlasse, denke ich an all die Menschen, die ich in La Rochelle zurückgelassen habe.

Meinen Beruf als Physiotherapeutin habe ich nicht auf gut Glück gewählt. Ich wollte Menschen reparieren. Vielleicht ist dieser Wunsch in meiner Kindheit entstanden, als ich die Arme meiner Barbiepuppen ausgekugelt habe, oder als meine Großmutter mich bat, ihr den Rücken zu massieren. Jedenfalls erinnere ich mich nicht, dass ich jemals etwas anderes werden wollte. Ich hatte das Glück, nach dem Ende meiner Ausbildung sofort Arbeit zu finden. Die Verwirklichung eines Traums birgt unweigerlich das Risiko von Enttäuschung. Trotzdem wusste ich von der ersten Minute an, dass ich genau das tat, wofür ich geschaffen wurde. Ziemlich bald habe ich mich auf motorische Störungen bei Kindern spezialisiert. Muskuläre, neurologische oder respiratorische Rehabilitationsmaßnahmen wurden für mich eine Quelle der Befriedigung. Seit fast fünf Monaten übe ich meinen Beruf nicht mehr aus. Wenn ich zu Madame Beaulieu, Monsieur Hamadi, Nadia und den anderen gehe, habe ich zwar weiterhin das Gefühl, Menschen zu reparieren, trotzdem fehlt mir mein Beruf. Mir fehlen meine Patienten. Seit ein paar Tagen lese ich Stellenangebote, manche wären was für mich, aber ich hüte mich, darauf zu antworten. In etwas über zwei Monaten gehe ich in Mutterschutz, vielleicht versuche ich es danach. Vielleicht habe ich danach keine Angst mehr, dass er in allen Praxen anruft, um mich wiederzufinden.

31

Jeanne

Jeanne war genervt: Auf der Bank saß bereits Simone Mignot. Sie grüßte sie mit spitzen Lippen, bemüht, sie keines Blickes zu würdigen. Wegen eines ausgefallenen Busses war sie spät dran und wollte jetzt keine Sekunde mehr von der Zeit verlieren, die sie mit Pierre hatte. Leider schien das der Frau des Nachbarn nicht recht zu sein.

»Ist heute nicht herrliches Wetter?«

Jeanne, der die Wahrung guter Umgangsformen wichtig war, gab der Frau eine neutrale Antwort und bat den Himmel, diese möge genügen, um den Plaudereifer der Nervensäge zu stillen.

»Guten Tag, mein Schatz«, flüsterte sie, damit die Frau sie nicht verstand. »Entschuldige die Verspätung, ich dachte schon, ich würde nie ankommen. Fast wäre ich zu Fuß weitergelaufen, aber heute trage ich meine Absatzschuhe, und du weißt ja, dass ich damit keine langen Strecken gehen kann.«

»Deshalb trage ich nur flache Schuhe«, schaltete sich Simone ein. »Aber angeblich tut man seinem Rücken damit keinen Gefallen. Ich weiß also gar nicht, was das Beste ist.«

Jeanne tat so, als habe sie nichts gehört, holte den Zettel mit den Gesprächsthemen aus der Tasche, warf einen Blick darauf und setzte ihren Monolog fort.

»Heute Morgen habe ich mit Victor Kaffee getrunken. Das ist schon lange nicht mehr vorgekommen. Seine Hausmeisterloge hat er sich schön eingerichtet, bestimmt hätte es seiner Mutter gefallen. Obwohl, wenn ich's mir genau überlege, wäre ihr die Einrichtung wahrscheinlich zu nüchtern. Sie mochte ja Farben und jede Menge Firlefanz.«

»Ich mag Weiß. Ich finde, es gibt nichts Eleganteres als weiße Wände, an denen ein paar Gemälde hängen. Am besten in Schwarz-Weiß. Meine Schwiegertochter liebt alles, was glänzt, bei ihr bin ich immer ganz geblendet. Ich besuche sie wegen meiner Enkelkinder. Wenn ich darauf warten müsste, dass *die* mich besuchen, wäre ich schon mumifiziert. Haben Sie Enkelkinder?«

Jeannes Ärger siegte über ihre Höflichkeit.

»Madame«, entgegnete sie, »sehen Sie nicht, dass ich gerade mit meinem Mann rede? Hätten Sie die Güte, sich nicht in unsere Unterhaltung einzumischen?«

»Oh, das tut mir leid!«, stammelte die Frau mit dem Hut. »Ich habe nicht oft die Gelegenheit, mich mit jemandem zu unterhalten, deshalb rede ich ganz unhöflich drauflos, wenn sich mal eine ergibt.«

Jeanne kehrte zur Zweisamkeit mit ihrem Mann zurück, doch die war jetzt getrübt. In ihrer Erziehung war immer der Respekt anderer wichtig gewesen, notfalls auf Kosten der Selbstachtung. Nur bei seltenen Gelegenheiten hatte Jeanne ihre eigenen Wünsche geltend gemacht und anschließend jedes Mal unter heftigen Schuldgefühlen gelitten. Simone tat ihr leid, so allein auf ihrer Bank, von einer Fremden zurechtgewiesen. Sie erklärte Pierre die Situation, so leise sie konnte, dann ging sie zur Bank, Boudine im Schlepptau, und setzte sich neben Simone.

Die zierte sich nicht lange, sondern akzeptierte gern das Ohr, das man ihr lieh.

Ihr Mann, Roland, war seit fünfzehn Jahren tot. Er fehlte ihr wie am ersten Tag, wie ein Körperteil, das man ihr abgenommen hatte. Sie lebte ständig mit dem Gefühl, etwas verloren zu haben, und suchte es hier.

»Jeden Tag seit fünfzehn Jahren. Nicht einen Tag habe ich ausgelassen!«, betonte sie. »Sogar als ich mal nach einer Bronchoskopie den ganzen Tag im Krankenhaus bleiben sollte, habe ich ein Formular unterzeichnet und bin gegangen. Ich bereue es nicht, denn nur so bin ich glücklich. Er ist immer noch ein bisschen bei mir, verstehen Sie?«

Jeanne verstand nur zu gut. Die Besuche bei Pierre waren für sie der einzige Grund weiterzuleben.

Es stellte sich heraus, dass Simone angenehmer war, als Jeanne zunächst vermutet hätte. Die kurze Unterhaltung gefiel ihr, dennoch kehrte sie bald zu ihrem Mann zurück.

Simone war bereits gegangen, als Jeanne den Friedhof verließ. Sie erreichte die Haltestelle genau in dem Moment, als sich die Türen des Busses schlossen. In letzter Sekunde bemerkte sie der Fahrer und ließ sie noch zusteigen. Mit Boudine zu ihren Füßen betrachtete Jeanne die Häuser, die Fußgänger, die Autos, die Schaufenster. Manche waren schon weihnachtlich dekoriert. Alles ging so schnell.

Als sie zu Hause eintraf, waren Théo und Iris in der Küche. Der junge Mann hatte Übungsmaterial mitgebracht.

»Ich backe euch eine Saint-Honoré-Torte!«, verkündete er stolz.

Jeanne lächelte, schob ein dringendes Bedürfnis vor und schloss sich im Badezimmer ein. Dort stellte sie sich vor den Spiegel und musterte sich lange. Nichts war zu erkennen, alles war wie immer. Und doch hatte Simone mit ihren Worten genau erfasst, was Jeanne empfand. Seit vier Monaten fehlte ihr ein Körperteil.

32

Théo

Ich bin mir nicht sicher, ob ich für Karate gemacht bin, und noch weniger, ob Karate für mich gemacht ist. Jedes Mal, wenn wir in den Kampfmodus wechseln, sorge ich dafür, Sam, den kleinen Zehnjährigen, als Gegner zu haben. Aber der Trainer hat meine Masche offenbar gerochen, also hat er mich Laurent zugewiesen, einem Typen, der zwei Kopf größer ist als ich und Schultern hat, auf denen ich Spagat machen könnte. Ihm fehlen nur noch die Stoßstangen, dann könnte er als Geländewagen durchgehen. Das ist kein Mann, das ist ein Gerüst. Ein Schrank mit Armen und Beinen. Aber ein richtig großer.

Am Ende der Stunde ist mir klar, warum wir eine Schutzausrüstung tragen. Wenn ich keinen Tiefschutz angehabt hätte, hätte ich jetzt Rührei in der Unterhose. Während ich mir die Schuhe anziehe und mir das Stöhnen verkneife, ertappe ich Sam dabei, wie er schmunzelt.

»Du machst dich doch wohl nicht über mich lustig?«

Er lacht.

»Ein bisschen schon, ehrlich gesagt.«

Draußen ist es dunkel und kalt. Alle machen sich auf den

Weg, Autotüren knallen, Motoren starten. Sam verabschiedet sich von mir und geht zu seinem Fahrrad, das er neben der Sporthalle angekettet hat. Ich bin schon auf dem Weg zur Metro, als ich sehe, wie er sich mit seinem Rad abmüht.

»Verdammte Bastarde, die haben mir die Luft aus den Reifen gelassen!«

Ich verkneife mir eine Bemerkung zu seiner Wortwahl, in seinem Alter war ich auch nicht gerade ein Beispiel für salonfähige Sprache. Im Heim musste man beweisen, dass man groß und stark ist, besonders wenn man klein und schwach war. Man musste laut sein und sich seinen Platz erobern. Keine Schwächen zeigen, sonst stürzten sich die anderen sofort auf einen. Schimpfwörter und grobe Gesten sind wie Schulterklappen. Die geben einem die Statur, die man nicht hat. Mit zehn Jahren habe ich Beleidigungen und Schläge verteilt, weil ich noch nicht groß genug war, um darauf zu verzichten.

»Können deine Eltern dich nicht abholen?«

»Nein, aber ich wohne nicht weit weg. Ich schiebe bis nach Hause, kein Problem.«

»Ich begleite dich.«

»Brauchst du nicht.«

»Du bist noch ein Knirps, und es ist dunkel, da lass ich dich nicht allein zu Fuß nach Hause gehen.«

Den ganzen Weg über redet er. Erzählt von seiner dreijährigen Schwester, einem lustigen Mädchen, außer wenn sie ihm seine Spielsachen klaut. Von Minecraft, seinem Lieblingsspiel, das sein Vater ihm aber unter der Woche verbietet. Von seinem Kater Charlot, der bei ihm schläft, seit er ganz klein ist. Von seinem Freund Marius, der Zigaretten in die Schule mitgebracht hat. Davon, wie sehnsüchtig er darauf wartet, endlich in die fünfte Klasse zu kommen. Vom Karate, das er toll findet, obwohl er auch Hip-Hop gern mochte. Zwischendurch holt er kaum Luft, redet, redet, redet, und dabei wechselt seine Stimme zwischen schrill und heiser, zwischen Kindheit und Adoleszenz. Ich muss darüber grinsen, wie toll er sich selbst darstellt. In seinen kindlichen Sätzen tauchen zwischen Schimpfwörtern immer wieder altkluge Wendungen auf.

»Marius, den kenne ich schon seit dem Kindergarten, der ist mein bester Freund. Manchmal geht er mir zwar auf die Eier, aber ich bin gnädig, ich habe immerhin Selbstbeherrschung gelernt.«

Oder: »Also, mich nervt es echt wie Sau, wenn Leute einfach an meinem Rad rumfummeln, ich finde, das ist echt starker Tobak!«

Jedes Mal muss ich lachen, was ihn nur noch weiter anspornt.

Bis zu ihm nach Hause dauert es länger als zehn Minuten, wahrscheinlich meinte er vorhin die Zeit, die er mit dem Rad braucht. Er zieht einen Schlüsselbund aus der Tasche und bedankt sich, dass ich ihn begleitet habe. Ich warte, bis sich die Haustür hinter ihm schließt, und laufe denselben Weg wieder zurück bis zur Metrostation. Jeanne und Iris schicke ich eine Nachricht: »Ich komme etwas später, macht euch keine Sorgen.«

33

Iris

Madame Beaulieu ist tot. Nach ihrem Schlaganfall war sie zunächst stabil, aber drei Tage später hat ein zweiter sie voll erwischt. Die Leiterin des Pflegedienstes hat mir Bescheid gegeben und mir versprochen, mich zu jemand anders zu schicken, zu einer älteren Dame, die unter Parkinson leidet. Verlegen habe ich geschwiegen. Natürlich bedeutete Madame Beaulieu einen nicht zu unterschätzenden Teil meines Gehalts, aber jetzt, wo sie gestorben ist, ist das nicht meine größte Sorge. Etwas später hat ihre Tochter sich per SMS für die Betreuung ihrer Mutter bedankt. Ich habe ihr ein paar schrecklich banale Zeilen zurückgeschrieben, aber nicht gewagt, ihr zu sagen, wie traurig ich wirklich bin und dass ich mir gut vorstellen kann, wie sehr sie leidet.

Als ich bei Nadia ankomme, liegt sie im Bett. Ihr Sohn sitzt neben ihr, in die Lektüre von *Auf der Suche nach der verlorenen Zeit* vertieft.

»Er ist nicht zur Schule gegangen«, erklärt sie mir. »Als er gesehen hat, wie schwach ich bin, wollte er mich nicht allein lassen.«

»Wenn er mit zehn Jahren schon Proust liest, kann er glaube ich auch mal ein, zwei Tage in der Schule fehlen. Waren Sie beim Arzt?«

»Ja, heute Morgen. Es ist ein neuer MS-Schub. Meine Beine tragen mich nicht mehr, ich muss jetzt einen Rollstuhl benutzen. Ach Mann, mir reicht's. Gerade hatte ich mir ein Minikleid gekauft, aber das kann ich jetzt natürlich nicht anziehen.«

»Ich kann Ihnen helfen!«

Sie lacht.

»Es ist zu kurz. Im Sitzen werde ich aller Welt einen unverbauten Blick auf meine intimsten Regionen bieten. Außerdem werde ich es nicht schaffen, es allein wieder auszuziehen. Ich bin dazu verdammt, bequeme Hänger zu tragen, in die ich leicht hineinschlüpfen kann und mit denen ich wie eine alte Frau aussehe.«

»Entschuldigung, Maman, aber du bist nicht mehr die Jüngste«, wirft Léo ein.

»Danke, mein Schatz! Ich bin erst sechsunddreißig, weißt du.«

»Sage ich doch«, erwidert der Kleine, sich ein Grinsen verkneifend.

An Nadia beeindruckt mich ihre Resilienz und wie sie ihre Krankheit akzeptiert. Sie überwindet die Hürden nicht, sie sprengt sie. Sie erinnert mich an die Kinder, die ich in der Praxis in La Rochelle behandelt habe, an deren Lebensfreude, die durch nichts zu erschüttern war, nicht einmal durch Krankheit. Nicht selten kam ich abends innerlich erschöpft von den Ungerechtigkeiten der Natur nach Hause. Jérémy hörte mir zu, tröstete mich und versicherte mir immer wieder, wie bewundernswert mein Beruf sei. Er machte sich sogar Sorgen um mich, fragte sich, ob ich stabil genug sei, dachte, ich könnte daran kaputtgehen. Besonders an einen Abend erinnere ich mich, da habe ich ihm erzählt, wie traurig mich die düstere Prognose für den kleinen sechsjährigen Lucas mache. Jérémy nahm mich fest in die Arme und streichelte mir das Haar.

»Schatz, du hast viele Qualitäten, aber du bist zu sensibel für diesen Beruf. Glaubst du nicht, dass der kleine Lucas deinen Schmerz gespürt hat? Glaubst du, so hilfst du ihm? Verzeih mir, wenn ich ein bisschen hart bin, aber jemand muss es dir mal sagen. Du bist nicht für diese Arbeit geschaffen und richtest mehr Schaden als Gutes an.«

Damit traf er mich in einem Teil meiner selbst, den ich für unerschütterlich hielt. Bisher hatte ich meine Berufung, meine Professionalität und meine Nützlichkeit nie infrage gestellt. In vielen Bereichen hatte ich Zweifel an mir, aber in diesem waren mir nie welche gekommen. Jérémys Worte brachten mein Selbstbewusstsein ins Wanken. Und das Schlimmste war, dass ich es vorzog, ihm recht zu geben, statt auf den Gedanken zu kommen, dass er mir vielleicht schaden wollte.

»Der Arzt meint, diesmal würde ich mich nicht wieder erholen«, sagt Nadia, während ich ihr aus dem Bett helfe. »Ich tauge nur noch für ein Leben auf vier Rädern!«

»Mein Traum!«, ruft ihr Sohn. »Ich hasse es, zu laufen, du hast echt Glück!«

Nadia lacht, und Léo schmiegt sich an sie. Genau wie sie benutzt er Spott wie eine scharfe Waffe. Ich beobachte Mutter und Sohn, die bestimmt beide gleichermaßen von diesem neuen Krankheitsschub getroffen sind, ich sehe, wie unglaublich sie sich anstrengen, damit die Resignation nicht die Oberhand gewinnt, wie sie Hand in Hand die Prüfungen durchstehen und stets darauf achten, den anderen nicht in die eigenen Qualen mit hineinzuziehen. Bewundernd stehe ich vor diesem Bild von Mutter und Kind und sage mir, dass alles möglich ist. Nadia hat mir einmal verraten, dass Léos Vater während ihrer Schwangerschaft spurlos verschwunden ist. Sie hat ihn wiedergefunden, ihn gedrängt, seinen Sohn anzuerkennen, war sich sicher, seine Angst würde ihm das große Glück verbauen. Er hat sich überzeugen lassen, ist dann aber erneut verschwunden, als das Kind drei Monate alt war, und hat seither nie wieder ein Lebenszeichen von sich gegeben.

Ich werde allein ein Kind bekommen. Wie viele Frauen vor mir. Wir werden glücklich sein. Das verspreche ich uns.

Dezember

34

Jeanne

Jeanne hatte schon immer Angst vor Spinnen, erst recht wenn sie Taschenkrebsen zum Verwechseln ähnlich sahen. Deshalb erstarrte sie, als sie das Tier an der Wohnzimmerwand entdeckte, und stieß einen Schrei aus, den eine Ziege nicht besser hinbekommen hätte.

Iris kam angerannt und wäre fast über Boudine gestolpert. Als sie das Ungeheuer sah, erstarrte auch sie augenblicklich.

»Was ist denn das für ein Ding?«

»Ich schätze mal, eine Spinne«, erwiderte Jeanne.

»Aber die ist ja riesig!«

»Das kannst du laut sagen … Ich weiß nicht, wie wir sie wieder loswerden sollen. Könntest du mal den Besen holen?«

»Ja, holen kann ich ihn, aber auf keinen Fall damit auf das Biest losgehen. Findest du nicht, es sieht hinterhältig aus? Es wird mich anspringen. Ich gehe nicht näher ran.«

Théo kam ins Zimmer und stieß einen bewundernden Pfiff aus, als er das Tier entdeckte.

Erleichtert sah Jeanne in ihm den Retter.

»Ah, Théo! Kannst du uns von diesem Ding befreien?«

»Natürlich«, erwiderte der junge Mann. »Gibt's hier einen Flammenwerfer?«

»Natürlich nicht.«

»Dann kann ich nichts machen.«

Iris musterte Théo argwöhnisch.

»Hast du Angst vor Spinnen?«

»Ach, Quatsch, ich hab keine Angst. Ich hüte mich nur vor Wesen, die mehr Beine haben als ich.«

»Théo, könntest du bitte den Staubsauger holen?«, flehte Jeanne.

»Der ist in der Küche, stimmt's?«

»Ja, neben dem Kühlschrank.«

»Um dahin zu kommen, müsste ich aber durch diese Tür hindurch. Falls ihr es nicht bemerkt haben solltet: Die Vogelspinne sitzt genau drüber.«

Iris gab ein nervöses Kichern von sich, das sich in ein Knurren verwandelte, als die Spinne anfing, Richtung Zimmerecke zu laufen.

»O Gott!«, schrie Jeanne, und Théo tat beherzt drei Schritte zurück.

Schließlich war es Iris, die beschloss, den Hausmeister zu holen. Bis er kam, hatte das Biest Zeit gehabt, das ganze Wohnzimmer zu durchqueren. Victor fand Jeanne und Théo zu Salzsäulen erstarrt am anderen Ende des Raumes, die dunkle achtbeinige Gestalt fest im Blick.

»Wenn ich sie aus den Augen lasse«, jammerte Iris, »flüchtet sie womöglich, und wir müssen hier wohnen und die ganze Zeit befürchten, dass ein Monster in unser Bett kriecht.«

Unter dem Gekreische der Anwesenden gelang es Victor, die Spinne in einen durchsichtigen Plastikbecher zu sperren. Dann verkündete er, er werde sie draußen freilassen, um sie nicht töten zu müssen.

»Nicht weniger als dreihundert Kilometer entfernt, Victor!«, befahl Jeanne.

»Aber klar«, erwiderte er. »Ich überlege, ob ich ihr ein Zugticket kaufe.«

Zehn Minuten später kam er zurück, nahm die stürmischen Danksagungen der drei Bewohner entgegen – und stieß mit ihnen auf das Verschwinden des Eindringlings an.

»Scheint gut zu laufen«, sagte er und trank sein Glas aus. »Ich meine, das Leben zu dritt. Scheint gut zu laufen.«

»Ja, wir verstehen uns gut«, pflichtete Iris bei, »und wir respektieren uns. Es ist nicht einfach, sich an einem neuen Ort zurechtzufinden, aber so allmählich fühle ich mich hier wirklich zu Hause.«

»Haben Sie schon vorher in Paris gelebt?«, fragte er.

»Nein, in der Provinz.«

Jeanne merkte, wie Iris sich verspannte, und kam ihr zur Hilfe: »Es klappt besser, als ich es mir hätte wünschen können. Ich bedaure nur, dass Théo so unordentlich ist. Aber so sind die jungen Leute nun mal …«

Théo starrte sie mit offenem Mund an, bis er begriff, dass Jeanne ihn neckte. Das war er von ihr gar nicht gewöhnt. Seit Kurzem lebte Jeannes Humor wieder auf.

»Tut mir leid, wenn ich am ersten Tag etwas schroff zu Ihnen war«, sagte Victor zu Théo. »Jeanne bedeutet mir sehr viel, und die Vorstellung, sie könnte Fremden ausgeliefert sein, hat mich beunruhigt.«

»Kein Problem, Bro.«

Victor blieb zum Abendessen. Jeanne hatte rasch ein Pastinakenpüree mit Kabeljaufilets zubereitet, Théo einen Apfelcrumble. Als Victor gegangen und Iris in ihrem Zimmer war, bot Théo Jeanne an, mit Boudine Gassi zu gehen.

»Ich habe Lust auf eine Zigarette, da könnte ich auch gleich eine Runde mit ihr drehen.«

Jeanne lehnte ab und erklärte, sie müsse sich selbst die Beine vertreten. Gemeinsam gingen sie hinunter und traten in den stillen Abend hinaus.

In der Kälte bildeten sich vor ihren Mündern Atemwolken. Langsam liefen sie bis zum Park am Ende der Straße. Als Théo sich seine Zigarette anzündete, nahm Jeanne sie ihm aus der Hand und führte sie an ihre Lippen.

»Du rauchst?«, fragte Théo erstaunt.

»Nein«, antwortete Jeanne hustend und zog gleich noch mal an der Zigarette. »Ich habe es mir immer verboten, weil ich die verheerenden Folgen bei meinem armen Großvater erlebt hatte. Aber es hat mich immer gereizt. Jetzt, in meinem Alter, ist es nicht mehr gefährlich, damit anzufangen, stimmt's?«

Sie hielt das weiße Stängelchen ein Stück von sich weg, um es zu betrachten, zog noch einmal daran und gab es Théo zurück: »Schade, dass es so widerlich schmeckt.«

35

Théo

In der Konditorei sind sie alle viel motivierter als ich. Philippe lässt mich von morgens bis abends schuften, und Nathalie ist auffällig nett zu mir. Das wirkt unnatürlich, als würde sie nur die Lippen bewegen und von jemandem synchronisiert werden. Am liebsten mag ich es, wenn Leïla mir Mut macht. Jedes Mal, wenn mir ein neuer Kuchen gelingt, sagt sie, er sei toll geworden, dann kriege ich Lust, noch lauter andere tolle Kuchen zu backen.

Die Tage, an denen sie da ist, sind meine Lieblingstage. Sie sind nicht anders als sonst, außer dass sie mir manchmal zulächelt und ich merke, wie meine Wangen glühen. Aber ich darf mir nichts einbilden, die Chance, dass sie sich für mich interessiert, ist gleich null. Irgendwann sollte ich mal aufhören, mich an diese kleinsten Zeichen von Interesse zu klammern. Ich weiß ja, dass es sich nicht lohnt. Jedes Mal, wenn ich ein Stück von meinem Herzen verschenkt habe, habe ich es in übler Verfassung zurückbekommen. Am besten, man hat niemanden, wenigstens riskiert man dann nicht, ihn zu verlieren.

Manon sagte, sie würde mich immer lieben, und ich habe ihr geglaubt. Ich hätte es besser wissen müssen, wo doch meine

Mutter das Gleiche mit mir gemacht hat. Wir hatten lauter Pläne für später, wenn wir frei wären, mit achtzehn. Wir hatten uns sogar schon einen Namen für unsere Katze ausgedacht. Fast zwei Jahre waren wir zusammen, im Heim redeten alle von uns, als wären wir nur eine Person: »ManonundThéo«. Als ich sie dabei erwischt habe, wie sie mit Dylan rumgeknutscht hat, dachte ich, ich geh kaputt. Das war genauso, wie ich meine Mutter beim Trinken erwischt habe, nachdem sie damit aufgehört hatte. Manon hat nicht mal versucht, sich zu entschuldigen, ich sei eben zu lieb, und sie hätte sich verknallt, da könne sie doch nichts dafür, basta, Ende der Story. Dazu noch in Dylan. Ich bin ausgeflippt. Ich gehöre nicht zu denen, die am Aussehen anderer rumkritisieren, aber es gibt echt Grenzen. Der Typ hat keine Zähne im Mund, sondern ein Klavier. Lange hat die Geschichte nicht gedauert, und auch wenn ich es nicht gern zugebe, glaube ich, ich hätte wieder mit ihr gehen können, wenn sie gewollt hätte. Aber sie wollte nicht. Zwei Monate später bin ich achtzehn geworden und gegangen. So ist das eben: Mit achtzehn haut man ab. Aber auch ohne diese Geschichte wäre ich nicht eine Sekunde länger geblieben. Ganz ehrlich, ich habe ein paar schöne Erinnerungen, wir hatten oft Spaß, und ich hatte echte Freunde, besonders Ahmed und Gérard. Aber trotzdem, man ist ja nicht zum Spaß dort. Die meisten sind ganz schön kaputt, wenn sie hinkommen, deshalb gibt es da auch jede Menge Gewalt, aber wenn du kaputt bist, kannst du gerade Gewalt nicht gebrauchen. Ahmed und Gérard haben mich mehrmals angerufen, aber ich bin nie drangegangen. Als ich nach Paris kam, wollte ich ein neues Leben anfangen und von dem alten nichts mehr wissen. Allerdings hängt ein Stück von mir da immer noch fest, so ist das eben.

»Was machst du gerade?«, fragt mich Leïla und tritt neben mich an die Arbeitsfläche.

»Windbeutel füttern«, antworte ich, während ich einen in die Hand nehme und ihn mit Vanillecreme fülle.

Sie grinst. Nathalie kommt angerannt wie ein wütendes Nashorn.

»Was machst du, Leïla?«

»Ich wollte gerade die Schokocroissants aus dem Ofen holen.«

»Das dauert ja ewig, mach mal ein bisschen Tempo! Die Lücken im Schaufenster füllen sich nicht von allein.«

Verstohlen verdreht Leïla die Augen und geht zum Ofen. Ich wende mich wieder meinen Windbeuteln zu. Nathalie muss unbedingt noch eine letzte Bombe werfen: »Ich weiß ja nicht, was da zwischen euch beiden läuft, aber wir sind hier in einer Bäckerei und nicht auf einem Dating-Portal.«

36

Iris

Die Ultraschallabteilung liegt im Erdgeschoss des Krankenhauses. Ich melde mich an der Empfangstheke an und setze mich in den Wartesaal. Obwohl ich kürzlich sein Herz gehört habe, bin ich ängstlich. In mir wächst nicht nur ein Kind heran, sondern ein Versprechen. Auch wenn ich mir noch so sehr verbiete, ihn schon vor seiner Geburt zu lieben, hänge ich schon jetzt wie verrückt an ihm.

Ich bin mit einer Abwesenden aufgewachsen. Ich war fünf Jahre alt, als mein Bruder Clément geboren wurde, und acht, als der Bauch meiner Mutter sich wieder gerundet hat. Es war ein Mädchen, sie hieß Anaïs. Den Anblick, wie sie sich unter der gespannten Bauchdecke meiner Mutter bewegte, fand ich schrecklich, abstoßend. Als meine Mutter ins Krankenhaus musste, habe ich für meine kleine Schwester eine Geschenkbox zusammengestellt: ein Kuscheltuch, das ich nicht benutzte, eine Puppe, die ich nicht benutzte, Haarspangen, die ich nicht benutzte. Mit den Sachen, die ich nicht benutzte, war ich sehr großzügig. Mein Vater kam als Erster nach Hause, und er war es auch, der uns die Nachricht überbrachte. Ich erinnere mich noch, dass er uns lange umarmt und gestreichelt hat, meinen Bruder und mich, und wie er dabei geschluchzt und gebebt hat. Ich habe nur ein einziges Mal geweint, als meine Mutter nach Hause kam. Die kleine Schwester, von der ich dachte, ich würde schon gleich nach ihrer Ankunft mit ihr Barbie und »Vier gewinnt« spielen, würde ich nicht bekommen. Wir haben sie nie vergessen, bei jedem Geburtstag und jedes Jahr an Weihnachten ist sie dabei, wir reden oft von ihr, und am 24. April weint meine Mutter immer den ganzen Tag. Doch wie sehr dieses Drama das Leben meiner Eltern tatsächlich geprägt hat, habe ich nie wirklich geahnt. Erst heute weiß ich das. Ich weiß jetzt, wie sehr man jemanden lieben kann, den man noch nicht kennt. Ich weiß, zu was man fähig ist, um ein kleines Wesen zu beschützen, das von einem abhängig ist. Ich weiß, dass ich, würde ich es verlieren, mich nicht wieder davon erholen würde.

Eine Krankenpflegerin bringt mich ins Untersuchungszimmer und kündigt mir an, die Radiologin werde gleich kommen. Während ich warte, versuche ich, mich zu entspannen. An der Decke kleben sechsundfünfzig Kacheln, zwei davon haben Flecken.

Ein junger Mann betritt den Raum und begrüßt mich. Trüge er keinen Arztkittel, würde ich ihn fragen, ob er seine Eltern sucht. Er sieht aus wie zwölf. Ich überlege schon, ob ich ihn um seinen Personalausweis bitten soll, da drückt er das Gel auf meinen Bauch.

»Ist es der morphologische?«

»Wie bitte?«

»Ist es der Ultraschall in der zweiundzwanzigsten Woche? Der morphologische?«

»Ja, genau. Wir schauen uns alle Organe an und stellen fest, ob das Baby sich gut entwickelt. Los geht's.«

Mit der Sonde untersucht der Arzt jeden Zentimeter meines Bauchs. Seine Augen lösen sich nicht vom Bildschirm und meine nicht von seinem Gesicht. Ich versuche, das kleinste Stirnrunzeln, die kleinste Mundwinkelregung zu interpretieren. Er sagt nichts, und ich traue mich nicht, Fragen zu stellen, weil ich befürchte, dass er mich für die ängstliche Mutter hält, die ich natürlich nicht bin.

»Ah«, entfährt es ihm plötzlich.

»Was?«

»Das gibt's doch nicht.«

Mein Blut stockt. Ich atme nicht mehr. Ob das Schicksal mich vergisst, wenn ich mich tot stelle?

»Das Programm ist abgestürzt«, sagt er schließlich. »Wir haben das Gerät gerade zurückbekommen, angeblich wurde es repariert, aber es ist alles beim Alten. Ich werde Ihnen kein 3-D-Bild ausdrucken können, tut mir leid.«

Wenn er wüsste, wie schnuppe mir in diesem Moment 3-D-Bilder sind. Mein Blut fließt wieder durch meine Adern, und das Baby macht einen Luftsprung, wie um mich zu beruhigen.

»Oh, wunderbar!«, ruft der Radiologe. »Ich habe darauf gewartet, dass es sich dreht. Wollen Sie sein Geschlecht erfahren?«

Ich zögere nicht eine Sekunde.

Eine halbe Stunde später verlasse ich das Krankenhaus und presse einen Arztbericht an meine Brust, bei dem zwar das 3-D-Bild fehlt, aber nicht der winzige Pimmel, den ich am liebsten der ganzen Welt zeigen würde.

37

Jeanne

Als Jeanne die Wohnung des Mediums zum zweiten Mal betrat, hatte sie ihre Zweifel verdrängt. Nach kurzer Überlegung war sie zu dem Schluss gekommen, dass sie zwei Optionen hatte: Entweder glaubte sie an ein Jenseits mit Pierre oder an eine Ewigkeit ohne Pierre. Sie setzte sich auf Bruno Kafkas Sofa, froh, die erste Option gewählt zu haben. Das Leben war erträglicher, wenn es nicht tödlich war.

»Ich freue mich, Sie wiederzusehen«, sagte das Medium.

»Danke, dass Sie mir Bescheid gesagt haben, dass Pierre wieder mit mir sprechen will. Ist er da?«

Der Mann schloss die Augen und schien sich zu konzentrieren.

»Pierre ist bei uns«, sagte er schließlich lächelnd. »Er findet Sie sehr hübsch.«

Jeanne errötete. Voller Vorfreude hatte sie sich für diese Begegnung wie vor ihrem ersten Rendezvous zurechtgemacht. Von Jacques Brels Stimme begleitet, hatte sie sich ein Band um ihren Haarknoten gebunden, Rouge aufgelegt, sich die Lippen rosa bemalt und die Wimpern getuscht. Sie trug ein nachtblaues Kleid, das Pierre ihr in einer kleinen römischen Boutique gekauft hatte, darunter das Dessous aus schwarzer Seide, das ihm immer den Kopf verdreht hatte, in der Hoffnung, der Tod habe ihm die Fähigkeit verliehen, durch ihre Kleidung hindurchzusehen. Erst hatte sie gezögert und sich zu oberflächlich gefunden, aber ihre Körper hatten sich genauso geliebt wie ihre Seelen, und sie wagte zu glauben, dass Pierre ihre Geste zu schätzen wisse.

»Er ist stolz auf Sie«, fuhr der Mann fort. »Er findet Sie sehr stark.«

Wenn Stärke darin bestand, jede Nacht zehn Liter Tränen zu vergießen und jeden Tag zehn Liter Tränen zurückzuhalten, dann war sie wahrhaftig stark, sagte sich Jeanne.

»Pierre will, dass Sie wissen, dass er an Ihrer Seite ist. Er kann Sie sehen.«

Ein Schauer durchfuhr Jeanne. Manchmal – häufig sogar – ertappte sie sich dabei, wie sie sich ihren Mann an ihrer Seite vorstellte. Wenn sie sich ganz stark konzentrierte, konnte sie seinen Atem auf ihrer Haut spüren. Monsieur Kafka bestätigte ihr, dass sie nicht verrückt war. Sie hatte gezögert, ob sie noch einmal herkommen sollte – vor allem wegen der Kosten –, aber die Hoffnung lebendig zu halten, dass Pierre noch irgendwo war und auf sie wartete, war durchaus zweihundert Euro wert.

»Hat er seinen Bruder wiedergetroffen?«, fragte Jeanne. »Und seine lieben Eltern?«

Das Medium rollte mit den Augäpfeln und gab ein Brummen von sich. Jeanne hoffte, dass er nicht gerade eine Herzattacke erlitt – oder wenn, dass er wenigstens vorher noch Zeit hatte, ihr zu antworten.

»Er hat all Ihre lieben Verstorbenen wiedergetroffen. Ich sehe ihn umgeben von alten und weniger alten Menschen. Seine Eltern scheinen bei ihm zu sein, das sind sie doch, oder?«

Jeanne hatte einen Kloß im Hals. Sie nickte stumm. Ein Bild, das vor ihrem Inneren aufgetaucht war, verwirrte sie. Auf der Kommode in der Nähe der Wohnungstür stand seit jeher ein Foto von Pierre als Kind, der von seinen Eltern eingerahmt wurde. Die Vorstellung, dass sie nun wieder vereint waren, berührte sie zutiefst.

Das Medium kam wieder zu sich: »Die Begegnung ist zu Ende. Sie war sehr intensiv. Ich denke, wir sollten uns noch einmal treffen. Sind Sie damit einverstanden?«

Trotz der Kürze der Sitzung gab Jeanne ohne das geringste Zögern ihre Zustimmung. Mit dem Verkauf einiger ihrer Schmuckstücke würde sie sicher das nötige Geld dafür zusammenbekommen. Sie notierte sich den nächsten Termin in ihrem Taschenkalender, zog ihren Mantel wieder an und dankte dem Mann sehr herzlich.

»Pierre küsst Sie«, sagte er zu ihr, während er ihr die Wohnungstür aufhielt. »Sie und Ihre Kinder.«

38

Théo

Als ich vorhin von der Arbeit nach Hause kam, erwarteten meine beiden Mitbewohner mich schon. Ich habe mich gefreut, schließlich bin ich es nicht gewohnt, dass jemand mich erwartet, und fühlte mich, als hätte ich eine Familie. Aber meine Freude hat sich in Luft aufgelöst, als ich gecheckt habe, dass sie mich nur erwarteten, damit ich ihnen einen Gefallen tue. Wenn ich es richtig verstanden habe, hat Iris Jeanne von einer Frau erzählt, die keine rollstuhlgerechte Kleidung besitzt, und da hat Jeanne – bling! – gestrahlt wie ein Weihnachtsbaum und uns gebeten, in den Keller zu gehen, um ihr von dort ein paar Sachen hochzuholen.

Iris umklammert das Geländer so fest, als wollte sie es melken. Ganz offensichtlich hat sie keine Lust, ihren tollen Auftritt von neulich zu wiederholen.

Ich wusste nicht mal, dass es hier einen Keller gibt. Als wir die Tür zum Untergeschoss aufmachen, kommt der Hausmeister aus seiner Loge geschossen. Das macht er immer, wenn wir bei ihm vorbeigehen. Der ist kein Mensch, der ist ein Sektkorken.

»Alles in Ordnung?«

»Na ja«, antworte ich. »Wir bräuchten ein bisschen Hilfe, haben Sie Zeit?«

»Natürlich, worum geht's?«

»Wir müssen Jeannes Körperteile im Keller verstecken, könnten Sie die Beine übernehmen?«

Es funktioniert jedes Mal. Er wird weiß wie die Wand, bis Iris ihm erklärt, ich würde nur Spaß machen. Da lacht er laut und behauptet, das hätte er natürlich verstanden.

Ich gehe voraus, nicht aus Höflichkeit, sondern damit es schneller geht. Ich hasse Kellergeschosse, ich habe immer das Gefühl, da nicht mehr rauszukommen und zu ersticken. Das ist einer meiner schlimmsten Albträume. Den habe ich, seitdem ich klein bin. Manchmal träume ich auch, dass ich verfolgt werde. Ich renne und renne und komme nicht vom Fleck, und wenn ich schreie, kommt kein einziger Laut aus meinem Mund. Im Heim habe ich mir einen Traumfänger übers Bett gehängt, den Manon für mich gebastelt hat. Ein paar Wochen lang habe ich nichts geträumt. Ich weiß aber nicht, was mehr gewirkt hat: der Traumfänger oder die Tatsache, dass jemand mich gern genug hatte, um mir einen zu basteln. Ich habe ihn im Heim gelassen und mir gesagt, dass meine Albträume keinen Grund hätten, mir in mein neues Leben zu folgen. Aber so wie es aussieht, haben sie meine Spur wiedergefunden.

Ich halte den Schlüssel bereit. Wir erreichen die Tür zu Jeannes Kellerraum, ich schließe schnell auf. Der Raum ist klein. Die Sachen, die Jeanne darin abgestellt hat, sind mit Laken verhängt. Iris geht hin und hebt den Stoff hoch.

»Jeanne hat gesagt, die Sachen befänden sich an der rechten Wand«, sagt sie.

Wir stoßen auf ein Holzregal.

»Da steht die Nähmaschine. Und da sind die Pappkisten. Sie hat auch ein Nähkästchen erwähnt, siehst du es?«

Ich sage Nein und tue, als würde ich es suchen, drehe mich um und hebe an der gegenüberliegenden Wand ein Laken hoch.

»Théo! Jeanne wollte bestimmt nicht, dass wir noch woanders herumwühlen. Sie hat mehrmals gesagt, wir sollten rechts nachsehen.«

Ich versuche, den Stoff wieder zurechtzuziehen. Zu spät, er ist ins Rutschen geraten und gleitet zu Boden. Iris hebt ihn sofort auf, und wir breiten ihn mehr schlecht als recht wieder über die Sachen. Aber wir hatten beide genug Zeit, um die Wiege zu sehen, in der ein großer hellbrauner Teddybär liegt.

39

Iris

Zum ersten Mal laufe ich durch Paris, ohne zur Arbeit oder zum Einkaufen zu gehen. Ich gehe einfach spazieren, ohne Ziel, nur zum Vergnügen. Ich entferne mich von meinem Unterschlupf, verlasse meine Komfortzone, und mir wird schwindelig. Diese vielen Leute, diese vielen Gesichter, all diese sich bewegenden Gestalten. Früher mochte ich Menschenmengen. Ich mochte das rege Treiben in den Straßen, die Geschäftigkeit, das Leben. Meine Eltern wohnten in einem Vorort weit außerhalb von Bordeaux, in einer Siedlung inmitten der Weinberge. Meine Mutter fuhr immer zur Arbeit in die Stadt, dann flehte ich sie an, mich mitzunehmen, und hatte das Gefühl, die Welt zu entdecken. Als Jugendliche fuhr ich zusammen mit Mel, Marie und Gaëlle mit dem Bus ins Zentrum, um im Virgin Megastore an der Place Gambetta CDs zu hören und anschließend durch die Rue Sainte-Catherine bis zur Place de la Victoire zu laufen. Bei Auguste tranken wir einen Kaffee, dann fuhren wir wieder zurück in das, was wir unser »Kuhdorf« nannten. Während meines Studiums habe ich mit Mel in einer Wohnung hinter dem Cours d'Alsace-Lorraine gewohnt. Weil die Fenster meines

Zimmers nur einfach verglast waren, hörte ich den Verkehr und die Stimmen, als stünde mein Bett unten auf dem Bürgersteig. Aber schon nach den ersten Nächten konnte ich die Ohrstöpsel weglassen, die ich seit Jahren trug. Stille betäubte mich jetzt mehr als Lärm.

Jérémy ist nicht in La Rochelle aufgewachsen. Er ist dorthin gezogen, nachdem er die Provence, wo er geboren ist, verlassen und erfolglos versucht hat, in anderen Departements – im Aveyron, im Bas-Rhin und im Loire-Atlantique – heimisch zu werden. Ich bewunderte seine Freiheit, die sich so sehr unterschied von meiner Unfähigkeit, mich von Familie und Freunden zu trennen. Als ich zu ihm gezogen bin, hatte ich Angst vor der Stille. Sein Haus lag weit entfernt von den belebten Stadtteilen und war von einem hohen Holzzaun umgeben. Meine Mutter hat oft gesagt, das Leben als Paar sei eine Abfolge von Kompromissen, und ich dachte, das ist eben jetzt der erste.

Ich betrachte die Leute um mich herum, beobachte ihre Art zu gehen, schaue mir ihre Gesichter an. Die Menschenmenge, die gestern noch eine Freundin war, ist zur Feindin geworden. Unter diesem Hut oder diesem Regenschirm, in diesem Auto oder auf dem gegenüberliegenden Bürgersteig könnte die Gefahr lauern. Ich laufe schneller, weigere mich, kehrtzumachen und zu kapitulieren. Ich will der Angst nicht mehr die Herrschaft über mein Leben überlassen. Schon zu lange habe ich mich eingeigelt. Schon zu lange laufe ich neben meinem Leben her. Ein Schild an einem Park sagt mir, dass ich am Square des Batignolles bin. Ich gehe hinein, setze mich auf die erstbeste Bank und warte darauf, dass mein Herz wieder zu seinem normalen Rhythmus findet. Fast ist es so weit, da spüre ich, wie in meiner Tasche das Handy vibriert. Auf dem Display erscheint eine Nummer, die ich nicht kenne. Nur meine Mutter, Jeanne und die Agentur, bei der ich angestellt bin, haben meine Nummer, und ich habe ihre. Ich lasse es klingeln und warte darauf, dass der Anrufer auf meine unpersönliche Mailboxnachricht stößt. Sofort ruft er noch mal an. Mein Herz rast wieder. Ich starre auf das Display. Das Klingeln verstummt, und wenige Sekunden später informiert mich das Vibrieren, dass eine Nachricht hinterlassen wurde. Schon beim ersten Wort des Anrufers verpufft meine Angst. Ich rufe sofort zurück.

»Clément, ich bin's.«

»Wie geht es dir? Du kannst mir ruhig die Wahrheit sagen.«

Fast eine Stunde lang erzähle ich meinem Bruder alles. Alles, was ich ihm bisher nicht gesagt habe, um ihn nicht zu beunruhigen. Und um Jérémy zu schützen. Ich wollte nicht, dass jemand schlecht über ihn denkt. Mein Bruder ist einer der wenigen, die bezüglich Jérémy nie die geringsten Bedenken geäußert haben. Bei meiner Abreise aus La Rochelle hatte ich Angst vor seiner Reaktion, stattdessen hat er mich ermutigt, vielleicht um mich von der Trauer um unseren verstorbenen Vater abzulenken. Tausendmal wollte ich ihn anrufen. Tausendmal habe ich meine Meinung geändert. Ich war ja seine große Schwester, die, die ihn früher auf dem Schulhof verteidigt hat, die ihn gedeckt hat, wenn er heimlich abgehauen ist, die gezittert hat, wenn er nicht nach Hause kam. Ich wusste, dass er mich von sich aus nicht anrufen würde. Er kommuniziert fast nur über private Nachrichten auf Instagram. Ich habe die App installiert und ein Konto eingerichtet, nur um ihm zu folgen.

Clément ist ein Reisender. Als kleiner Junge lag er abends im Bett und bewunderte den leuchtenden Globus, der auf seinem Nachttisch stand. Mit achtzehn, er hatte gerade auf Drängen meiner Eltern das Abitur gemacht, ist er aufgebrochen, um die Welt zu entdecken. Mit einem Rucksack und seinem besten Freund, das war alles. Als er ein Jahr später zurückkam, hoffte meine Mutter, sein Entdeckungsdrang sei nun gestillt, aber für ihn war das erst die Vorbereitung gewesen. Seit zehn Jahren sehe ich ihn häufiger auf Fotos als in echt, aber auch auf dem Bildschirm spürt man seine Zufriedenheit. Auf Instagram warten über hunderttausend Follower auf seine Videos von Nordlichtern, rötlichen Bergen, glasklaren Gewässern oder Sandstürmen.

»Woher hast du meine Nummer?«

»Von Maman.«

»Sag ihr nichts, okay?«

»Versprochen. Sie glaubt, du brauchst nur ein bisschen Luft, und alles kommt wieder in Ordnung. Aber warte nicht zu lange, sie sollte schon erfahren, dass sie Oma ist, bevor dein Kind zwanzig wird!«

Ich erzähle ihm, dass ich meinen Bauch bisher noch unter extragroßen Sweatshirts verbergen kann. Ich spreche über meine Ängste hinsichtlich der Zukunft meines Babys. Die Worte sprudeln aus meinem Mund, er ist der erste Mensch, dem ich mich in dieser Sache anvertraue. Nur mit Mühe schaffe ich es, ihm den ärztlichen Bericht über meinen Gebärmutterhals zu ersparen.

Er hört mir geduldig zu, ohne mich zu unterbrechen, höchstens um zu lachen oder Rührung zu zeigen. Es tut gut, ihn zu hören, erinnert mich aber auch schmerzlich daran, dass meine Lieben alle weit weg sind.

»In drei Wochen bin ich wieder in Frankreich. Kann ich dich dann besuchen?«

»Natürlich!«

»Ich mache nur vorher einen kleinen Abstecher nach La Rochelle, um jemandem ein paar Zähne einzuschlagen.«

Ich lache, verbiete ihm aber sofort, sich einzumischen.

»Ich habe in dieser ganzen Geschichte schon zu viele Leute verloren, Clément. Lass es mich allein machen. Ich bring das in Ordnung.«

»Ach, wo wir gerade davon reden, fast hätte ich es vergessen! Ich habe auf Insta eine Nachricht von Mel bekommen. Sie hat mich nach deiner neuen Nummer gefragt. Darf ich sie ihr geben?«

40

Jeanne

Jeanne erwartete und fürchtete die Briefe gleichermaßen. Für einige Minuten erweckten sie Pierre wieder zum Leben und damit auch sie selbst. Andererseits kehrte nach dem letzten Wort jedes Mal die schmerzliche Abwesenheit zurück. Selbst wenn sie die Zeilen danach immer wieder las – der Zauber wirkte nur einmal.

Der jüngste Brief ließ genau wie die vorangegangenen eine verschüttete Erinnerung wieder aufleben. Diese Briefe umgab ein absolutes Mysterium. Wer konnte etwas von den darin geschilderten Ereignissen wissen, die zu unbedeutend waren, um sich tief in Jeannes Gedächtnis einzuprägen, und die dennoch so charakteristisch waren für ihre Geschichte mit Pierre? Jetzt, da es schwarz auf weiß auf dem Papier stand, wurde es ihr deutlich bewusst: Ihre Liebe hatte keinen großen Freudenmoment gekannt, sie war vielmehr eine Abfolge kleiner Glücksmomente gewesen.

Frühjahr 2012

Heute ist Pierres letzter Arbeitstag. Am Abend wird man ihn pensionieren, nach über vierzig Jahren, in denen er mehr oder weniger aufmerksamen Schülern Englisch beigebracht hat. Seinen Beruf hat er mit Leidenschaft und Sorgfalt ausgeübt, überzeugt von dessen Nützlichkeit. Jeanne, die schon seit einigen Monaten in Rente ist, weiß, wie deprimierend das Gefühl von Nutzlosigkeit, verbunden mit Langeweile, sein kann. Sie freut sich, dass ihr Mann künftig die langen Tage ohne frühes Aufstehen und ohne festen Rhythmus gemeinsam mit ihr verbringen wird. Zur Feier des Ereignisses hat sie eine Überraschung für ihn vorbereitet. Zusammen mit ihrer Schwester, die sich gut mit Technik und sozialen Netzwerken auskennt, hat sie wochenlang versucht, ehemalige Schüler und Schülerinnen zu kontaktieren, die Jahr für Jahr das Leben ihres Mannes geprägt hatten. Alle waren bereit, für ihren einstigen Lehrer ein Video aufzunehmen. Als Pierre es sich anschaut, ist er zu Tränen gerührt. Bis zu seinem Lebensende gab es nicht einen Monat, in dem er sich nicht dieses Video angeschaut und dabei ermessen hätte, wie viel Liebe nötig ist, um ein solches Geschenk zu machen.

Jeanne behielt den Brief eine ganze Zeit in den Händen, um diese Brücke zu Pierre nicht abzureißen. Als sie wieder vollständig in der Gegenwart angekommen war, legte sie ihn zu den anderen in ihre Nachttischschublade und setzte sich an die Nähmaschine. Es war ein altes Gerät mit Fußantrieb, das man mit Zartgefühl bedienen musste, damit nicht der Faden riss oder die Nadel im Stoff stecken blieb. Aber Jeanne kannte sie in- und auswendig und wusste, wie man sie bediente, damit sie ihr Bestes gab. Iris' Bericht von der Frau im Rollstuhl hatte ein kleines Feuer in ihr entfacht. Sie hatte ihre beiden Mitbewohner in den Keller geschickt, mit der Bitte, ihre Nähutensilien hochzuholen, ohne ihnen ihr Vorhaben zu verraten. Ganz nebenbei hatte sie Iris zu Aussehen und Statur ihrer Patientin befragt. Dann hatte sie ein Schnittmuster entworfen. Nach nur wenigen Minuten hatten sich die bekannten Automatismen und Bewegungen wieder eingestellt.

Über vierzig Jahre lang war Jeanne Schneiderin bei Dior gewesen. Mit zwanzig hatte sie dort eine Stelle bekommen, vermittelt durch eine Freundin ihrer Mutter, der ihre Geduld und ihr Talent aufgefallen waren. Vom Lehrmädchen war sie im Lauf der Jahrzehnte bis zur Atelierleiterin aufgestiegen. Sie hatte sowohl die Fertigung von Abendmode geliebt als auch die von Anzügen und Kostümen oder die Haute Couture, das Zeichnen von Schnittmustern, die Stickerei, das Zuschneiden und Zusammenfügen von Teilen. Sie hatte ihre Augen und ihre Finger strapaziert, hatte geheftet, aufgetrennt, erneut geheftet, wieder aufgetrennt, ihre Geduld auf eine harte Probe gestellt, doch ihre Leidenschaft war unbeschadet geblieben. Für jedes Kleidungsstück waren Dutzende, wenn nicht Hunderte Arbeitsstunden im Team nötig gewesen. Das fertige Teil hatte stets ein kollegiales Schaudern ausgelöst. Den Rentenbeginn hatte Jeanne als freudiges Ereignis und zugleich als Opfer empfunden. Sie würde nun mehr Zeit mit Pierre verbringen können, aber die einzigartige Atmosphäre des Ateliers würde ihr fehlen. Zum Ausgleich hatte sie sich in der Wohnung eine häusliche Nähstube eingerichtet. Was ihre Laufbahn betraf, bedauerte sie letztlich nur eines: dass sie Christian Dior nie persönlich kennengelernt hatte, da er mehrere Jahre vor ihrem Arbeitsbeginn gestorben war.

Nach vier Stunden machte Jeanne Schluss. Die Arbeit war geschafft. Sie hatte drei Teile genäht, damit die Chancen stiegen, dass eines davon den Erwartungen der Adressatin entsprach. Jetzt fieberte sie Iris' Rückkehr entgegen wie ein Kind dem Weihnachtsmann. Schon lange war sie nicht mehr so aufgeregt gewesen.

»Iris, ich habe etwas Kleines für deine Patientin genäht«, verkündete sie, noch bevor diese die Wohnungstür hinter sich geschlossen hatte. Sie bat sie, sich aufs Sofa zu setzen, und zeigte ihr nacheinander alle drei Kleidungsstücke.

»Ich habe mich bei einer Organisation nach den besonderen Bekleidungsbedürfnissen von Rollstuhlfahrern erkundigt. Die Hose hat hinten einen elastischen Bund, dadurch ist sie besonders gut zum Sitzen geeignet. Ich habe Baumwolle mit einem Elasthananteil verwendet, damit der Stoff leicht nachgibt. Das Kleid hat Druckknöpfe, die ich aber durch Klettverschlüsse ersetzen könnte, falls das praktischer ist. Öffnen kann man es vorne wie hinten, und es ist lang genug, um die Beine zu bedecken. Das dritte Stück ist ein Cape, das man über den Kopf zieht. Auch das lässt sich sowohl vorne als auch hinten schließen, je nachdem, ob die Person es selbst macht oder ein Helfer. Es ist aus Gabardine, einem festen Webstoff, der auch Regen und Kälte aushält. Und es hat eine Kapuze mit Gummizug. Ich weiß nicht, ob die Idee gut war, vielleicht denkst du, ich mische mich da in etwas ein, das mich gar nichts angeht. Aber als du mir von dem Problem deiner Patientin erzählt hast, dachte ich, ich könnte ihr vielleicht helfen.«

Jeanne brauchte nicht lange auf eine Reaktion zu warten. Iris brach in Schluchzen aus, in dem sich Dank und Lob verbanden. Da konnte auch Jeanne, die mit einer derartigen Begeisterung nicht gerechnet hatte, ihre Tränen nicht mehr zurückhalten. Es war dieses Schauspiel überbordender Freude, das sich Théo bot, als er nach Hause kam.

41

Théo

Ich mag sie ja gern, die beiden Frauen, keine Frage, aber wenn sie mal aufhören könnten, bei jeder Gelegenheit zu heulen, fände ich das sehr erholsam. Tag der offenen Tränenschleusen. Wenn das so weitergeht, wird noch die ganze Stadt überschwemmt. Als ich heute Abend nach einem sehr nervigen Tag von der Arbeit komme, heulen sie gerade im Duo. Als sie mich sehen, hören sie auf zu weinen und fangen an zu lachen. Ich habe in meinem Leben ja einige seltsame Leute gesehen, aber das hier, das toppt alles.

Ich grüße sie von Weitem und gehe auf mein Zimmer. Während der Arbeit hat mich das Pflegeheim meiner Mutter angerufen. Ein Pfleger hat eine Nachricht hinterlassen. Offenbar hatte sie heute Nacht eine Lungenembolie und ist jetzt im Krankenhaus. Ich habe gleich im Heim angerufen, und während es klingelte, habe ich mir alles Mögliche ausgemalt. Als der Pfleger mir sagte, ihr Zustand sei stabil, war ich erleichtert, aber gleich darauf auch enttäuscht. Eines Tages wird man mich anrufen, um mir zu sagen, dass sie tot ist, und das wird mir höllisch wehtun, weil es bedeutet: nie wieder, keine Hoffnung mehr, kein Verzeihen mehr, keine Maman mehr. Aber für sie wird es mich freuen, weil sie dann endlich befreit ist. Befreit von ihrem erloschenen Körper. Befreit von diesem Leben, das ihr zu viel war. Ab und zu hat sie mir Bruchstücke ihrer Kindheit erzählt, und an ihrer Stelle hätte es jeder so gemacht wie sie, hätte sich lieber betäubt, als mit diesen Erinnerungen zu leben.

Wenn sie aus dem Krankenhaus zurückkommt – laut dem Pfleger in ein paar Tagen –, werde ich sie besuchen.

Ich surfe eine Weile auf meinem Handy, schaue mir blöde Videos an, warte, dass die Zeit vergeht und meine düstere Stimmung mitnimmt.

Jeanne schaut bei mir rein, um mir zu sagen, dass sie ein Topinamburgratin in den Ofen geschoben hat und dass es in einer halben Stunde fertig ist. Ich weiß zwar nicht, was das ist, der Name flößt mir jedenfalls kein besonderes Vertrauen ein, aber ich habe Hunger, und ehrlich gesagt esse ich lieber mit den beiden als mit meinem Handy.

Es bleibt noch Zeit zum Duschen. Ich lege mir eine neue Unterhose und ein sauberes T-Shirt raus und gehe ins Bad. Iris duscht immer morgens, Jeanne, wenn wir weg sind, ich abends. Das hat sich von allein so eingespielt. Ich öffne die Tür, ohne zu merken, dass im Bad Licht brennt.

»AAAAAAAAAAAAAAAAAAAAAAH!«, brüllt Iris, die nackt unter der Dusche steht.

»SELBER AAAAAAAAAAAAAAAAAAH!«, brülle ich, als ich ihren runden Bauch sehe.

Sie drückt mich wie einen Dominostein gegen die Tür, die ins Schloss fällt. Da stehen wir beide in dem winzigen Raum, und ich muss zur Decke gucken, wenn ich nicht zwei Brüste, einen Po oder, schlimmer noch, den Bauch einer Schwangeren vor Augen haben will. Jeanne trommelt gegen die Tür.

»Alles in Ordnung?«

»Ja, ja«, antwortet Iris. »Ich dachte, ich hätte was Komisches gesehen, aber ich habe mich geirrt.«

»Superglaubwürdig«, flüstere ich. »Bist du schwanger?«

Sie schlingt sich ein Handtuch um den Körper.

»Nein.«

»Aha. Dann muss ich dir leider sagen, dass du eine Schwellung am Bauch hast.«

Sie antwortet nicht, sondern schmeißt mich aus dem Bad.

Auf dem Weg in mein Zimmer sage ich mir, dass die Welt wirklich voller seltsamer Leute ist. Als ich klein war, wollten die Psychologen und Lehrer unbedingt, dass ich wie die anderen bin, trotz meiner Situation. Das schien ihnen unheimlich wichtig zu sein. Sobald ich was Komisches gemacht habe, mich irgendwie anders als die anderen benommen habe, zack, bestellten sie mich zu sich und taten alles, damit ich wieder in die Norm passte. Aber je älter ich werde, umso weniger kümmert mich das. Inzwischen glaube ich nämlich, es ist normal, nicht normal zu sein.

Zwanzig Minuten später begeben wir uns alle drei zu Tisch. Iris hat nasse Haare und feuchte Augen. Kaum hat sie sich hingesetzt, verkündet sie, sie müsse uns etwas sagen.

42

Iris

Drei Augenpaare mustern mich aufmerksam.

Eine höchst ungewöhnliche Situation, in der Boudine mich von allen am wenigsten beeindruckt. Ich habe meine Ankündigung schon Dutzende Male im Geiste durchgespielt, aber da war es einfacher. Eigentlich spreche ich es jetzt erst zum zweiten Mal aus: »Ich bin schwanger.«

»Aber … wie denn das?«, ruft Jeanne.

Théo lacht auf.

»Na ja, Papa pflanzt seinen Samen in den Bauch von Maman und schiebt ihn ihr ganz tief rein.«

Jeanne legt ihre Gabel auf den Teller.

»Danke, junger Mann, davon verstehe ich bestimmt mehr als du. Iris, seit wann bist du schwanger?«

»Seit fast sechs Monaten.«

»Also wenn ich mich nicht verrechne, dann warst du es schon, als du hier eingezogen bist?«

Ich nicke. »Es tut mir leid, Jeanne. Ich hätte es dir gleich am ersten Tag sagen sollen, aber ich hatte Angst, dass du mir das Zimmer dann nicht vermietest. Und danach habe ich nie den richtigen Moment gefunden. Ich habe ganz oft daran gedacht, aber ich wusste nicht, wie ich anfangen sollte.«

Jeanne mustert mich wortlos. Ihr Blick ist unergründlich. Sie steht auf und räumt ihren Teller ab, obwohl er noch voll ist.

»Na prima. Sie hat es gut aufgenommen«, sagt Théo und kichert.

»Auch dass ich dich belogen habe, tut mir leid.«

Der Sarkasmus weicht der Verwunderung. Er zieht die Augenbrauen hoch, und etwas Ähnliches wie ein Lächeln liegt auf seinem Gesicht: »Keine Sorge. Du bist in keiner einfachen Lage. Ich nehm's dir nicht übel.«

Ich gehe zu Jeanne in die Küche. Sie steht am Waschbecken und scheuert hektisch einen Topf. Ihr Rücken ist gekrümmt, und zum ersten Mal finde ich, dass sie so alt aussieht, wie sie ist. Boudine liegt auf ihren Füßen.

»Es tut mir wirklich leid, Jeanne. Ich lüge sehr ungern. Aber ich hatte einfach keine Wahl. Ich hoffe, du verzeihst mir.«

Sie holt tief Luft.

»Ich dachte, ich hätte es überwunden«, seufzt sie.

»Was meinst du?«

Sie legt den Schwamm weg, wischt sich die Hände ab und dreht sich zu mir um.

»Selbst wenn ich es noch so sehr versuche, ehrlich versuche, und selbst wenn es um jemanden geht, den ich sehr mag, immer wenn ich von einer Schwangerschaft erfahre, siegt die Traurigkeit über die Freude.«

Ich sehe wieder das Bettchen im Keller vor mir, den Teddy, die Wölkchen auf der Tapete in meinem Zimmer und begreife.

»Ihr konntet keine …«

»Nein. Wir haben alles versucht. Das ist meine große Wunde.

Ich dachte, mit der Zeit würde sich der Schmerz legen. Aber mach dir keine Sorgen, in ein paar Tagen geht es mir wieder besser.«

Sie schweigt einen Moment, dann fährt sie fort. »Du kannst so lange hierbleiben, wie du willst, Iris. Ich werde dir keine Fragen stellen, aber falls du irgendwann darüber sprechen möchtest, bin ich da.«

Unbeholfen wischt sie sich die Tränen ab, die ihr über die Wangen kullern. Ich kann meine nur mit Mühe zurückhalten. Théo kommt in die Küche, seinen leeren Teller in der Hand.

»Ich würde mir gern noch was von dem Topidingsbums nehmen. O nein, ihr heult doch nicht schon wieder! So was habe ich noch nie erlebt, das grenzt ja an Inkontinenz.«

Jeanne lacht, dann tut sie ihm noch eine Portion Gratin auf den Teller. Die Szene hat nichts Ungewöhnliches: Drei Menschen stehen an einem Wochentag abends zusammen in einer Küche. Und doch, wenn ich es mir so anschaue, fühle ich mich zum ersten Mal seit langer Zeit wohl.

43

Jeanne

»Die Kleine ist schwanger«, verkündete Jeanne ohne Umschweife.

Sie wusste, dass Pierre sich die Finger nach solchen Geschichten leckte, und wollte ihm die Neuigkeit so schnell wie möglich mitteilen. Das Leben der anderen war zwar nicht ihr Lieblingsgesprächsthema gewesen, hatte aber einen der vorderen Plätze belegt.

»Ich habe blöd reagiert«, fuhr sie fort. »Aber zum Glück habe ich mich schnell wieder gefangen. Die arme Kleine, sie hat sich bestimmt schlecht gefühlt.«

Jeanne erinnerte sich noch lebhaft an die Schwangerschaftsankündigung ihrer Kollegin Maryse. Maryse und sie standen sich nah, ihre Freundschaft hatte sich mit den Jahren vertieft, trotzdem war Jeanne die Einzige gewesen, die ihr damals nicht überschwänglich gratuliert hatte. Während alle sie umarmten und ihr das Allerbeste wünschten, hatte sie ein plötzliches Unwohlsein vorgetäuscht und war geflüchtet. Erst drei Tage später, als die Euphorie – und ihr eigener Kummer – sich gelegt hatten, war sie wieder aufgetaucht. Die Schuldgefühle hatten alles noch verschlimmert. Sie hatte sich vorgeworfen, dass sie unfähig war, sich aufrichtig über das Glück der anderen zu freuen. Aber es war stärker als sie gewesen. Ihr Unglück hatte allen Raum eingenommen. Die anderen besaßen das, was sie nicht schaffte zu bekommen.

Der Kinderwunsch hatte Jeanne ihr Leben lang begleitet. Als kleines Mädchen hatte sie von ihrer Mutter eine Porzellanpuppe geschenkt bekommen. Sie hatte sie Claudine genannt und gewickelt, gefüttert und gewiegt wie ein richtiges Baby.

Ihre Jugend war eine endlose Zeit der Ungeduld gewesen. Sie hatte sich vorgestellt, eines Tages wie im Märchen zu heiraten, viele Kinder zu bekommen und glücklich zu leben bis ans Ende ihrer Tage.

Die Begegnung mit Pierre hatte aus ihrem Wunsch ein Projekt gemacht. Fünfzehn Jahre lang hatten sie es immer und immer wieder versucht, waren den vielen Ratschlägen gefolgt, die man ihnen gegeben hatte: möglichst wenig daran denken, sich entspannen, nur zu bestimmten Zeiten oder in speziellen Positionen miteinander schlafen, bestimmte Lebensmittel anderen vorziehen. Sie waren bei Spezialisten und Allgemeinmedizinern gewesen, bei Hypnotiseuren und Priestern, hatten unendlich oft Hoffnung geschöpft, auf die dann grenzenlose Enttäuschung gefolgt war. Sie waren enger zusammengerückt und hatten sich voneinander abgewandt, hatten Zyklen, Tage, Tabletten, Symptome, Schafe gezählt. Sie hatten ihr drittes Zimmer als Kinderzimmer eingerichtet und dekoriert. Jeanne hatte alle Frauen schmerzhaft und maßlos beneidet, deren Bauch sie wachsen sah, während der ihre zum Verzweifeln flach blieb.

Dann war unausweichlich die Zeit des »zu spät« gekommen. Keine Hoffnung und keine Pläne mehr, nur noch endlose Trauer.

Trauer über das, was nie gewesen war und nicht mehr sein würde. Die große Leere, die die verschwundene Hoffnung hinterlassen hatte, musste gefüllt werden. Andere Quellen der Entfaltung und der Freude, eine andere Familie als die ursprünglich geplante mussten gefunden werden. Sie mussten versuchen, so wenig wie möglich daran zu denken, wie alles gewesen wäre, wenn.

Das fehlende Kind war der Dreh- und Angelpunkt von Jeannes Leben.

»Ich dachte, ich hätte es überwunden, mein Schatz. Aber seitdem du nicht mehr da bist, muss ich diese Abwesenheit allein ertragen.«

Es hatte lange gedauert, bis Jeanne ihre Schwester Louise verstanden hatte, die nie Mutter werden wollte. Eltern, Tanten, Lehrer, Freundinnen, alle hatten versucht, Louise zur Vernunft zu bringen, da sie ihre Entscheidung absurd fanden. Seither hatte sich Jeannes Sichtweise gewandelt. Sie wusste aus gutem Grund, dass Frauen nicht zwangsläufig dazu bestimmt sind, Kinder zu gebären, und dass diesbezüglich ein enormer Druck auf ihnen lag. Wie oft hatten Louise und sie die Frage »Und wann kommen die Kinder?« beantworten müssen, und jede hatte ihren eigenen Grund gehabt, diese Frage unerträglich zu finden.

Um den Besuch bei Pierre nicht in düsterer Stimmung zu beenden, erzählte Jeanne ihm noch von der Schürze, die sie zu nähen begonnen hatte, und wie viel Spaß ihr das Schneidern wieder machte. Dann beschrieb sie ihm das köstliche Cremegebäck, das der junge Mann sie hatte probieren lassen.

Erst nachdem sie Simone begrüßt hatte, die sich gerade mit einem Neuankömmling unterhielt, und den Rückweg antrat, wurde Jeanne bewusst, dass sie zum ersten Mal keine Notizen gebraucht hatte, um Gesprächsthemen zu finden.

44

Théo

Jedes Mal, wenn ich im Zimmer meiner Mutter bin, lege ich Musik für sie auf. Als sie hier gelandet ist, durfte ich ihr ihren CD-Player und ihre CDs bringen. Sie hat immer gern Musik gehört, früher lief die ganze Zeit welche. Die CDs wählte sie nach ihrer Stimmung aus. Wenn ich aus der Schule kam, hörte ich schon an der Musik, in welcher Verfassung ich sie vorfinden würde. Wenn Barry White, ABBA oder Marvin Gaye liefen, war sie fröhlich und die Wohnung war aufgeräumt, sie hat getanzt, gesungen, mich fest gedrückt und »Baby« genannt. Wenn Nina Simone, Joni Mitchell oder Ella Fitzgerald liefen, saß sie am Tisch, starrte vor sich hin, mit schwarzen Mascaraspuren auf den Wangen, vor sich eine Flasche oder zwei.

Ich habe nur fröhliche Musik mitgebracht, geweint hat sie schon so viel, dass es für ein ganzes Leben reicht. Ich weiß sowieso nicht, ob sie zuhört, noch nicht mal, ob sie die Musik überhaupt wahrnimmt. Ich glaube, ich lege die Musik im Grunde für mich selbst auf. Sie ist so was wie eine Verbindung zwischen uns, ein Ding von früher.

Eine Pflegehelferin kommt ins Zimmer und trällert die

Melodie von Barry White. Sie erklärt mir, dass sich das Blutgerinnsel aufgelöst hat, dass meine Mutter behandelt wird und sich bestimmt schnell wieder erholt. Ich betrachte den auf dem Bett liegenden Körper, die geschlossenen Lider, die farblosen Lippen und sage mir, manchmal wäre es besser, wenn man sich nicht erholt.

»Ich muss sie waschen, wollen Sie hierbleiben?«

Man muss es ja nicht übertreiben. Ich bin zwar zu vielem bereit, aber nicht dazu. Ich nutze die Gelegenheit, um nach draußen zu gehen und eine zu rauchen. Nie rauche ich so viel wie an den Tagen, an denen ich meine Mutter besuche. Ich bin nicht allein, auf der Terrasse stehen schon zwei Leute. Ich erkenne sie wieder, es sind Angehörige von Patienten. Hier bleibt einem leicht der Atem weg. Wenn man nicht ab und zu Luft schnappt, hält man nicht durch.

Als ich wieder ins Zimmer komme, sitzt meine Mutter im Sessel und die CD ist zu Ende. Ich lege ABBA auf und setze mich ihr gegenüber. An die Wand habe ich einen Text und Fotos gehängt. Ich bin der Einzige, der sie besucht. All ihre Freunde sind in ihrem früheren Leben zurückgeblieben. Auf vielen Fotos ist sie selbst zu sehen, auf einigen bin ich drauf, und es gibt auch zwei von ihrem anderen Sohn. Auf den Bildern ist er noch ganz klein, ich habe keins von letzter Zeit gefunden. Sein Vater hat das alleinige Sorgerecht. Ich kenne ihn kaum. Ich war fast acht, als meine Mutter mir eröffnet hat, ich würde einen Bruder bekommen. Da war ich im Heim. Tagelang habe ich geheult, ich war total wütend, habe sogar diesem Idioten Johann eins in die Fresse gegeben, dabei hatte er ausnahmsweise gar nichts getan. Ich habe damals nicht verstanden, warum sie noch ein Kind wollte, sie hätte doch mich haben können, hat mich aber nicht zu sich geholt. Später hat sie es dann getan, das Gericht war einverstanden, weil sie nicht mehr trank und zusammen mit ihrem Typen ein Haus und das Baby hatte. Der Kleine war damals sechs Monate alt. Ich habe versucht, ihn nicht zu lieben, ihm böse zu sein, weil er mir genommen hatte, was mir gehörte, aber ich habe es nicht geschafft. Ich brauchte nur ein Wort zu sagen, schon hat er gelacht. Er ist mir überall hinterhergekrabbelt und konnte noch vor Maman oder Papa meinen Namen sagen. Wir schliefen im selben Zimmer, wir aßen alle vier am Tisch, wir waren eine Familie, jedenfalls sah es danach aus. Marc, der Typ meiner Mutter, war cool, er beaufsichtigte mich bei den Hausaufgaben und nahm mich mit zum Fußball. Zum ersten Mal hatte ich einen Vater, meiner war ja kurz nach meiner Geburt gestorben. Na ja, das perfekte Familienleben hat ein Jahr gedauert. Dann ist meine Mutter wieder abgesackt. Marc hat ein paar Monate gewartet, doch schließlich hat er begriffen, dass gegen eine Flasche niemand ankommt, und ist gegangen. Er hat gesagt, er würde sich erkundigen, ob er mich zu sich nehmen könnte, aber ich wollte meine Mutter nicht allein lassen. Danach hat das Sozialamt mich wieder ins Heim gesteckt. Marc und mein Bruder haben mich ein paar Mal besucht, aber irgendwann sind sie umgezogen, immer seltener kamen Briefe, bis ich sie irgendwann nicht mehr geöffnet habe, Ende der Geschichte.

Als ich nach Hause komme, bin ich in Nina-Simone-Stimmung. Iris und Jeanne sind im Wohnzimmer, ich gehe ohne Begrüßung in mein Zimmer. Ich habe Bauchschmerzen und muss mich hinlegen. Aber ich komme noch nicht mal dazu, meine Jacke auszuziehen, da klopft es schon an meiner Tür. Es ist Iris. Sie fragt, ob ich mit ihnen Scrabble spielen will.

»Nein, danke, keinen Bock.«

»Ach komm! Ich bin gerade dabei zu verlieren, es wäre toll, wenn wir noch mal bei null anfangen könnten.«

»Ich hab wirklich keine Lust.«

»Na gut, dann kriegst du eben keinen Nachtisch«, lacht sie.

»Dein Nachtisch ist mir egal. Lass mich in Ruhe.«

»He, du könntest ruhig freundlicher sein. Das war nur ein Witz.«

Ich sollte jetzt aufhören. Ich weiß es. Ich bin ja nicht auf sie sauer. Aber sie ist es, die vor mir steht.

»Von einer Tussi, die ein Kind ohne Vater kriegt, brauche ich mir nichts sagen zu lassen.«

Sie wird rot im Gesicht.

»Was fällt dir eigentlich ein, so über mich zu reden? WAS FÄLLT DIR EIGENTLICH EIN?«

»Geh mir nicht auf den Sack!«

»Wow! Das sind deine Argumente? Ich geb's auf, du bist zu stark.«

Wahrscheinlich hat Jeanne unser Gekeife gehört, denn sie kommt mit besorgtem Gesicht zu uns. Sie schaut uns abwechselnd an, geht auf mich zu, und noch bevor ich Zeit habe, mich zu wehren, nimmt sie mich in die Arme.

45

Iris

Wir haben uns in einem Café verabredet. Ich bin als Erste da, setze mich an einen Tisch und gehe auf Instagram, damit die Zeit schneller verstreicht. Mein Bruder ist gerade in Patagonien. Die Landschaften sind wunderschön, und die Bewohner scheinen gastfreundlich zu sein, aber trotz Cléments toller Erlebnisse haben Reisen mich nie besonders gereizt. Die wenigen, die ich gemacht habe, habe ich zwar genossen, war aber nie unglücklich, wieder in meine vertraute Welt zurückzukehren. Ich bin wie ein kastrierter Kater: Ich entferne mich nie allzu weit von meinem Sofa.

»Hallo, Iris.«

Mel setzt sich mir gegenüber. Sofort verpufft die Angst, die ich beim Gedanken an unser Treffen hatte. Am Tag nach dem Anruf meines Bruders hat sie mir eine Nachricht geschickt und vorgeschlagen, dass wir mal reden. Ich kenne sie so gut, dass ich hinter ihrer aufgesetzten Distanziertheit ihre Wiedersehensfreude spüre.

»Es tut mir leid, Mel.«

»Mir auch. Ich hätte es verstehen müssen.«

»Ich habe es ja selbst nicht verstanden.«

»Weißt du, dass er mich angerufen hat?«

Mein Herz stockt.

»Angeblich, um mich wegen einer juristischen Sache um Rat zu fragen«, fährt sie fort. »Er hat kein Wort darüber gesagt, dass du verschwunden bist. Er ist echt dreist, hat zwei Jahre nichts von sich hören lassen, und dann taucht er auf wie Bernadette in der Grotte von Lourdes. Idiot.« Sie runzelt die Stirn. »Darf ich ihn jetzt Idiot nennen?«

»Das ist fast noch zu nett«, sage ich lachend.

»Du hast mir gefehlt.«

»Du mir auch.«

Wir sitzen zwei Stunden zusammen, die mir vorkommen wie zehn Minuten. Unsere Verbundenheit ist zurückgekehrt, als hätte sie nie einen Knacks bekommen. Unsere Beziehung geht da weiter, wo wir sie zurückgelassen haben. Mel erzählt mir von der Kanzlei, in der sie arbeitet, von den Leuten, die sie verteidigt, von Loïc, von ihrer Zweizimmerwohnung im 6. Arrondissement, von Marie, Gaëlle, ihren Eltern, von früher. Sie will alles über mein Verschwinden, über meine Geschichte mit Jérémy wissen.

»Weißt du, dass er dich weiter suchen wird?«, fragte sie mich, bevor sie geht.

»Ich weiß.«

»Ich mache seit sechs Monaten Aikido, ich könnte ihm jetzt locker in die Eier treten.«

»Wenn er welche hätte.«

Sie lacht.

»Dieses Arschloch solltest du anzeigen, Iris. Eine einstweilige Verfügung beantragen.«

»Vielleicht beruhigt sich ja alles wieder. Irgendwann wird er sich mit anderen Dingen beschäftigen. Es gibt keinen Grund, warum er mich in Paris suchen sollte. Ich bin extra in die Stadt mit den meisten Einwohnern gezogen, hier bin ich eine Nadel im Heuhaufen.«

Schließlich gibt Mel auf, nicht ohne einen Schwall von Beschimpfungen losgelassen zu haben. Das ist ihre Art, Stress abzubauen, Druck entweichen zu lassen. Bevor sie geht, kommt sie auf meine Seite des Tisches und nimmt mich in die Arme. Ich habe ihr nichts erzählt von dem Leben, das in mir heranwächst. Das Beste wollte ich mir bis zum Schluss aufbewahren.

»Was ist *das* denn?«, ruft sie mit Blick auf meinen Bauch.

»Ich weiß nicht, das ist heute Nacht gewachsen.«

»Oh, verdammt! Ich werde Tante!«

Sie umarmt mich noch einmal und beglückwünscht mich mehrmals, bevor sie sagt, mein Kind solle gefälligst weniger blöd werden als sein Vater.

Auf dem Weg nach Hause fühle ich mich, als sei ich aus einem langen Winterschlaf erwacht. Ich nehme erneut Verbindung zu meinem Leben auf, das ich aus dem Blick verloren hatte. Die Einsamkeit war zu meiner einzigen Begleiterin geworden. Mel wiederzufinden ist, als würde ich mich selbst wiederfinden.

Ich steige die Treppe hoch in der festen Absicht, das Kaffee-Eclair zu verputzen, das Théo mir gestern Abend mitgebracht hat, um sich für sein Verhalten zu entschuldigen. Ich hatte schon vor, ihn in die Kategorie »Blödmänner« einzuordnen, bis er mir erklärt hat, er habe einen schwierigen Tag hinter sich. Mehr hat er nicht gesagt, und das brauchte er auch nicht.

Manchmal spiegelt sich in seinem Blick die Schwärze eines Menschen, der der Dunkelheit ins Gesicht geschaut hat.

Ich bin fast im dritten Stock angekommen, als es in meiner Tasche bimmelt und mir der Eingang einer neuen Nachricht gemeldet wird. Da ich sicher bin, dass sie von Mel kommt, greife ich automatisch nach meinem Handy und lasse es beinahe fallen, als ich die angezeigte Nummer erkenne.

»Wo bist du, mein Engel?«

Er hat meine Nummer herausbekommen.

46

Jeanne

Jeanne war gerade auf dem Weg zum Friedhof, als Victor sie abfing.

»Madame Perrin, könnten Sie bitte mal kurz hereinkommen?«

Besorgt schaute sie auf die Uhr. Der Bus war immer pünktlich, und auch sie musste es sein, wenn sie nicht wollte, dass sich ihre Zeit mit Pierre verkürzte.

»Es dauert nicht lange«, beruhigte sie der Hausmeister.

Sie folgte ihm in seine Wohnung auf der Hofseite. Wie üblich schnüffelte Boudine in allen Winkeln herum. Victor verstreute für seine alte, blinde Katze mit den gelähmten Hinterpfoten absichtlich überall Trockenfutter. Das arme Tier war nur noch dank mehrerer Operationen und einer Behandlung, die selbst das Herz eines Möbelstücks wieder zum Schlagen bringen würde, am Leben. Victor waren seine hartnäckigen Bemühungen um das Tier durchaus bewusst, doch er hatte dafür eine ausgezeichnete Rechtfertigung: Als er vor vier Jahren aus dem Krankenhaus zurückkam, wo gerade seine geliebte Mutter gestorben war, hatte er die siamesische Katze auf seiner Fußmatte vorgefunden. Zuerst hatte er sie verscheuchen wollen, dann aber bemerkt, dass sie schielte. Genau wie seine Mutter. Das war für ihn Anlass genug gewesen, seinen katholischen Glauben etwas zu korrigieren und fortan der festen Überzeugung zu sein, dass seine Mutter jetzt ein kurzhaariges Fell trug.

»Es geht um die junge Frau, die bei Ihnen wohnt.«

»Iris?«, fragte Jeanne erstaunt.

Der Mann nickte, und seine Art zu lächeln ließ keinen Zweifel daran, wie die Unterhaltung weitergehen würde.

»Ich möchte sie um Entschuldigung dafür bitten, dass sie im Treppenhaus gestürzt ist. Hätte ich die Stufen nicht gebohnert, wäre das nicht passiert.«

»Ich nehme an, sie hat die Sache schon vergessen. Ich muss wirklich los, Victor.«

»Glauben Sie, sie mag Blumen?«

Jeanne entspannte sich, schmunzelte und legte liebevoll ihre Hand auf die Schulter des Hausmeisters.

»Ich glaube vor allem, dass sie zurzeit eine schwierige Phase durchmacht. Bestimmt freut sie sich über Blumen, aber Sie dürfen keine Gegenleistung erwarten.«

»Okay, ich habe verstanden«, sagte Victor lächelnd.

Er begleitete Jeanne zur Haustür, und bevor sie Richtung Haltestelle ging, wollte er wissen, ob Iris vielleicht lieber Pralinen mochte.

Jeanne musste rennen, um den Bus noch zu erwischen. Kaum war sie eingestiegen, schlossen sich hinter ihr die Türen. Sie keuchte noch minutenlang, aber niemand machte Anstalten, ihr seinen Sitzplatz anzubieten. Es war ihr egal: Bald würde sie bei Pierre sein.

Als sie am Grab ankam, saß Simone schon auf der Bank, aber diesmal nicht allein. Neben ihr saß ein bärtiger Mann, der sich lebhaft mit ihr unterhielt. Jeannes Augen waren zwar nicht mehr die besten, aber ihr schien, dass es sich um dieselbe Person handelte, mit der Simone sich schon ein paar Tage zuvor unterhalten hatte. Sie ging zu den beiden und begrüßte sie.

»Jeanne, ich möchte Ihnen Richard vorstellen«, sagte Simone feierlich. »Richard ist der Witwer von Mathilde, die in dem großen Grab am Ende der Allee ruht.«

Dann wandte sie sich an Richard: »Ich habe dir ja von Jeanne erzählt, der Witwe von Pierre.«

Jeanne wusste nicht, was sie auf diese Art, vorgestellt zu werden, antworten sollte. Sie musste dabei an ihre Kindheit denken, als sie von der Schule abgeholt wurde und die Erwachsenen keine Vornamen trugen, sondern nur »die Maman von« oder »der Papa von« waren. Sie nickte höflich und ging zu ihrem Ehemann, glücklich, ihm zwei pikante Geschichten erzählen zu können.

47

Théo

Ich sitze seit zehn Minuten in meinem Zimmer und traue mich nicht raus. Ein bisschen aus Angst, ein bisschen aus Scham.

Seit ein paar Tagen fragt mich Iris, ob ich ihr nicht beibringen könnte, eine Birnen-Schoko-Charlotte zu machen. Also bin ich vorhin mit dem ganzen Zeug nach Hause gekommen und habe vorgeschlagen, dass wir in die Küche gehen. Iris hat sich gefreut, Jeanne hat sich gefreut, Boudine hat sich gefreut, ich habe mich gefreut. Offenbar ist eine Birnen-Schoko-Charlotte die Lösung für den Frieden in der Welt.

Ich habe Iris damit beauftragt, die Birnen zu schälen, und Jeanne gebeten, die Löffelbiskuits einzuweichen. Ich wollte gerade mit dem Teig anfangen, als das Drama in drei Akten begann.

Iris: »Ich habe mich geschnitten.«

Jeanne: »Der Schnitt ist tief.«

Ich: »Bye-bye.«

Ohne mir die Verletzung anzuschauen, bin ich in meinem Zimmer verschwunden. Vielleicht, dachte ich, ist ihr Finger zwischen die Löffelbiskuits gefallen.

Es ist nicht meine Schuld, aber ich kann einfach kein Blut sehen. Das konnte ich noch nie. Es passiert ohne Vorwarnung: Wenn ich auch nur einen Blutstropfen sehe, versagt mein Körper seinen Dienst. Als kleiner Junge hatte ich oft Nasenbluten. Jedes Mal habe ich Sternchen gesehen und lag im nächsten Moment auf dem Boden. Ganz allgemein macht mir alles, was das Innere des Körpers betrifft, eine Heidenangst. Einmal wollte mir ein Psychologe die Bauchatmung beibringen, die beruhigend wirken soll. Ich habe ihm gesagt, so was würde bei mir das Gegenteil bewirken, aber er hat darauf bestanden, dass ich mich auf die Luft konzentriere, die in meinen Körper strömt. Als ich kopfüber auf seinem Langflorteppich gelandet bin, hat er nicht mehr so schlau getan.

In der Schule sollten wir einen Erste-Hilfe-Kurs machen. Erst habe ich dankend abgelehnt, aber dann habe ich an meine Mutter gedacht. Hätte ihr einer nach ihrem Unfall eine Herzmassage verabreicht, wäre ihr Gehirn vielleicht nicht so lange ohne Sauerstoff gewesen. Also bin ich zu dem Kurs gegangen, und da gab's dann das volle Programm: heftige Blutungen, Herzstillstand, Schlaganfall, Verbrennungen, Wunden, nichts haben sie ausgelassen. Meine Augen waren öfter geschlossen als offen, aber ich habe meine Bescheinigung bekommen.

Ich öffne meine Zimmertür. Kein Laut ist zu hören. Ich rufe Jeanne, keine Antwort. Ich gehe vorsichtig auf den Flur hinaus, öffne die Badezimmertür. Auf dem Waschbecken steht eine Flasche Desinfektionsmittel, daneben eine Packung Verbandszeug. Ich rufe Iris, Boudine, keine Reaktion. Mir wird angst und bange. Vielleicht war es wirklich schlimm, sie sind ins Krankenhaus gefahren, und ich habe sie im Stich gelassen. Ich gehe durchs Wohnzimmer zur Küche, um nachzuschauen.

Noch bevor ich die Tür öffne, höre ich sie flüstern. Zum Glück, sonst hätten sie mich drangekriegt. Ich glaube, die Szene werde ich nie vergessen: Iris und Jeanne liegen auf dem Fußboden, die Augen geschlossen und mit Ketchup beschmiert. Boudine lässt sich nicht einen Klecks entgehen. Sie bemühen sich, nicht zu lachen, aber ich sehe, wie das stumme Glucksen ihre Bäuche hebt und senkt. Ach du Scheiße, ich fange echt an, die beiden zu mögen.

48

Iris

Nadia trägt das Kleid, das Jeanne für sie genäht hat. Es sitzt einwandfrei und sieht aus, als käme es geradewegs von einer Modenschau. Am Tag, als ich ihr die Sachen gebracht habe, war sie erst total verlegen und hat darauf bestanden, Jeanne zu bezahlen, wenigstens den Stoff, aber meine Mitbewohnerin ist am Telefon stur geblieben und war nur bereit, Nadias Dank anzunehmen. In ihrer Verzweiflung hat Nadia mir schließlich ein paar süße Teilchen in die Tasche gepackt, die sie morgens gebacken hatte, und ihrem Blick habe ich angesehen, dass ich mich keinesfalls dagegen wehren durfte, wenn ich nicht aus Versehen unter ihre Räder geraten wollte.

»Mein Cape hat in der Gruppe Furore gemacht«, erzählt sie mir mit strahlendem Lächeln.

»In der Gruppe?«

»In meiner Selbsthilfegruppe für Leute mit Multiple Sklerose. Habe ich Ihnen nie davon erzählt? Nach meiner Diagnose habe ich mich gleich in der Gruppe angemeldet, da kann ich mich mit Leuten austauschen, die wissen, wovon ich rede. Das tut mir wahnsinnig gut, auch wenn es manchmal hart ist.

Jedenfalls finden alle den Umhang toll. So ähnliche bekommt man in Spezialgeschäften, aber die sind nie so schön!«

Sie streckt den Arm aus, um nach einem Glas zu greifen, das auf dem Tisch steht, und lässt ihn mit verzerrtem Gesicht sofort wieder sinken.

»Haben Sie Schmerzen?«

»Mein Hals ist ganz steif, wahrscheinlich habe ich in einer falschen Position geschlafen.«

»Wollen Sie, dass ich Sie massiere?«

»Können Sie das denn?«

Ich helfe ihr, sich aufs Bett zu legen, und lasse meine Hände den Weg wiederfinden, von dem sie vor Monaten abgekommen sind. Sanft bearbeite ich in einer schmerzfreien Position Nadias Muskeln, drehe ihren Kopf nach rechts, nach links und spüre ganz allmählich, wie sich die Verhärtung löst.

»Ein steifer Hals ist so etwas wie ein starker Krampf«, erkläre ich ihr, während ich ihre Trapezmuskeln massiere. »Die Jones-Methode ist ideal, um die Schmerzen zu lindern und die Beweglichkeit wiederherzustellen.«

Nadia schaut zu mir hoch. »Woher wissen Sie das alles, Iris?«

»Ich habe Physiotherapie studiert.«

»Und warum arbeiten Sie nicht als Physiotherapeutin?«

Um nicht antworten zu müssen, helfe ich ihr aufzustehen. Vorsichtig dreht sie den Kopf, was wieder besser zu gehen scheint.

»Der Nacken ist zwar noch etwas empfindlich, aber er tut längst nicht mehr so weh! An meinem Waschbecken tropft übrigens der Hahn, reparieren Sie so was auch?«

»Na klar! Ich kann auch Ihre Haare machen, aber ich nehme keine Beschwerden entgegen, wenn Sie hinterher wie ein gerupftes Huhn aussehen.«

Sie lacht, ist aber nett genug, keine weiteren Fragen zu stellen. Nadia hat mal zu mir gesagt, sie wisse, dass ich eine von ihnen sei. Im ersten Moment habe ich nicht verstanden, was sie meinte, aber als wir uns später über ihre Vergangenheit unterhalten haben, hat sie es etwas deutlicher ausgedrückt: »Zwischen Frauen, die gelitten haben, existiert eine unsichtbare Verbindung. Man erkennt einander.«

Sie wird nicht versuchen, sich zu nehmen, was ich ihr nicht geben will. Aber vielleicht vertraue ich mich eines Tages dieser Frau an, die mir von Mal zu Mal mehr bedeutet.

Die Tür fliegt auf, und Nadias Sohn kommt mit dem Schulranzen auf dem Rücken ins Zimmer gestürmt. Er legt seine Sachen ab und geht zu seiner Mutter, um ihr einen Kuss zu geben, dann schaut er mich an, als sähe er mich zum ersten Mal: »Hast du ein Baby im Bauch?«

»Nein, nur Schokolade.«

Der Blick seiner Mutter erstarrt auf der Höhe meines Bauchnabels, dann reißt sie die Augen auf und hält sich eine Hand vor den Mund. »Ach, du Schande! Ich habe überhaupt nichts bemerkt!«

Ich leugne nicht, ich kann nicht mehr leugnen. Mein Bauch ist so dick, dass ich die ganze Familie Kardashian darin unterbringen könnte.

»Bist du verheiratet?«, fragt Léo.

Nadia erklärt ihm, dass man Fremden nicht solche Fragen stellt. Er antwortet, ich sei doch keine Fremde, und währenddessen schweife ich in Gedanken ab, in ein Seitenfach meiner Tasche, zu dem Messenger meines Handys, auf dem sich Dutzende Nachrichten von Jérémy angesammelt haben.

49

Jeanne

Jeanne schloss die Augen und schnupperte an einem Tannenzweig. Der Duft versetzte sie zurück in ihre Kindheit. Weihnachten hatte sie immer geliebt. Vom ersten Adventstag an hatten sich ihre Gedanken und die ihrer Schwester Louise auf ein einziges Ereignis gerichtet: Heiligabend. An diesem Tag würde die ganze Familie im großen Haus von Tante Adélaïde zusammenkommen. Um ihre Ungeduld zu dämpfen, hatte Jeanne Wände und Möbel mit Girlanden und Glitzersternen geschmückt, die sie aus im Lauf des Jahres gesammeltem silbernen Schokoladenpapier gebastelt hatte. An Heiligabend fanden sich circa zwanzig Personen um den großen Tannenbaum ein. Die Frauen bereiteten mit viel Gelächter das Abendessen zu, die Männer kümmerten sich um die Befeuerung des Kamins und schnitten Stechpalmenzweige ab, die als Tischschmuck dienten, während Jeanne und ihre Cousins und Cousinen die Krippe aufbauten. Nach dem Perlhuhn, der traditionellen Biskuitrolle und den Schokoladentrüffeln zogen sich alle warm an und machten sich auf den Weg zur Kirche, um der Christmette beizuwohnen. Bewegt erinnerte sich Jeanne an die Nächte, die auf

Heiligabend folgten. Die sieben Cousins und Cousinen verteilten sich irgendwie auf zwei Betten und versprachen ihren Eltern zu schlafen. Was ihnen aber nie gelang, weil sie viel zu sehr damit beschäftigt waren, dem Weihnachtsmann aufzulauern. Am nächsten Morgen standen sie in aller Frühe auf, um nach den Geschenken zu schauen, die neben ihren Schuhen abgelegt worden waren. In einem Jahr hatte Jeanne eine Puppe bekommen, deren Augen sich von alleine schlossen, wenn man sie hinlegte. Diese Puppe hatte sie auch als Erwachsene behalten, sie saß in ihrem Zimmer oben auf dem Kleiderschrank. Die Geschenke waren ihr umso wertvoller erschienen, als ihr, da sie nie so recht an die Geschichte vom Weihnachtsmann geglaubt hatte, bewusst war, welches Opfer sie für ihre Eltern bedeutet hatten. Jene fröhlichen, lärmenden Weihnachtstage standen in schmerzlichem Gegensatz zu der Stille, in der sie mittlerweile lebte. Zum Glück hatten sich heute Abend zwei einsame Seelen zu ihr gesellt.

»Wohin kommt die Stechpalme?«, fragte Théo.

Jeanne nahm ihm den Zweig ab und legte ihn in die Mitte des Tisches.

Es war das erste Weihnachtsfest ohne Pierre. Er hatte es immer ebenso geliebt wie sie. Anders als eine Zeit lang befürchtet, hatte das Fehlen eines Kindes ihre Freude am Fest keineswegs geschmälert. Sie hatten sich angewöhnt, gemeinsam durch die Pariser Straßen zu schlendern und sich die Weihnachtsbeleuchtung anzuschauen. Heiligabend war eine Gelegenheit gewesen, lecker zu kochen und sich zu verwöhnen. Nach jahrzehntelangem Zusammenleben noch auf Geschenkideen zu kommen, war eine echte Herausforderung gewesen, aber Jeanne und Pierre hatten immer Wert darauf gelegt, sich ihr zu stellen. Die

Befriedigung, den geliebten Menschen zu überraschen, seine Augen glänzen zu sehen, war etwas Unvergleichliches.

Jeanne trank einen Schluck Champagner, um den Kloß hinunterzuspülen, den sie im Hals hatte, und setzte sich an den Tisch. Iris und Théo hatten darauf bestanden, alles vorzubereiten, sie hatten ihr kaum erlaubt, das Wohnzimmer zu betreten. Das war etwas anstrengend gewesen.

»Wer hat die Austern geöffnet?«, fragte sie und wischte sich die Schalensplitter von der Zunge.

»So was habe ich noch nie gemacht!«, verteidigte sich Théo. »Sorry, ich weiß aber echt nicht, wie ihr diese Dinger essen könnt, nicht mal Boudine will welche, und die frisst ja sogar meine dreckigen Socken.«

Der Hauptgang wurde mit weniger Vorbehalten angenommen. Der Kapaun war zart, und die Maronen waren gut gewürzt.

»Es ist noch nicht mal zehn Uhr«, stellte Jeanne fest, als sie die Hauptspeise gegessen hatten. »Ein Heiligabend, der diesen Namen verdient, endet nicht vor Mitternacht. Wollen wir den Nachtisch nicht aufschieben und erst mal ein Gesellschaftsspiel machen?«

»Super«, sagte Théo und verdrehte die Augen.

»Wie schön, dass du so begeistert bist«, erwiderte Iris. »Das muss am Zauber der Weihnacht liegen.«

Théo nutzte die Gelegenheit, dass Jeanne in den Flur gegangen war, wo sie ein Spiel aus der Kommode holen wollte, um Iris eine Grimasse zu ziehen. Sie konterte mit einem unschuldigen Lächeln. Jeanne kam mit einem runden, innen mit grünem Filz überzogenen Tablett und fünf Würfeln zurück.

»Lasst uns Kniffel spielen«, schlug sie vor.

In den ersten beiden Runden gewann Théo haushoch und behauptete, dass er das Spiel eigentlich doch sehr mochte. Dann wendete sich das Glück, und er erlebte eine Enttäuschung nach der anderen. Mitternacht stand vor der Tür, als Jeanne ein letztes Mal die Würfel warf. Fünfmal die gleiche Punktzahl.

»Kniffel!«, rief sie und warf die Arme in die Höhe. »Ich habe gewonnen!«

»Ich hab 'nen Hals«, murmelte Théo.

Jeanne schaute ihn an.

»Was?«

»Ich hab 'nen Hals.«

»O Gott, ich verstehe kein Wort von dem, was du sagst.«

Iris musste lachen.

»Das bedeutet, dass er sauer ist, weil er verloren hat.«

»Ich habe nicht verloren, ich bin Zweiter. Du hast verloren.«

»Wenn du so weitermachst, platzt mir noch die Fruchtblase.«

Théo und Jeanne lachten schallend über Iris' genervtes Gesicht. Die lenkte die beiden damit ab, dass sie zwei eingepackte Geschenke aus einer an ihrem Stuhl hängenden Tasche zog. Sie gab jedem eins.

»Es ist nichts Besonderes«, sagte sie, »aber trotzdem frohe Weihnachten!«

Kurz darauf hielt Théo ein Plakat in der Hand, auf dem alle Klassiker der Konditorenkunst abgebildet waren, und Jeanne ein Nadelkissen. Beide bedankten sich bei Iris, dann ging Jeanne in ihr Zimmer und kehrte mit zwei Geschenken zurück.

»Wow!«, hauchte Iris sichtlich ergriffen, als sie ein langes schwarzes Kleid auseinanderfaltete.

Jeanne erklärte ihr, die Taille sei eine sogenannte Empire-Taille und sitze dicht unter der Brust, sei also bestens geeignet, um ihrem Bauch bis zum Ende der Schwangerschaft Platz zu machen. Théo bekam ein khakifarbenes Sweatshirt und eine Schürze. Er bedankte sich bei beiden Frauen.

»Tut mir echt leid«, sagte er bedröppelt, »aber ich habe nichts für euch. Ich bin es nicht gewohnt, Weihnachtsgeschenke zu machen oder welche zu bekommen. Wir können ja sagen, ich schenke euch die Biskuitrolle, die ich gebacken habe.«

Jeanne schüttelte vorwurfsvoll den Kopf.

»Das sollte dir auch leidtun, Junge, jetzt hab *ich* 'nen Hals.«

50

Théo

Es ist wirklich verrückt, wie viele Leute den Start ins neue Jahr feiern, als wäre es eine Befreiung oder so was Ähnliches. Die glauben wirklich, dass sich ab dem Moment alles in eine andere Richtung bewegt. Meine Mutter hat an Silvester immer die Gelegenheit genutzt, sich höllisch die Kante zu geben. Das wollte sie sich noch gönnen, bevor es losging mit den guten Vorsätzen, an die sie sich sowieso nie gehalten hat. Im Heim fanden wir Silvester alle toll. Abends wurde gefeiert, es war *das* Ereignis des Jahres, Weihnachten mochte nämlich niemand. Ich habe immer den Gelangweilten gespielt und auch ernsthaft geglaubt, es würde mich langweilen, deshalb verstehe ich nicht, warum es mich so nervt, dass ich heute mit niemandem Silvester feiern kann.

Ich liege auf meinem Bett und gucke mir auf dem Handy eine Serie an, als es leise an der Tür klopft. Das muss Jeanne sein, Iris ist nämlich zum Feiern zu einer Freundin gegangen.

»Ich habe Jakobsmuscheln gemacht und eine gute Flasche Weißwein geöffnet, willst du mit mir essen?«

Sie hat sich ein Abendkleid angezogen und sich geschminkt. Sie sieht hübsch aus.

»Ich bin in Jogginghose«, antworte ich.

»Bleib, wie du bist. Ich gebe dir ein kleines Accessoire, mit dem wirst du aussehen wie verwandelt.«

Fünf Minuten später setze ich mich in Jogginghose und T-Shirt, aber mit einer schwarzen Fliege um den Hals zu Tisch.

Zum ersten Mal sind wir nur zu zweit. Ich weiß nicht so recht, was ich einer alten Dame Interessantes erzählen könnte. Aber sie redet sowieso für zwei, was wahrscheinlich bedeutet, dass sie genauso verlegen ist wie ich. Sie erzählt mir, wie sie die Silvesterabende mit ihrem Mann verbracht hat. Sie gingen gerne irgendwohin, wo was los war, in Restaurants, zu Tanzabenden, ganz egal, Hauptsache, sie konnten um Mitternacht zusammen mit vielen anderen Leuten »Frohes neues Jahr« rufen. Das scheint ihr heute zu fehlen. Von Zeit zu Zeit starrt sie ins Leere, als würde sie ihre Vergangenheit suchen.

Ich mag Jeanne. Ich hab das Gefühl, viel fehlt nicht, damit sie ein wichtiger Mensch für mich wird. Sie hat es nicht drauf angelegt, hat nie versucht, sich bei mir einzuschmeicheln, sie ist einfach sie selbst, so was kommt nicht so oft vor. Sie gießt sich noch ein Glas ein, es ist das dritte. Ich zähle mit, ich kann nicht anders.

»Willst du noch?«

»Nein, danke.«

Ich höre immer auf, bevor ich betrunken bin. Einmal habe ich es versucht und fand es cool. Das hat mir Angst gemacht.

»Mein Mann und ich hatten ein kleines Ritual«, sagt Jeanne. »Jeden 31. Dezember haben wir auf einem Zettel alle positiven Erlebnisse des abgelaufenen Jahres notiert und die Liste in ein Glas gesteckt, das in unserem Schlafzimmer stand. Dann haben wir auf einem anderen Zettel alle negativen Ereignisse aufgeschrieben, die, die wir hinter uns lassen wollten, und haben die Liste verbrannt. Willst du, dass wir das auch so machen?«

Also, ich weiß nicht, schlimm finde ich die Idee zwar nicht, aber ich mache deswegen auch keine Freudensprünge, es geht mir eher am Arsch vorbei, also sage ich Ja.

Während wir die positiven Sachen aufschreiben, erzählen wir uns ein paar davon. Meine Arbeit und dass ich diese Wohnung gefunden habe, das sind für mich die zwei besten. Auch der Auszug aus dem Heim, selbst wenn das gleichzeitig ein bisschen auf die negative Liste gehört. Jeanne erzählt mir von einer Reise ins Elsass Anfang des Jahres und von den Wochen, als ihr Mann noch da war.

Von den negativen Sachen, die wir aufschreiben, erzählen wir uns nichts. Ich komme mir vor wie in der Schule, ich lege meinen Arm vor das Blatt, damit Jeanne nicht abschreibt, und sie macht es genauso. Als wir fertig sind, falten wir die Zettel und verbrennen sie im Waschbecken. Jeanne versucht, ihre Tränen zu verbergen, und wischt sich über die Augen, bevor sie runterrollen. Ich tue, als würde ich nichts mitkriegen, aber da ich Mitleid mit ihr habe, gebe ich ihr einen kleinen Klaps auf den Rücken. Sie taumelt ein bisschen, vielleicht habe ich meine Kräfte falsch eingeschätzt.

»Ich habe es dir nicht gesagt, Théo, aber auf die Liste der positiven Ereignisse habe ich auch deinen und Iris' Namen geschrieben. Am Anfang war es nicht leicht für mich, aber jetzt bin ich sehr glücklich, dass ihr hier seid. Du bist ein netter Junge.«

Keine Ahnung, warum, aber da fange ich an zu heulen wie ein Kind. Jeanne nimmt mich in die Arme, und das wirkt, als würde sie Münzen in eine Tränenmaschine werfen, sie laufen und laufen immer weiter, ich habe das Gefühl, es hört nie mehr auf. Deshalb versuche ich ja auch immer, gar nicht erst damit anzufangen.

Ich erzähle ihr alles. Von meiner Mutter, dem Alkohol, dem Heim, von Manon, meinem toten Vater, dem Baby meiner Mutter, dem Unfall. Sie sagt nichts, sie reicht mir einfach nur Taschentücher und streichelt mir die Wange, aber ich spüre, dass sie mich versteht. Dass sie mich *wirklich* versteht. Das tut mir wahnsinnig gut. Es ist echt komisch, als wäre auf einmal alles weniger schwer, weil sie es mit mir trägt.

Um Mitternacht schauen wir uns den Countdown im Fernsehen an und wünschen uns zusammen mit den Moderatoren ein gutes neues Jahr. Kurz darauf gehen wir in unsere Zimmer, und auf meinem Handy erwartet mich eine SMS.

»Frohes neues Jahr, Théo! Ich wünsche dir alles Gute, Gesundheit, Geld und vor allem Liebe. Leïla«

51

Iris

Ich habe gezögert, Mels Silvestereinladung anzunehmen. Aber als mir klar wurde, dass mich hauptsächlich die Angst abhielt, habe ich zugesagt. Ich wusste, dass viele Gäste da sein würden, von denen ich keinen kannte. Ich darf nicht zulassen, dass die anderen zur Gefahr werden. Seit Stunden rede ich mir das ein, aber in dem Moment, wo ich auf die Klingel drücken will, ist mein Mut in den Keller gesunken.

Noch bevor ich die Klingel berührt habe, geht die Tür auf, und zwei nicht identifizierte Objekte stürzen mit schrillen Lauten auf mich zu. Ich hatte nicht damit gerechnet, sie wiederzusehen. Marie und Gaëlle, meine langjährigen Freundinnen, schlingen ihre vier Arme um mich und drücken mich fest.

»Du hast mir kein bisschen gefehlt«, ruft Gaëlle.

»Ich freue mich überhaupt nicht, dich zu sehen«, ruft Marie.

Mit dem Feingefühl eines angreifenden Stürmers stößt Mel zu uns. Meine Freude verpasst meiner Angst eine Tracht Prügel.

Um uns herum sind jede Menge Leute, aber wir sind allein auf der Welt. Wir bringen zwei Jahre in zwei Stunden unter, reden schnell, lachen laut, fassen uns an, schauen uns an, als wollten wir uns vergewissern, dass wir wirklich da sind, zusammen, wie früher.

»Wie willst du ihn nennen?«, fragt mich Marie.

»Ein paar Ideen hätte ich schon, aber ich bin noch unentschlossen.«

»Die Patentante musst du dir gut aussuchen«, sagt Gaëlle mit breitem Lächeln. »Vergiss nicht, dass meine Tochter dein Patenkind ist, wenn du verstehst, was ich meine.«

Ich ziehe die Augenbrauen hoch.

»Nein, verstehe ich nicht. Meinst du Mel oder Marie?«

»Das arme Ding«, seufzt sie. »Ist noch nicht mal geboren und muss sich schon so viel bieten lassen.«

Marie beugt sich zu mir herüber.

»Sagst du es ihm?«

Meine drei Freundinnen lauern auf meine Reaktion. Wie immer, wenn ich daran denke, fängt mein Herz an zu rasen.

»Er weiß es schon.«

»Und wenn er das Sorgerecht haben will? Oder ein gemeinsames Sorgerecht?«, fragt Mel.

»Das glaube ich nicht.«

»Bestimmt beantragt er es, allein schon, um dich zu nerven«, sagt Gaëlle.

Meine Freude ist verflogen und der Beklemmung gewichen. Die beiden merken es und versuchen um die Wette, mich zum Lachen zu bringen. Siegerin ist Marie mit ihrer Shakira-Imitation.

Freunde von Mel und Loïc stoßen zu uns. Einer der Männer lässt mich nicht aus den Augen. Ich werde regelrecht verlegen und hätte große Lust, ihn zu fragen, ob er mich gern blutig oder durchgebraten hätte.

»Hast du Lust zu tanzen?«, fragt er mich nach minutenlangem Starren.

»Nein, danke, ich tanze wie ein Besenstiel.«

Er lacht. Ich entspanne mich. Ein paar Worte zu wechseln verpflichtet zu nichts, niemand hier ist eine Gefahr.

»Bist du eine Freundin von Mel?«

»Ja, eine Kindheitsfreundin. Und du?«

»Ich arbeite in derselben Kanzlei wie Loïc. Bist du auch Anwältin?«

»Nein, mobile Pflegekraft.«

Sein Verhalten ändert sich unmerklich, was aber meiner übersteigerten Wachsamkeit nicht entgeht. Er gibt noch ein paar Banalitäten von sich, bevor er verkündet, er wolle sich was zu trinken holen.

»Den Typen kann ich nicht ausstehen«, flüstert Mel, die gerade hinter mir vorbeigeht. »Ein echtes Schwein. Bei dem sitzen die grauen Zellen im Schwanz. Aber Loïc wollte ihn unbedingt einladen.«

»Keine Sorge, ich habe nur aus Höflichkeit mit ihm geredet. Eher lasse ich mir Arschbacken auf die Stirn tätowieren, als mich auf so einen Kerl einzulassen.«

»Gleich ist Mitternacht!«, ruft Loïc in den Raum.

Alle Stimmen vereinen sich zum Countdown. Im Geiste gehe ich noch mal das vergangene Jahr durch, von dem ich gern nur das Beste bewahren würde. Davon gab es nicht viel, und als sich die Schatten immer mehr verdichteten, musste ich mich an jeden kleinen Sonnenstrahl klammern. Musste immer heftiger mit den Füßen strampeln, um nicht unterzugehen, und die Luft an der Oberfläche tief einatmen. Aber letzten Endes werde ich auch das Schlimme bewahren. Als Geschmacksverstärker für das Beste, als Negativ des Schönen. Weil in diesem Jahr auch *er* da war, o ja. Unter meinem Bauchnabel, in der Zukunft, die er verspricht, im Lächeln, das nicht erloschen ist, in den stillen Momenten, in denen ich ihn spüre. Nächstes Jahr werde ich die Luft an der Oberfläche genießen, werde Licht im Schatten sehen, werde trotz der Tränen lachen und das Schöne aufspüren, selbst wenn es gut versteckt ist. Ich wünsche mir das Leben und das Salz des Lebens.

FROHES NEUES JAHR!

00.01 Uhr

Wieder eine SMS.

»Unser großes Jahr hat begonnen. Ich möchte so schnell wie möglich dein Mann werden. Frohes neues Jahr, mein Engel.«

Januar

52

Jeanne

Mit uneingeschränktem Vergnügen erfüllte Jeanne alle mit dem Jahreswechsel verbundenen sozialen Verpflichtungen. Ihre Neujahrswünsche verfasste sie auf den kostenlosen Glückwunschkarten einer der Organisationen, denen sie monatlich etwas spendete, und schickte sie an eine Personenliste, die schon seit Langem keine Veränderung mehr erfahren hatte: ihre Cousine Suzanne, ihr Cousin Jacques, ihre Hausärztin, der Onkologe, der sie behandelt hatte, ihre Freundin Maryse, die in den Süden gezogen ist, die Kinder ihrer Cousins und Cousinen, ihre ehemaligen Kolleginnen. Sie ging zu Victor, um ihm sein Neujahrsgeld zuzustecken, lehnte aber den Kaffee ab, den er ihr anbot. Denn vor ihrem Besuch bei Pierre wollte sie noch ihrer Schwester ein gutes neues Jahr wünschen.

Die Besuche bei ihrer Schwester hatte sie lange Zeit tunlichst gemieden. Aber jetzt hatte sie keine Ausrede mehr.

Louise ruhte zwei Alleen von Pierres Grab entfernt. Schon seit fünf Jahren, aber noch immer konnte Jeanne sich nicht daran gewöhnen. Während ihrer Krankheit war neben Pierre ihre Schwester ihre wichtigste Stütze gewesen. Da Mutter und

Tante an Brustkrebs gestorben waren, ließen die beiden Schwestern sich regelmäßig untersuchen. Jeanne hatte sich auf dem Weg der Genesung befunden, als Louise einen Knoten in der Achselhöhle gespürt hatte. Dann war alles rasend schnell gegangen.

Jeanne hatte in ihrem Leben nie das Bedürfnis nach neuen Freundschaften gehabt. Ihr Mann und ihre Schwester hatten ihr zu ihrem Glück genügt. Zwar hatte sie die Gesellschaft ihrer Kolleginnen geschätzt, einige hatten ihr sogar nahegestanden, auch hatte sie genossen, neue Leute kennenzulernen, und gern ihre Kontakte zu Menschen vertieft, die sie häufig sah, zu Verkäufern oder Nachbarn, aber ihr engster Kreis hatte aus Pierre und Louise bestanden.

Jeanne war zwei Jahre alt gewesen, als Louise auf die Welt gekommen war. Schnell war die Schwester eine Art bessere Hälfte geworden. Unverzichtbar, nicht mehr von ihr zu trennen. Die Kleine war der Großen nach Paris gefolgt, als diese dort eine Stelle bekam. Sie hatte Arbeit in der Kurzwarenabteilung von Bon Marché gefunden. Das Dienstbotenzimmer, das beide sich teilten, war ihnen nie klein vorgekommen. Es war ein Kokon gewesen, ein Nest, in dem sie glücklich waren, sich allabendlich wiederzufinden, zusammen zu lachen und einander alles zu erzählen. Die Begegnung mit Pierre und mit Roger hatte ihre Beziehung nicht im Geringsten getrübt.

Manche Anwesenheiten sind Gewissheiten, Menschen, die ihren Weg so nah entlang des eigenen Weges gehen und das schon so lange, dass sie einem wie eine Fortsetzung der eigenen Person vorkommen. Louise war nicht nur ein Mitglied von Jeannes Familie, sie war ein Körperteil von Jeanne, wie ihre Arme und Beine. Jeanne hatte zum Leben Sauerstoff, Blut und ihre kleine Schwester gehabt. Nie hätte sie gedacht, dass diese eines Tages aus ihrem Leben gerissen würde.

Jeanne stellte den Topf mit Heidekraut an den Fuß des Grabsteins. Louises Name stand genau unter dem ihres geliebten Roger.

»Guten Tag, liebe Schwester«, murmelte sie.

Auf dem Weg zu Pierre durchfuhr Jeanne ein eisiger Gedanke: dass sie inzwischen mehr Tote als Lebende besuchte.

Simone saß auf ihrer Bank, ohne ihren neuen Freund.

»Frohes neues Jahr!«, wünschte sie Jeanne, die bei ihr stehen blieb.

»Danke, Simone. Auch Ihnen ein schönes Jahr, vor allem gute Gesundheit, und Liebe, falls Sie sich das wünschen …«

Den letzten Teil des Satzes bereute sie sofort, aber Simone lachte.

»Ich mag es, wenn man mir ab und zu den Hof macht, aber es wird nie weit führen. Dafür ist es zu spät. Ich bin zweiundachtzig und lebe meine Liebe seit fünfzehn Jahren hier an diesem Ort. Apropos, wenn Sie mir gestatten, Ihnen etwas zu wünschen …«

Sie hielt inne und lächelte verlegen.

»Ja?«, fragte Jeanne.

»Sie mögen mich taktlos finden, aber ich selbst wäre froh gewesen, wenn jemand es mir gesagt hätte, als noch Zeit war, etwas daran zu ändern. Und außerdem ist ja gerade die Zeit der Wünsche, nicht wahr? Deshalb wünsche ich Ihnen, dass Sie nicht mehr jeden Tag hierherkommen. Friedhöfe sind für die Toten da. Das Leben findet auf der anderen Seite des Tores statt.«

53

Théo

Nach zwei Wochen Feiertagspause wieder Karate zu machen, ist eine echte Folter. Mein Magen verdaut noch, und mein Kopf denkt nur an den Lehrlingswettbewerb, der in drei Tagen stattfindet. Ich schaffe es nicht, mich auf die Anweisungen des Trainers zu konzentrieren, ich mache alles falsch, und der kleine Sam amüsiert sich über mich. Offenbar hat er zusammen mit den Weihnachtssüßigkeiten auch seinen Respekt verschlungen. Also gut, ich übertreibe die Bewegungen, spiele den Witzbold, das liegt mir mehr, als Runden um die Matte zu drehen. Meine Mutter hat immer gesagt, an meiner Wiege hätte keine Fee gestanden, sondern ein Clown. Je schlechter es ihr ging, umso mehr habe ich den Quatschmacher gespielt. Meistens hat sie dann am Ende gelacht. So richtig übel war es, wenn sie gar nicht reagiert hat.

»Fünfzig Liegestütze!«, brüllt der Trainer.

Ich habe das Gefühl, er guckt in unsere Richtung, aber da er einen Knick in der Optik hat, drehe ich mich um und schaue hinter uns. Aber da ist niemand. Der Trainer will uns dafür bestrafen, dass wir in seinem Unterricht Blödsinn machen. Sam legt sich flach auf den Bauch und fängt mit den Liegestützen an. Ich versuche, nicht auf ihn zu achten, tue so, als fühlte ich mich nicht angesprochen, vielleicht macht er dann ganz normal weiter.

Mit einem Gesicht, wie ich es von den Serienkillern im Fernsehen kenne, kommt er auf mich zu. Wenige Schritte vor mir bleibt der Trainer stehen: »Jetzt sind es hundert.«

Ich habe keine Wahl.

Sam ist schon fertig, als ich anfange. Er macht mir Mut, aber nach dreißig Liegestützen verabschieden sich meine Arme und bedanken sich sehr herzlich: Es war nett, aber wir machen lieber ohne dich weiter. Ich habe eine Kondition wie ein altes Mofa.

Der Trainer beglückwünscht mich, allerdings ist mir nicht klar, ob er mich verarscht oder es ehrlich meint.

»Tut mir leid«, sagt Sam augenzwinkernd, »wenn ich gewusst hätte, dass du Arme aus Schaumstoff hast, hätte ich nicht so laut gelacht.«

»Kleiner Schmeichler.«

Wieder lacht er sich schief, aber diesmal stumm.

Am Ende der Stunde kommt der Trainer zu mir und erklärt mir, man dürfe Kampfsportarten nicht auf die leichte Schulter nehmen, es handele sich dabei nicht nur um einen Sport, sondern um eine Lebensweise, und Respekt sei ihr Grundpfeiler, man wachse von Stunde zu Stunde daran.

Alle sind schon gegangen, als ich das Gebäude verlasse. Es ist kalt, ich spüre meine Arme nicht mehr, aber bevor ich nach Hause gehe, habe ich noch was zu erledigen. Ich muss nur einen kleinen Umweg machen.

Unterwegs denke ich an den Wettbewerb. Seit mehreren Tagen kann ich nicht schlafen. Philippe macht Druck, ich merke, dass er echt enttäuscht wäre, wenn ich nicht gewinne. Ich habe erfahren, dass er selbst vor Jahren am Wettbewerb »Bester Arbeiter Frankreichs« teilgenommen hat und durchgefallen ist. Auch Nathalie hängt sich voll rein, erzählt allen Kunden davon, redet mit zuckersüßer Stimme mit mir, als wäre ich ein kleines Hündchen. Und Leïla. Ich habe Angst, sie zu enttäuschen. Ihrem Blick sehe ich an, dass sie an meinen Sieg glaubt. Schon vorher hatte ich Schiss, aber jetzt bin ich wie gelähmt.

Ich erreiche die Rue Condorcet. Auf dem Platz, an dem ich in meinem Auto geschlafen habe, parkt ein Motorrad. Ich weiß gar nicht mehr, wie viele Nächte ich hier verbracht habe. Ich bleibe kurz stehen, dann mache ich kehrt. Das Haus mit den blauen Fensterläden ist immer noch da.

54

Iris

So ungestüm bin ich schon lange nicht mehr geküsst worden. Wie es überhaupt so weit gekommen ist, weiß ich nicht mehr. Es ist zu dunkel, als dass ich seine Züge erkennen könnte, auch seinen Vornamen weiß ich nicht, aber ich spüre seinen Atem auf meinem Mund. Seine warmen Lippen auf meinen. Drängend. Seine Zunge, die mir über den Mund leckt. Über meine Nase. Mein Kinn. Meine Augen.

»Mensch, Boudine!«

Breitbeinig steht die Hündin über meinem Kopf, leckt mir das Gesicht ab und hat mich soeben aus einem sonderbaren Traum gerissen. Als ich vor drei Monaten hier eingezogen bin, habe ich einfach nur gehofft, mich an sie zu gewöhnen, mehr wollte ich gar nicht. Jetzt bin ich ihre beste Freundin. Sie folgt mir überall hin und schaut mich so an, wie viele Menschen gern angeschaut werden würden, bedingungslose, beinahe flehende Liebe im Blick. Ich habe nichts dagegen, auch wenn ich manchmal an gewissen Orten lieber mit meinem Klopapier allein wäre.

Wahrscheinlich habe ich gestern Abend die Tür nicht richtig zugemacht. Gern hätte ich noch länger geschlafen. Inzwischen hat das letzte Drittel meiner Schwangerschaft begonnen, und je schwerer mein Bauch wird, umso leichter wird mein Schlaf. Bisher war ich verschont geblieben von den Unannehmlichkeiten, die so viele schwangere Frauen erleben, die hat mein Körper sich offensichtlich für den krönenden Abschluss aufgespart. Jetzt erlebe ich das volle Programm. Sodbrennen, geschwollene, ruhelose Beine, eine hyperaktive Blase, Ischias, Schwangerschaftsstreifen und Erschlaffung des Beckenbodens.

»Willst du spazieren gehen?«

Boudine wedelt mit dem Schwanz, was ich als Ja interpretiere. Jeanne musste schon früh etwas auswärts erledigen, vielleicht hatte sie keine Zeit, mit ihr Gassi zu gehen.

Jedes Mal, wenn ich diese verdammte Treppe hinuntersteige, klammere ich mich ans Geländer, um nicht noch einmal eine Eisprinzessinnennummer hinzulegen. Boudine trage ich auf meinem freien Arm. Da die Treppenstufen höher sind als sie, würde sie sonst unweigerlich Purzelbäume schlagen. Als ich unten ankomme, ist mein Gesicht blitzblank geleckt.

Wir bleiben in unserem Stadtteil. Allmählich habe ich hier so meine Gewohnheiten. Anfangs hat mich die Umgebung nicht berührt, aber inzwischen sind mir Geräusche, Gerüche und Fassaden vertraut. Ich dachte immer, ich sei resistent gegenüber äußeren Veränderungen, »zu Hause« sei dort, wo meine Erinnerungen und meine Gewohnheiten sind. Jetzt erst wird mir bewusst, dass »zu Hause« dort ist, wo ich bin. In diesem Viertel, in dieser Straße, in diesem Haus, in dieser Wohnung, in diesem Zimmer. In allem, was mir fremd war, habe ich ein Heim gefunden.

Von meinem Magen geleitet, betrete ich Théos Bäckerei. Eine junge Frau bedient gerade einen Kunden, dann bin ich dran.

»Guten Tag, ich hätte gern eine *Chocolatine.*«

Sie schaut mich an, als hätte ich sie beschimpft. Mir ist schon oft aufgefallen, wie sonderbar Leute, die nicht aus dem Südwesten stammen, auf dieses Wort reagieren.

»So was haben wir hier nicht«, antwortet sie mit verhaltenem Lächeln. »Aber ich kann Ihnen ein *Pain au chocolat* empfehlen, das ist noch viel leckerer.«

»Ein *Pain au chocolat*?«, sage ich, auf ihr humorvolles Spielchen eingehend. »Ist das ein Brot mit Schokolade drin? Nein, da ist mir eine *Chocolatine* wirklich lieber, Sie haben ja hier sehr schöne.«

»Ich könnte Ihnen auch ein *Pain au raisin* empfehlen«, erwidert sie und zeigt auf eine Rosinenschnecke.

Théo, der offenbar meine Stimme erkannt hat, steckt den Kopf durch die Tür zur Backstube.

»Leïla, die Frau ist nicht von hier. Falls du einen Übersetzer brauchst, ich kann dir helfen.«

Ich gehe mit einem Schokocroissant in der Tasche wieder nach Hause. Der Hausmeister ist gerade dabei, die Fensterscheiben zu putzen.

»Oh, guten Tag!«, begrüßt er mich. »Ich habe Sie dieses Jahr noch gar nicht gesehen. Ich wünsche Ihnen alles erdenklich Gute. Gesundheit, Arbeit, Liebe, Glück, na ja, das alles eben.«

»Vielen Dank, Victor, auch Ihnen alles Gute fürs neue Jahr.«

Lächelnd starrt er mich an und bleibt wie festgenagelt auf der Türschwelle stehen. Mein Magen jault.

»Entschuldigen Sie, dürfte ich bitte vorbei?«

Errötend tritt er zur Seite.

»Ach, übrigens«, sagt er, als ich im Hausflur bin, »Ihr Name steht nicht auf dem Briefkasten. Der Postbote hat mir einen Brief an Iris Duhin gegeben, das sind doch Sie, oder?«

Jetzt bin ich es, die wie festgenagelt stehen bleibt. Niemand kennt meine neue Adresse. Meine Gehaltsabrechnungen hole ich in der Agentur ab, außerdem habe ich einen Nachsendeantrag gestellt, damit meine Post zu meiner Mutter umgeleitet wird. Als ich ihre Schrift entdecke, atme ich erleichtert auf. Während Victor Boudine streichelt, öffne ich automatisch den Umschlag und ziehe eine Neujahrskarte hervor, auf der ein Post-it klebt.

Ich habe gezögert, dir die Karte zu schicken,
aber sie kam für dich bei mir an. Von Jérémy.
Wenn du nicht willst, lies sie nicht.
Küsschen, Maman

Auf der Karte ist ein goldener Hirsch in einer Schneelandschaft abgebildet, darunter steht »Frohes neues Jahr«.

Mein Engel,

ich zähle die Minuten, die uns von unserer Hochzeit trennen. Voller Ungeduld warte ich auf den Augenblick, da wir uns fürs Leben verbinden werden.
Ich verstehe deine Zweifel, vor einem solchen Schritt sind sie nur verständlich.
Ruf mich an, bestimmt kann ich dich beruhigen.
Ich liebe dich mehr als mein Leben,

Jérémy

55

Jeanne

Als Jeanne nach Hause kam, stieß sie in der Küche auf Iris, die gerade ein Schokocroissant verputzte. Sie war erleichtert, dass Iris ihr keine Fragen zu ihrem angeblichen Besuch beim Augenarzt stellte, denn eine gute Lügnerin war sie noch nie gewesen. Ihre Treffen mit dem Medium behielt sie lieber für sich, da sie absolut keine Lust hatte, dass jemand sie von weiteren Besuchen abhielt. Die Sitzungen belasteten zwar ihr Budget, aber sie hatte mehrere goldene Schmuckstücke verkauft und dafür eine beachtliche Summe bekommen. Fast hätte sie beim Juwelier einen Rückzieher gemacht, denn einige Stücke besaßen ideellen Wert, etwa ihre Taufmedaille oder ein Ring, den Pierre ihr geschenkt hatte, aber lieber wollte sie in der Gegenwart mit ihrem Mann in Verbindung bleiben, als Dinge aus der Vergangenheit aufbewahren.

Sie wechselte ein paar Worte mit Iris, die auch nicht sonderlich zum Plaudern aufgelegt war, und zog sich in ihr Zimmer zurück, in ihrer Jackentasche nach dem Umschlag tastend, den sie soeben im Briefkasten vorgefunden hatte.

In letzter Zeit bekam sie weniger Post als früher. Umso wertvoller wurde nun jeder Brief. Sie setzte sich in den Sessel neben ihrem Bett, ließ Boudine auf ihren Schoß klettern und begann zu lesen.

Winter 2015

Jeanne hat ihre letzte Chemotherapie hinter sich. Sie kämpft seit Monaten gegen Brustkrebs. Pierre hat sie zu jeder Sitzung, jeder Untersuchung, jedem Arzttermin begleitet. Zum ersten Mal, seit ihre Haare ausgefallen sind, hat Jeanne das Haus ohne Perücke verlassen. Ihre Haare haben wieder zu wachsen begonnen, und sie hat beschlossen, sie nicht mehr zu färben, sondern ihnen ihre hübsche silbergraue Farbe zu lassen. Zu Fuß gehen sie vom Krankenhaus nach Hause. Jeanne, die weiß, dass sie nun ein paar Tage mit den unangenehmen Nebenwirkungen der Chemo leben muss, tut das Gehen sehr gut. Unterwegs treffen sie eine Nachbarin, Madame Partelle. Sie weiß von Jeannes Krankheit, kann sich aber eine Bemerkung zu ihrem Haarschnitt nicht verkneifen. Sie findet ihn männlich. Jeanne traut sich nicht, etwas einzuwenden, das ist nicht ihre Art. Auch Pierres Art ist es nicht, doch der Angriff auf seine Frau hat ihn tief getroffen, und er kontert scharf: »Man braucht viel Charakter, um einen männlichen Haarschnitt zu tragen. Deshalb rate ich Ihnen davon ab, es auszuprobieren.«

Jeanne lächelt, während sie sich die Fortsetzung dieser kleinen Episode in Erinnerung ruft. Die Nachbarin war blass geworden, hatte die Lippen zusammengekniffen und war wortlos weitergegangen. Pierre und Jeanne hatten sich amüsiert wie zwei Kinder, die gerade jemandem einen Streich gespielt haben. Danach hatte die Nachbarin nie wieder auf ihren Gruß reagiert.

Wie oft haben Pierre und sie gemeinsam gelacht! Sie besaßen den Sinn für Spott jener Menschen, die keine Wahl gehabt haben. Pierre war Jeannes bestes Publikum und umgekehrt. Oft verglichen sie sich mit anderen Leuten in ihrem Alter und sagten sich, dass nur ihr Körper gealtert war. Sie fühlten sich wie Kinder in der Haut Erwachsener und hatten nicht die geringste Lust, sie abzustreifen.

Gerade wollte Jeanne den Brief wieder zusammenfalten, da hielt etwas sie zurück. Erneut las sie ihn langsam durch und hielt nach jedem Satz inne, um herauszufinden, woher ihre Verwirrung rührte. Über den achten Satz stolperte sie. Sie las ihn noch einmal, dann wusste sie, wer der Absender war.

56

Théo

Heute ist der große Tag. Der Wettbewerb findet in der Konditoreischule Fermade in Courbevoie statt. Ich hatte eigentlich vor, mit der Metro hinzufahren, aber Philippe wollte mich unbedingt mit dem Auto hinbringen. Zum ersten Mal erlebe ich ihn außerhalb der Konditorei, ein komisches Gefühl. Leïla arbeitet heute nicht und wollte auch mitkommen. Ich habe mich auf den Beifahrersitz gesetzt, allerdings nicht getraut zuzugeben, dass mir hinten immer schlecht wird. Da ich schon wegen des Lampenfiebers keinen Bissen runtergekriegt habe, musste ich die Risiken begrenzen.

Philippe denkt wohl, er kann noch einen draufsetzen, und kündigt mir ganz nebenbei an, ich würde, falls ich diese Runde schaffe und auch die nächste gewinne, für den Landeswettbewerb aufgestellt.

»Ich wollte dir das nicht früher sagen, um dich nicht verrückt zu machen, aber gleich wirst du es ja sowieso erfahren.«

»Du hast recht, das ist jetzt der beste Moment.«

Ich spüre Leïlas Hand auf meiner Schulter. Sie bleibt nur ein paar Sekunden dort liegen, keine Zeit für mich, zu reagieren.

Ich werfe einen Blick in den Rückspiegel, Iris lächelt mir zu, Jeanne betrachtet die vorbeiziehende Landschaft. Die beiden wollten auch unbedingt dabei sein. Ich bin total angespannt und weiß, dass mir das nicht bekommt. Ich versuche, den Kopf leer zu kriegen, aber das macht es noch schlimmer.

Wir sind um die dreißig Lehrlinge, und ich habe den Eindruck, ich bin der Einzige, dem der Arsch auf Grundeis geht. Entweder sind die anderen wirklich entspannt, oder sie sind stärker als ich, und ihre Fassade hält dicht, wenn drinnen alles bebt. Wir warten eine Weile im Hof, der Wettbewerbsbeginn verzögert sich, weil einer aus der Jury noch nicht da ist. Ich bin der Einzige, der von vier Personen begleitet wird, alle anderen sind allein gekommen oder nur mit ihrem Lehrmeister. Ein bisschen peinlich ist mir das schon, aber wenn es ausnahmsweise mal so rum läuft, will ich mich nicht beklagen.

Die Tür geht auf, wir können rein. Der Typ, der meinen Namen aufschreibt, erklärt, dass nur eine Person mit mir kommen darf. Philippe lässt mir keine Wahl, er wird mich begleiten.

Leïla drückt noch mal meine Schulter, und diesmal lege ich meine Hand auf ihre. Iris wünscht mir viel Glück, Jeanne sagt mir, ich solle die anderen fertigmachen.

Auf den großen Tischen kleben Schildchen mit unseren Namen. An jedem Platz liegt das für die Prüfung notwendige Material bereit. Zutaten, Öfen, Kühlschränke, Tiefkühlschränke und elektrische Geräte befinden sich in einer Ecke des Raums und stehen allen zur Verfügung. Die Jurymitglieder stellen sich vor, ich kenne keinen von ihnen, bin aber so aufgeregt, dass ich glatt meinen eigenen Namen vergessen könnte. Dann erfahren wir das Prüfungsthema: Wir sollen eine Zitronentarte mit Baiserüberzug backen. Philippe spricht mir ein letztes Mal

Mut zu, dann setzt er sich am anderen Ende des Raumes zu den übrigen Begleitpersonen auf einen Stuhl.

»Drei, zwei, eins, los geht's!«

Ich beginne mit dem Mürbeteig, mische die Zutaten, knete den Teig und stelle ihn kühl. In der Zwischenzeit mache ich mich an die Zubereitung der Creme. Ich reibe die Zitronenschale, zerteile die Zitrone, um sie auszupressen, schneide mir dabei in den Finger, sehe einen Tropfen Blut, dann zwei, dann einen dünnen Faden, meine Ohren brummen, es ist heiß hier, oh, Sternchen, gute Nacht allerseits.

Auf dem Rückweg spricht niemand ein Wort. Philippe macht den Mund nicht auf. Als ich im Wettbewerbsraum wieder zu mir gekommen bin, hat er auf mich eingeredet, ich solle weitermachen. Aber die Veranstalter fanden, ich wirkte zu schwach, und ich habe ihnen nicht widersprochen.

Die ganze Fahrt über hebe ich den Kopf nicht von meinem Handy. Ich sterbe vor Scham und bin gleichzeitig erleichtert, dass es vorbei ist. Während ich auf die Videos starre, trudelt eine Nachricht ein. Von Leïla, die genau hinter mir sitzt.

»Allein schon, dass du deine Angst überwunden hast, ist super. Du hast getan, was du konntest.«

»Danke. Philippe sieht beleidigt aus.«

»So sieht er doch immer aus – lol. Wenn du willst, können wir Samstagabend zusammen was trinken gehen.«

»Das ist nett, aber ich brauche kein Mitleid.«

»Ich hab kein Mitleid, ich hab Lust drauf.«

57

Iris

»Ich hatte dich gebeten, ihm nicht meine Nummer zu geben.«

»Aber er tat mir so leid.«

Gespräche mit meiner Mutter müssten in der Schwangerschaft kontraindiziert sein. Wenn sie meinen Blutdruck nicht in die Höhe treiben, dann stimmt irgendwas nicht.

Seit Jérémys erster Nachricht leugnet sie, ihm meine Nummer gegeben zu haben. Sie hat es tatsächlich geschafft, Zweifel bei mir zu säen, obwohl die Sache eindeutig ist: Außer ihr hatten nur mein Bruder und Mel meine Nummer, und die beiden würden Jérémy ohne mit der Wimper zu zucken beim Jammern zuschauen. Gerade hat sie zugegeben, dass sie regelmäßig mit ihm spricht und ihn sogar zweimal bei sich empfangen hat.

»Er versteht nicht, warum du gegangen bist. Ich muss gestehen, ich auch nicht. Die Hochzeit rückt näher, mein Schatz, du kannst doch die Gäste nicht einfach alle versetzen!«

»Ich habe dich bewusst nicht hineingezogen, Maman, ich will nicht, dass du dir Sorgen machst. Bitte halt dich aus allem raus. Und erzähl ihm nichts mehr! Du hast ihm doch nicht gesagt, dass ich in Paris bin, oder?«

Stille.

»Maman? Sag mir, dass du es ihm nicht gesagt hast.«

»Also hör mal, wo du ausnahmsweise mal einen netten Mann kennengelernt hast! Dein Vater mochte ihn sehr, weißt du?«

Ich lege auf und schmeiße das Telefon ans andere Ende des Zimmers. Ich bin zwischen Wut und Angst hin- und hergerissen. Ich wusste, dass sie sich Sorgen machen würde, aber ich hätte nicht gedacht, dass die Sorgen sich auf ihn beziehen. Meine Mutter betrachtet mich immer noch als das kleine Kind, das man beschützen muss, das unfähig ist zu vernünftigen Meinungen und Entscheidungen. Ihre sind mehr wert als meine. Sie weiß es besser, sie ist die Erwachsene.

Als ich auf dem Weg zur Küche durchs Wohnzimmer komme, sitzt dort Jeanne und näht.

»Ist alles in Ordnung?«, fragt sie. »Ich habe nicht gelauscht, aber ich habe ein paar laute Worte gehört.«

»Nichts Ernstes, eine Diskussion mit meiner Mutter. Sie macht mich wahnsinnig.«

»Meine hat mich auch manchmal auf die Palme gebracht«, sagt sie lächelnd. »Ich glaube, nur eine Mutter versteht es, uns an den empfindlichsten Stellen zu treffen. In ein paar Jahren wirst du diejenige sein, die ihren Sohn verrückt macht!«

»Ich glaube, das tue ich jetzt schon. So häufig, wie er sich bewegt, habe ich den Verdacht, er will abhauen.«

Jeanne lacht. Kurz darauf verdunkelt sich ihr Blick.

»Tut es weh?«

»Nein, es fühlt sich nur komisch an. Außer wenn er mir in die Seite tritt, das ist unangenehm. Willst du mal sehen?«

Ich habe sie mit dem Vorschlag überrollt und bedauere es sofort.

»Entschuldige bitte, ich wollte nicht …«

»Ja, gern!«, unterbricht mich Jeanne und steht auf.

Ich lege mich aufs Sofa, da sich mein Baby in dieser Position am stärksten bemerkbar macht. Dann ziehe ich mein Sweatshirt hoch, sodass die gespannte Bauchhaut sichtbar wird. Mehrere Minuten warten wir auf ein Lebenszeichen.

»Es ist jedes Mal das Gleiche«, sage ich. »Nachts, wenn ich schlafen will, benutzt er meine Gebärmutter als Trampolin, aber wenn ich Lust habe, ihn zu filmen, versteckt er sich.«

»Das wird mal ein Spaßvogel«, flüstert Jeanne. »Darf ich?«

Nickend ermuntere ich sie, ihre Hand in die Nähe meines Bauchnabels zu legen. Ich merke, wie ergriffen sie ist. Ich selbst bin es auch.

»Es ist das erste Mal«, gesteht sie.

Mein lieber Kleiner sucht sich genau diesen Augenblick aus, um eine Kapriole zu schlagen, wodurch sich unter Jeannes Hand ein wandernder Hügel bildet. Verblüfft reißt sie die Augen auf und stößt einen Schrei aus: »Unglaublich! Wahnsinn! Wenn man sich vorstellt, dass da drunter ein kleines Wesen steckt. Das Leben ist wundervoll.«

Die Tür geht auf, und Théo, der am frühen Nachmittag aus dem Haus gegangen war, steht im Raum. Neugierig betrachtet er das merkwürdige Schauspiel von Weitem.

»Was macht ihr da?«

»Komm mal her«, flüstert Jeanne ihm zu. »Das ist magisch.«

Er gehorcht, kommt zu uns, den Blick auf meinen Bauch gerichtet. Unter meiner Haut schwillt gerade eine Welle an. Théo weicht einen Schritt zurück: »Uaah, wie eklig! Als wäre da ein Alien drin.«

58

Jeanne

Auf dem Rückweg vom Friedhof machte Jeanne einen Abstecher in Théos Bäckerei, um eine Schwarzwälder Kirschtorte zu kaufen. Heute war ihr fünfundsiebzigster Geburtstag, und sie hatte vor, niemandem davon zu erzählen, aber wie jedes Jahr an diesem Tag war es ihr wichtig, an ihre Kindheit anzuknüpfen. Ihre Mutter, die Jeannes Vorliebe für Schokolade kannte, hatte ihr immer eine Schwarzwälder Kirschtorte gebacken, die Jeanne im Verhältnis zu ihrem größer werdenden Körper von Jahr zu Jahr kleiner erschienen war. An diesem Tag war sie die Königin gewesen und hatte ausnahmsweise statt ihres Vaters das Privileg genossen, als Erste ein Stück serviert zu bekommen. Da Louise die Schokoladenraspeln auf der Torte nicht mochte und Jeanne ihrerseits gut auf die Kirschen verzichten konnte, vollzogen die beiden Schwestern einen Tauschhandel, während ihre Hündin Caprice auf ein paar für sie abfallende Krümel hoffte. Auch Jahrzehnte später fühlte sich Jeanne immer wieder wie die Achtjährige von einst, wenn in ihrem Mund Schlagsahne und Biskuitteig aufeinandertrafen.

Wie gewohnt behielt die Bäckerin ihre Liebenswürdigkeit für

sich, und Jeanne bewunderte Théo mal wieder dafür, dass er so eine Kollegin ertrug.

Auf dem Rückweg nach Hause plante sie das Abendessen. Unten an der Treppe zögerte sie einige Sekunden, dann steuerte sie auf Victors Wohnung zu, überlegte kurz und klopfte an.

Kaum hatte sich die Tür geöffnet, schlüpfte Boudine in den Wohnungsflur. Von Victor hereingebeten, folgte ihr Jeanne. Es kam nicht selten vor, dass die beiden zusammen einen Kaffee tranken, deshalb wunderte sich Victor nicht über den Überraschungsbesuch.

»Für einen Kaffee ist es zu spät«, erklärte er, während er den Kühlschrank öffnete, »aber ich habe bestimmt Limonade oder einen Rosé da.«

»Ich will gar nicht bleiben«, entgegnete Jeanne, »ich muss hoch und einen Kuchen kaltstellen. Ich wollte nur dein Gedächtnis bemühen. Erinnerst du dich an Madame Partelle?«

»Natürlich«, erwiderte Victor. »Madame Partelle aus dem ersten Stock. Wenn ich mich nicht täusche, ist sie in die Bretagne gezogen. Hier haben so viele Leute gewohnt, ich muss aufpassen, dass ich sie nicht durcheinanderbringe. Warum fragen Sie?«

Jeanne öffnete ihre Tasche, holte den kleinen Stapel Briefe heraus, die sie bekommen hatte, und legte ihn auf den Tisch.

»Weil sie Pardelle hieß, nicht Partelle. Bei ihrem Namen hast du immer diesen Fehler gemacht.«

Victor hob die Hand und rieb sich die Stirn. An seinem Blick konnte Jeanne das Dilemma ablesen: Sollte er gestehen oder so tun, als verstünde er nicht?

Er war 1972 geboren, drei Jahre, nachdem Jeanne und Pierre ihre Wohnung bezogen hatten. Seine Mutter, Madame Guiliano, hatte als Hausmeisterin ihre Eltern abgelöst. Sein Vater, der in der Metzgerei des Stadtviertels gearbeitet hatte, war früh gestorben. Der Junge war in dem großen Haus aufgewachsen, nie weit weg von seiner geliebten Mutter. Was Anlass für Witze gegeben hatte: Wenn der kleine Victor nicht in der Nähe von Madame Giuliano war, hatten die Hausbewohner sie immer gefragt, ob er sich vielleicht unter ihrem Rock verstecke. Er war ein höfliches, hilfsbereites Kind gewesen mit einem ausgeprägten Sinn für Humor, Wesensmerkmale, mit denen er sich allgemein beliebt gemacht hatte. Pierre und Jeanne hatten ihm besonders nahgestanden, ihm sogar die Tür ihrer Wohnung geöffnet. In seiner Schulzeit hatte Pierre ihm Nachhilfe in Englisch erteilt, und Jeanne hatte ihm das Nähen beigebracht. Er war ein zerstreuter Jugendlicher gewesen, oft mit dem Kopf in den Wolken, dann ein einzelgängerischer Erwachsener, der sich in keinen bestimmten Gesellschaftskreis einfügte. Geborgen und glücklich hatte er sich nur in seiner kleinen Wohnung im Erdgeschoss gefühlt. Nach dem Tod seiner Mutter vor vier Jahren hatte er sie ganz selbstverständlich als Hausmeister abgelöst.

»Ich dachte, das würde Ihnen guttun«, murmelte er. »Ich habe mal in einer Sendung gesehen, dass die Erinnerung an glückliche Zeiten einem die Trauer erleichtert.«

»Woher wusstest du denn von all diesen Geschichten?«

»Sie kennen doch mein gutes Gedächtnis und mein hervorragendes Gehör! Ich höre alles, ich behalte alles. Zum Beispiel die Geschichte von Madame Partelle – oder Pardelle –, die haben Sie mal, als Sie nach Hause kamen, meiner Mutter erzählt. Ich war dabei, ich erinnere mich noch, wie Sie beide gelacht haben.«

Dieses Detail war Jeanne entfallen.

»Es tut mir leid, wenn ich Sie verletzt habe«, sagte Victor leise.

»Keine Sorge, du hast mich nicht verletzt. Ich weiß, du mochtest ihn auch sehr gern.«

Er nickte stumm. Jeanne meinte es ehrlich. Sie nahm Victor seine Initiative nicht nur nicht übel, sondern war zutiefst gerührt davon. Er musste sehr an ihr hängen und mit ihr mitfühlen, wenn er sich eine solche Mühe gab, ihren Kummer zu lindern. Die Zuneigung beruhte auf Gegenseitigkeit. Victor bedeutete Jeanne viel. Er hatte ihr einen bewegenden Freundschaftsbeweis geliefert, ihr aber vor allem ein wunderschönes Geschenk gemacht: Erinnerungen an ihre Erlebnisse mit Pierre.

Wenig später, nachdem Boudine alle Katzenleckerli gefunden hatte, ging Jeanne wieder. Der Hausmeister begleitete sie zur Tür.

»Victor, bitte …«

»Ja?«

»Wärst du so nett, mir weitere Briefe zu schicken?«

Er nickte, und Jeanne verließ mit einem Lächeln auf den Lippen die Wohnung.

59

Théo

»Wann kommst du, Bro?«

Seitdem ich aufgehört habe, nicht auf Gérards und Ahmeds Nachrichten zu reagieren, nerven sie mich damit, dass ich sie besuchen soll. Gégé wird in einem Monat volljährig, Ahmed muss noch sechs Monate warten. Als ich so alt war wie sie, hatte ich nur den einen Wunsch: aus diesem Heim zu verschwinden, in dem ich mich fühlte wie im Gefängnis. Mit achtzehn hat man dann keine Wahl, egal ob man eine Bleibe hat oder nicht, man muss gehen. Ich kenne welche, die sind zu Obdachlosen geworden. Viele. Deshalb wollte ich auch nicht studieren oder so, ich musste unbedingt Geld verdienen. Als Lehrling ist man zwar nicht reich, aber wenigstens verdient man was.

Ich weiß nicht, warum ich keine Lust habe, zum Heim zu fahren. Vielleicht wegen der schlechten Erinnerungen, vielleicht auch wegen der anderen. Mit Abstand betrachtet nehmen die guten Momente etwas mehr Raum in meinem Gedächtnis ein. An dem Tag, als ich gegangen bin, hat Ahmed sich die Gitarre geschnappt, und sie haben mir ein Abschiedslied gesungen. Den Text hatten sie zu mehreren geschrieben, dabei ging es um Sachen, die ich im Heim erlebt hatte. Ich habe die Fäuste fest zusammengepresst und es geschafft, nur innerlich zu heulen. Gérard hat mir die Kappe geschenkt, die er die ganze Zeit trug, ein paar von den Kleinen haben sich an mich gedrückt, Manon hat geweint.

Im Heim habe ich sehr harte Zeiten erlebt. Jahrelang hat uns Sébastien, einer der Erzieher, wie Hunde behandelt, schlimmer noch. Er war immer so clever, uns an Stellen zu verprügeln, wo man es nicht sah. Ich war klein und hatte nicht den Mut, mich zu wehren, aber bei ihm haben nicht mal die Großen aufgemuckt. Es gab Heimkinder, die gewalttätig waren, oft habe ich grundlos Schläge eingesteckt, man hat mir Sachen geklaut, die mir was bedeuteten, es gab Geschrei, Kinder, die ausgerissen sind, sogar Selbstmordversuche. Aber ich glaube, was am meisten wehtat, war die Hoffnung. Die Hoffnung, dass meine Mutter mich besucht, die Hoffnung, dass sie aufhört zu trinken, die Hoffnung, dass sie mich wieder zu sich holt. Eines Tages hat ein Psychologe zu mir gesagt, im Heim sei ich besser aufgehoben als bei meiner Mutter. Ich habe ihn beschimpft und bin weggerannt. Das konnte ich mir nicht anhören. Ich habe meine Mutter geliebt wie jedes Kind: bedingungslos. Ich wollte einfach nur bei ihr sein. Nie werde ich erfahren, ob er recht hatte, ob es besser war, allein, aber in Sicherheit zu sein, oder bei ihr, aber in Gefahr.

Es gab auch die guten Erlebnisse. Nico und Assa, zwei Erzieher, die mich wie ihren kleinen Bruder behandelt haben. Das Kicken, wobei wir über Gott und die Welt geredet haben. Die Abende, an denen wir heimlich ausgebüxt sind, also, ich meine die, an denen wir nicht erwischt wurden. Oder wie wir unter der Dusche immer laut gesungen haben und dabei unseren

Spaß hatten. Die Fernsehabende. Das eine Mal, als wir zum Strand gefahren sind. Das Eisstadion. Ahmed und Gérard, meine Brüder. Manon. Malik, Sonia, Enzo, Emma. Wenn man dieselben ätzenden Sachen erlebt, verbindet einen das wohl oder übel. Und auch wenn keiner sie annimmt, man hat Liebe zu geben. Wir waren nicht wirklich eine Familie, aber manchmal eine gute Kopie davon.

Ich antworte irgendwas Blödes und schalte mein Handy aus. Es ist nach Mitternacht. Ich mache das Licht aus, krieche unter mein Federbett und schließe die Augen. In meinem Kopf gibt es einen Ort, an den ich mich flüchte, wenn ich es brauche. Eine Art Parallelwelt, ein imaginäres Leben, in dem mir nichts Gefährliches passiert, in dem alles gut ist. Ein Vorzimmer des wahren Lebens, in dem ich derjenige bin, der entscheidet. Ich dachte, alle Leute hätten so einen Ort, aber als ich mal anderen davon erzählt habe, wurde mir klar, dass wir nicht so viele sind. Da habe ich aufgehört, davon zu reden. Es fing an, als ich noch ganz klein war. Ich sehe mich wieder auf meinem Bett liegen, wie ich mir eine Silvesterfeier vorstelle, bei der ich mich traue, vor allen Leuten zu singen. Ich brauche nur die Augen zu schließen und bin woanders, weit weg von allem, was Stress macht, weit weg vom Schicksal. Eine Flucht ohne Buch oder Bildschirm. Mein individueller Kurzfilm.

Seit einiger Zeit läuft immer derselbe Film. Ich komme zu früh zur Bäckerei. Ich habe die Schlüssel, schließe auf, geh rein und ziehe mich im Umkleideraum um. Ich stehe mit nacktem Oberkörper da, einem Oberkörper, wie ihn diese Feuerwehrmänner auf den Kalenderblättern haben. Leïla betritt den Raum, kommt langsam auf mich zu, legt ihre Hand in meinen Nacken und küsst mich.

60

Iris

»Du hast mir so gefehlt.«

»Du erdrückst mich.«

Ich lasse meinen Bruder los und betrachte ihn, wie er da leibhaftig vor mir steht.

»Aua! Bist du verrückt? Warum kneifst du mich?«

»Um sicher zu sein, dass ich nicht träume.«

Ich bin mit dem Bus zum Flughafen gefahren, um ihn abzuholen. Davon hatte ich ihm vorher nichts gesagt. Er ist an mir vorbeigelaufen, ohne mich zu erkennen. Wäre ich nicht so glücklich, ihn wiederzusehen, hätte ich ihm das übel genommen.

Auf der ganzen Fahrt erzählt er mir von seiner Rundreise, seinen Begegnungen und zeigt mir Fotos und Videos. Die meisten habe ich schon auf seinem Instagram-Account gesehen, aber seine Geschichten würden selbst einen Baum faszinieren.

Das Hotel, in dem er ein Zimmer gebucht hat, liegt nur wenige Schritte von meiner Wohnung entfernt. Er lässt seine Tasche auf den Boden fallen, dreht sich zu mir um und betrachtet meinen Bauch: »Nicht zu fassen, ich werde Onkel!«

»Allmählich kriege ich Angst, weißt du. In nicht ganz drei Monaten ist er da.«

»Wovor hast du denn Angst?«

»Vor allem Möglichen. Ihn zu verlieren, dass er krank sein könnte, dass Jérémy das Sorgerecht beantragt, dass mein Sohn mir später vorwirft, ihm den Vater genommen zu haben, davor, dass ich nicht zurechtkomme. Je näher der Tag rückt, umso häufiger sage ich mir, dass ich es nicht schaffen werde.«

Indem ich meine Befürchtungen äußere, werden sie real. Seit Wochen weigere ich mich, ihnen die Tür zu öffnen und mich von ihnen überrollen zu lassen. Ich bin jemand, der Dinge leicht infrage stellt und Zweifeln eine Menge Raum gibt. Für alles Negative, das mir passiert, gebe ich mir selbst die Schuld, und beim Positiven sage ich mir, es war nur Glück. Nach und nach, mit jedem Erfolg, ist mein Vorrat an Vertrauen gewachsen. Auch weil ich von Menschen umgeben war, die an meiner Stelle an mich geglaubt haben. Anfangs gehörte auch Jérémy dazu.

Er verstand mich, er hörte mir zu, er interessierte sich für das, was ich empfand. Er machte mir Mut, oft schon auf übertriebene Weise. Alles, was ich anpackte, nahm er zum Anlass, mich mit Lob zu überschütten. Ein Risotto? Das beste, das er in seinem Leben gegessen hatte. Eine neue Frisur? Mir stünde alles, ich wäre sogar kahl geschoren wunderschön. Ein neuer Patient? Den würde ich schon wieder hinkriegen, ich sei die begabteste Krankengymnastin überhaupt. Zwischen seinem Zuviel und meinem Zuwenig lag ein Mittelmaß, das mir Halt gab. Die Veränderung kam schleichend. Ich erinnere mich noch gut an den ersten Satz, der mich umgehauen hat.

»Das ist völlig verkocht. Du müsstest mal Unterricht bei meiner Ex nehmen.«

Ich habe geweint, er hat sich damit entschuldigt, dass er gestresst sei, weil man ihm einen Auftrag vor der Nase weggeschnappt habe. Er wurde wieder der Mann, den ich liebte. Und dann kam die nächste Ohrfeige.

»Wenn wir zusammen schlafen, sehe ich nur dein Doppelkinn.«

Und noch eine und noch eine und noch eine. »In dieser Jeans hast du einen fetten Arsch.« »Du findest dich wohl sehr witzig?« »Wenn die Leute das irgendwann merken, nimmt dich niemand mehr als Krankengymnastin.« »Mann, kannst du blöd sein, du armes Wesen.« »Fragst du dich eigentlich nie, warum deine Freunde nicht mehr mit dir reden?« »Du bist wirklich zu nichts zu gebrauchen.«

Die ewige Kritik hat sämtliche Komplimente begraben. Das Problem war nämlich, dass ich eher auf die Kritik als auf die Komplimente gehört habe.

Auf jeden Angriff folgten tröstende Worte. Es sei doch nicht böse gemeint gewesen, er habe es nur zu meinem Wohl gesagt, es tue ihm leid, wenn er mich verletzt habe, das sei nicht seine Absicht gewesen. Da er stets reparierte, was er kaputt gemacht hatte, wurde er für mich unverzichtbar. Er war mein Peiniger und mein Retter. Das Messer und der Verband. Es dauerte gar nicht lange, da habe ich mehr an ihn geglaubt als an mich. Bis ich irgendwann davon überzeugt war, ohne ihn sei ich zu nichts zu gebrauchen. Nur er allein könne mich verstehen. Mich lieben. Innerhalb von drei Jahren ist es ihm gelungen, alles zu zerstören, was ich innerhalb von dreißig Jahren aufgebaut hatte.

»Du wirst eine tolle Mutter sein«, versichert mir mein Bruder. »Ich kann das ja wohl beurteilen. Jahrelang hast du mich wie dein eigenes Kind behandelt.«

Ich muss lachen, als ich an die Zeiten zurückdenke, in denen ich meine Mutter nachgeahmt habe, was so weit ging, dass ich versucht habe, Baby Clément zu stillen.

»Ich werde mein Möglichstes tun.«

Mein Bruder setzt sich neben mich aufs Bett und legt seinen Kopf auf meine Schulter.

»Ich bin verliebt«, sagt er unvermittelt.

Sogar mein Baby ist von der Neuigkeit überrascht.

»Du? Das gibt's ja nicht! In wen? Wo? Wann? Erzähl mir alles, seit achtundzwanzig Jahren warte ich darauf!«

Clément hat mir nie irgendjemanden vorgestellt noch etwas von einer potenziellen Liebesgeschichte erwähnt. Wenn ich ihn zu dem Thema befragt habe, hat er immer nur lächelnd mit den Schultern gezuckt. Mich, die ich unfähig war, ihm den kleinsten Ansatz einer Beziehung zu verschweigen, hat das verrückt gemacht. Ein paar Mal habe ich etwas von Anrufen mitbekommen, habe Veränderungen bemerkt, sind mir Kleinigkeiten aufgefallen, aber ich habe seine Zurückhaltung stets respektiert, weil ich sicher war, dass er schon den passenden Moment wählen würde. Ich hatte schon geglaubt, der würde nie kommen. Sie heißt Camila, ist Fotografin in Buenos Aires und begleitet Clément seit über einem Jahr auf seinen Reisen. Sie wollen zusammenziehen, hier oder anderswo. Wenn er von ihr spricht, leuchtet unmerklich etwas in seinen Augen auf, seine Stimme wird sanfter, und seine Bewegungen sind entspannter. Ich schaue meinen verliebten Bruder an und bewundere ihn. Das Warten hat sich gelohnt.

61

Jeanne

Jeanne war von klein auf dazu erzogen worden, andere Menschen zu respektieren. Es galten einfache Regeln. Der andere ist König, man darf ihn weder verärgern noch enttäuschen oder stören, belästigen, ermüden, aufhalten, unter Druck setzen, verletzen, bekümmern, behindern. Um diesen Erwartungen gerecht zu werden, hatte Jeanne sich die entsprechenden Verhaltensweisen wie Kleidungsstücke übergezogen und ihr natürliches Wesen darunter erstickt.

Der erwachsenen Jeanne war es mit den Jahren und zunehmender Reife gelungen, mehrere Schichten davon wieder abzustreifen. Manche aber saßen so fest, dass sie mit ihrer Haut verwachsen waren. Deshalb sperrte Jeanne, wenn ihr etwas gegen den Strich ging, ihre Gefühle weg und schenkte jedem, der ihren Weg kreuzte, ein ganz und gar überzeugendes Lächeln. Man musste sie sehr gut kennen, um unter dieser Maske eine mögliche Verärgerung zu entdecken. Théo und Iris fingen gerade an, sie besser kennenzulernen.

»Bist du uns böse, Jeanne?«, fragte Iris und setzte sich zu ihr aufs Sofa.

»Überhaupt nicht«, erwiderte Jeanne.

»Aber wir merken doch, dass dir etwas zu schaffen macht«, hakte Théo nach.

»Wenn ich es euch doch sage: Es geht mir sehr gut.«

Die beiden schauten sich an und hofften, das Richtige getan zu haben.

Alles hatte mit diesem Anruf begonnen. Während sie beim Abendessen saßen, hatte das Festnetztelefon geklingelt. Das geschah nur selten, und jedes Mal ging Jeanne an den Apparat. Da sie gerade in der Küche beschäftigt gewesen war, war Iris drangegangen. Ein Mann hatte gefragt, ob er mit Madame Perrin sprechen könne, Jeanne hatte kurz darauf den Hörer übernommen, und die beiden anderen hatten den Gesprächsinhalt rasch erraten. Als Jeanne wieder zu Tisch gekommen war, hatte sie sich verpflichtet gefühlt, ihnen ihr Geheimnis zu verraten.

»Ich gehe zu einem Medium.«

»Damit er dir die Zukunft liest?«, hatte Théo gefragt.

Jeanne hatte sich nur vage geäußert, schließlich aber zugegeben, dass sie über eine Mittelsperson mit ihrem Mann kommunizierte. Iris hatte das gutgeheißen. Auch ihre Freundin Gaëlle habe auf diese Weise Verbindung zu ihrem verstorbenen Vater gehalten. Nach anfänglichen Zweifeln hätten einige Details, die das Medium erwähnt habe und die nur sie allein kennen konnte, sie überzeugt.

»Manche Menschen haben wirklich eine besondere Gabe«, hatte Iris gesagt, »aber man muss auf der Hut sein, es gibt auch viele Betrüger. Die Seriösen sind leicht daran zu erkennen, dass sie lange Wartelisten haben und die Leute von weit her zu ihnen kommen.«

»Ich hatte großes Glück«, hatte Jeanne geantwortet. »Er hat von sich aus Verbindung zu mir aufgenommen, ich brauchte nicht zu warten.«

»Wie hat er dich denn kontaktiert?«, hatte Théo stirnrunzelnd gefragt.

»Telefonisch. Pierre hatte ihm unsere Nummer diktiert.«

»Scheiße«, war es Iris entfahren. »Das erinnert mich an Madame Beaulieu, meine Patientin, die vor zwei Monaten gestorben ist. Als ich ein paar Tage später meinen Arbeitskittel und meine Lunchbox bei ihr abgeholt habe, hat ihre Tochter mir erzählt, ein Medium habe bei ihr angerufen, um ihr mitzuteilen, ihre Mutter hätte eine Nachricht für sie. Sie hat sofort aufgelegt. Die Sache ist wirklich seltsam.«

»Allerdings«, hatte Théo nachgelegt. »Irgendwas ist da faul.«

Jeanne hatte sich nichts anmerken lassen, jedoch bedauert, sich den beiden anvertraut zu haben. Verschiedene Unstimmigkeiten und Widersprüche hatten ihr Vertrauen in diesen Monsieur Kafka bereits ins Wanken gebracht. Und sie wollte auf keinen Fall, dass irgendjemand ihre Zweifel noch verstärkte.

»Es tut mir leid, wenn ich dich verletzt habe«, sagte Iris, während sie sich vom Sofa erhob. »Vielleicht ist er ja total in Ordnung. Ja, wahrscheinlich ist er das. Du selbst kannst das am besten beurteilen. Wir haben ihn ja nie kennengelernt.«

Jeanne entspannte sich, doch für Théo war die Sache noch nicht zu Ende: »Das könnten wir ja nachholen.«

»Was nachholen?«, fragte Jeanne.

»Das Kennenlernen! Dann könnten wir dir sagen, was wir von ihm halten. Wann ist denn dein nächster Termin?«

62

Théo

Es ist noch nicht zehn Uhr. Ich verstecke mich in der Straße hinter der Bar, damit sie nicht glaubt, ich sei zu früh gekommen. Seit Leïla vorgeschlagen hat, wir könnten zusammen was trinken gehen, bin ich jedes Mal, wenn ich ihr begegne, kurz davor umzukippen, dafür brauche ich mir noch nicht mal in den Finger zu schneiden. Heute Nacht habe ich fast nicht geschlafen, sogar in meiner eingebildeten Welt war ich gestresst.

Es ist das erste Rendezvous meines Lebens. Manon und ich haben uns geküsst, ohne dass wir es geplant hatten, na ja, vor allem sie, ich, ich habe sie machen lassen, als fände ich es ganz normal, während in meinem Körper Feststimmung herrschte. Wir konnten uns für die gleichen Sachen begeistern, haben die gleiche Musik gehört, und sie hatte tolle Augen. Mit fünfzehn ist das wie ein Sechser im Lotto. Vor ihr bin ich nur mal kurz mit einem Mädchen aus meiner Klasse gegangen, wir haben im Fahrradparkhaus rumgeknutscht, damit niemand uns sah. Sie meinte, aus Rücksicht, ich glaube aber eher, weil sie sich schämte. Das ist alles. Allerdings muss ich auch sagen, dass ich nie von Angeboten überschüttet wurde. Jetzt habe ich zum ersten Mal ein richtiges Date. Und dazu noch mit einem Mädchen, das ich schon total gernhabe.

Ich rauche eine letzte Zigarette und horche auf meinen Herzschlag. Für ein menschliches Herz klopft es viel zu schnell.

»Hallo!«

Ich zucke zusammen, vor mir steht Leïla. Jetzt macht mein Herz nicht mal mehr Pause zwischen zwei Schlägen. Ich stehe unter Dauerstrom.

»Hallo!«, antworte ich. »Wie geht's?«

Das ist ja ein super Anfang. Ich bin so interessant wie ein Kontoauszug.

In der Bar ist es ruhig. Wir setzen uns ganz nach hinten an einen hohen Tisch. Leïla wirkt genauso schüchtern wie ich. Wir trinken was, erzählen uns dies und das, ich erfahre, dass sie seit sechs Monaten allein lebt, vorher hat sie bei ihren Eltern gewohnt, mit Bruder und Schwester. Sie wird bald zwanzig. Sie hat drei Jobs: einen als Bäckereiverkäuferin, einen als Putzfrau in verschiedenen Büros und einen als Aushilfskellnerin im Restaurant ihres Bruders.

»Und du? War die ältere Frau, die zu deinem Wettbewerb mitgekommen ist, deine Oma?«

»Nein, ich lebe mit ihr und Iris in einer Wohngemeinschaft.«

Sie zieht die Augenbrauen hoch. Jetzt ist es so weit. Jetzt muss ich mich entscheiden, ob ich die Wahrheit sage oder etwas erfinde. Wegen meiner Vergangenheit als Heimkind stand ich immer im Abseits. Wenn die Leute davon erfahren, ändert sich jedes Mal ihr Verhalten. In der Schule war ich der Typ, der keine Eltern hatte. Entweder gingen die anderen gar nicht auf mich zu, oder sie taten es aus Neugier oder Mitleid. Manchmal habe ich mich gefühlt wie ein Tier im Zoo. Ich war exotisch.

Leïla wartet jetzt auf Erklärungen. Ich drehe und wende die Worte in meinem Kopf, versuche, sie zu ordnen. Ich weiß, dass sie alles verändern könnten.

»Ich komme aus Brive. Ich verdiene nicht genug, um mir eine Wohnung zu leisten, und in Paris kannte ich niemanden, als ich hierherkam. Ich habe keine Familie, ich bin im Heim aufgewachsen.«

Ich traue mich nicht, sie anzuschauen. Ich starre auf mein Glas und halte die Luft an.

»Die beiden waren cool«, sagt sie schließlich. »Sie haben voll mit dir mitgebibbert. Ich dachte, sie gehören zu deiner Familie. Hättest du Lust, dass wir woanders hingehen?«

Sie hat nicht reagiert. Keine Fragen gestellt. Wollte nicht wissen, warum und wieso. Entweder hat sie es nicht gehört, oder es ist ihr schnuppe.

Wir stehen auf dem Bürgersteig, es ist kalt, unser Atem bildet Dunstwolken. Ich versuche, meinen Mut zusammenzunehmen, um sie zu fragen, ob sie mich richtig verstanden hat, da macht sie mir ein Zeichen, ihr zu folgen.

»Komm, ich will dir was zeigen.«

Wir laufen am Seine-Ufer entlang und tauschen Anekdoten über Nathalie aus, ein unerschöpfliches Thema, das uns ständig zum Lachen bringt.

»›Nein, Monsieur, wir schreiben nicht an‹«, sagt Leïla. »›Sie sehen ja wohl, dass ich keine Nonnentracht trage. Also verwechseln Sie mich bitte nicht mit Mutter Teresa!‹«

»Du machst sie supergut nach!«

»Ich weiß, ich weiß, so was kann ich ganz gut.«

Sie bleibt am Eingang eines Gebäudes stehen, tippt einen Türcode ein und erklärt mir, dass sie ein Büro im obersten Stockwerk putzt. Dann stehen wir in einem Innenhof, und sie gibt mir zu verstehen, dass ich schweigen soll. Ich folge ihr durchs Treppenhaus bis ganz nach oben. Dort lehnt eine Holzleiter an der Wand. Sie stellt sie an eine in der Decke sitzende Klapptür und flüstert mir zu, ich solle hinter ihr her hochsteigen.

Die Aussicht verschlägt mir den Atem. Buchstäblich. Meine Beine zittern, und mir ist schwindelig. Ganz Paris liegt vor uns, bis ins Endlose erstrecken sich die Dächer der Stadt. In der Ferne der Eiffelturm und etwas näher Sacré-Cœur. Leïla geht ein paar Schritte den Dachfirst entlang, ich halte mich an einem dicken Rohr fest und lasse mich zu Boden gleiten.

»Oh, Scheiße, geht's dir nicht gut?«, fragt sie, kommt zurück und setzt sich neben mich.

»Doch, doch, bestens. Hast du vielleicht einen Defibrillator dabei?«

Sie lacht laut, und als es vorbei ist, lauschen wir lange in die Nacht hinaus. Allmählich höre ich auf zu zittern und vergesse beinahe, dass ich ganz oben auf einem Haus sitze. Leïla regt sich nicht, ich wüsste gern, was sie denkt. Ich hole tief Luft und wage mich vor: »Hast du gehört, was ich in der Bar gesagt habe?«

»Ja, hab ich. Ich weiß, dass es ein schwieriges Thema für dich ist. Ich weiß es, weil ich auch schwierige Themen habe. Aber wir haben ja jede Menge Zeit, uns davon zu erzählen, wenn uns danach ist.«

Ich fange wieder an zu zittern, mir ist auch wieder schwindelig, aber diesmal ist es ein anderer Schwindel. Leïla schaut mich an, ihr Gesicht ist einen Atemzug entfernt, ich lege meine Ängste ab, schließe die Augen, und wir küssen uns.

(Ich wundere mich, dass zur Feier des Abends kein Feuerwerk am Eiffelturm stattfindet.)

63

Iris

Jeanne war nicht dafür. Also haben wir es dabei belassen, denn es war ja ihre Sache, ob sie sich lieber Illusionen hingeben oder die Realität akzeptieren wollte. Gestern beim Abendessen hat sie dann aber gestanden, sie habe ihre Meinung geändert. Sie wolle Gewissheit haben.

Als Monsieur Kafka die Tür öffnet, wirkt er überrascht, Jeanne in Begleitung zu sehen.

»Guten Tag, ich bin die Tochter von Madame Perrin«, sage ich und reiche ihm die Hand.

»Und ich ihr Enkel, der Sohn ihrer Tochter«, ergänzt Théo und zeigt mit dem Kopf auf mich.

Ich kann nur mit Mühe das Lachen unterdrücken. Der kleine Blödmann ist auch noch stolz auf sich.

Es ist der erste Test. Jeanne hatte uns erzählt, dass Monsieur Kafka weiß, dass sie keine Kinder hat. Er reagiert nicht. Ich gebe ihm einen Vertrauensvorschuss.

Das Medium bittet uns, an einem runden Tisch Platz zu nehmen. Der Sitzungsraum ist eine einzige Karikatur. Es fehlen nur noch die Kristallkugel und das Gebräu aus Zwerghamstereierstöcken und Krötenbeinen. Mir fällt wieder Gaëlles Beschreibung nach ihrem ersten Besuch bei einem Medium ein. Sie war überrascht von der Nüchternheit des Ortes, der nicht der theatralischen Vorstellung entsprach, die sie sich davon gemacht hatte. Ich schaue kurz zu Jeanne. Ihr erhobener Kopf und ihr offener Blick lassen nichts von ihren inneren Qualen erahnen.

»Sie haben mir gesagt, Sie hätten wieder eine Nachricht von Pierre erhalten.«

»Ganz genau!«, erwidert Monsieur Kafka enthusiastisch. »Nur selten wenden sich Verstorbene so häufig an mich. Ihm scheint viel an Ihnen zu liegen.«

Jeanne lächelt. Ich habe nicht mehr den leisesten Wunsch, den Mann zu entlarven, ich will einfach nur, dass er ehrlich ist. Dass er nicht aus bloßer Profitgier Dinge sagt, die jeden bedürftigen Menschen verwirren würden. Ich wage gar nicht, mir vorzustellen, was Jeanne in ihrem Zwiespalt zwischen Hoffnung und Vernunft empfindet.

»Ich werde Ihnen wörtlich wiederholen, was er sagt«, erwidert das Medium. »Keine Sorge, ich behalte dabei meine eigene Stimme, aber er ist es, der durch mich spricht. Also, es geht los.«

Er legt den Kopf in den Nacken und die Zeigefinger an die Schläfen.

»Guten Tag, mein Schatz, du siehst heute sehr schön aus. Ich bin so glücklich, diesen Weg gefunden zu haben, um mit dir zu sprechen. Ich danke dir, dass du an Monsieur Kafka geglaubt hast. Wir haben Glück, dass wir diese Verbindung halten können. Ich bin die ganze Zeit bei dir. Nachts lege ich mich wie immer in unserer Wohnung in der Rue des Batignolles neben dich. Ich liebe dich, mein Schatz. Ich hoffe, noch häufiger mit dir sprechen zu können.«

Über Jeannes Wangen laufen Tränen. Sie zieht ein Taschentuch aus ihrem Ärmel, tupft sich die Augen trocken und wendet sich an uns.

»Ihr hattet recht, Kinder.«

Das ist Théos Stichwort.

»Ist er hier?«, fragt er Monsieur Kafka.

»O ja. Ihr Großvater steht genau neben Ihnen. Vielleicht spüren Sie seine Hand auf Ihrer Schulter.«

Théo schließt die Augen und holt tief Luft.

»Ich spüre ihn«, flüstert er, als er die Augen wieder aufschlägt. »Ich stand ihm sehr nahe. Ich habe ihn *Patapouf* genannt.«

Das Medium starrt ins Leere.

»Er kann sich gut daran erinnern. Es hat ihm immer gefallen, so von Ihnen genannt zu werden. Sie hat er besonders gern gemocht. Sagen Sie das bitte nicht den anderen!«

Jeanne bewahrt die Fassung. Ich rücke mit meinem Stuhl näher zu ihr und lege meine Hand auf ihre.

»Hat er auch eine Nachricht für mich?«

Der Mann nimmt wieder die Position von vorhin ein. Nach ein paar Sekunden antwortet er mit Blick auf meinen Bauch.

»Ihr Vater trägt mir auf, Ihnen zu sagen, er sei glücklich, dass für Sie das Leben weitergeht. Er bedauert es, nicht mehr die Gelegenheit gehabt zu haben, den jüngsten Spross der Familie kennenzulernen, aber er verspricht, aus dem Jenseits über den Kleinen zu wachen.«

Er macht seine Sache sehr gut. Jeannes Fassungslosigkeit geht mir durch und durch.

»Ich bin ja froh, dass er vorher gestorben ist«, sagt Théo, »sonst müssten wir uns das Erbe teilen. Da er mich hören kann, danke ich ihm, dass er mir sein ganzes Vermögen vermacht hat.

Es ist so viel, dass ich gar nicht weiß, was ich damit anfangen soll. Vielleicht kann er mir ja etwas raten?«

»Natürlich!«, antwortet das Medium prompt. »Ihr *Patapouf* wird Ihnen mithilfe seines Vermittlers gerne helfen. Wenn Sie möchten, können wir nach der Sitzung einen Termin ausmachen.«

Der Mann lächelt übertrieben breit. Plötzlich richtet Jeanne sich auf.

»O Gott, was ist los mit mir?«, stöhnt sie.

»Jeanne, was haben Sie?«

»Ich weiß nicht, es ist seltsam, ich sehe eine Frau, die hinter Monsieur Kafka steht. Ich glaube, ich habe eine Vision!«

Théos verwirrte Miene ist unvergleichlich.

»Eine Vision?«, fragt das Medium ungläubig.

»Ja, womöglich haben Sie Ihre besondere Gabe auf mich übertragen!«, ruft Jeanne. »Es ist Ihre Mutter, sie hat eine Nachricht für Sie. Sie wüsste gern, ob Sie sich nicht schämen, die innere Not anderer Leute auszunützen, um sich zu bereichern.«

»Wovon reden Sie?«

»Warten Sie, meine Vision ist noch nicht zu Ende! Ich sehe, wie Sie die Hand in Ihre Schublade schieben und mir die tausend Euro erstatten, die ich Ihnen bezahlt habe.«

Das Lächeln des Mannes ist verschwunden. Er wirkt verärgert, als verstünde er nicht, warum er sein ehrlich verdientes Geld zurückgeben sollte. Jeanne bleibt bewundernswert ruhig.

»Ich habe verstanden, wie Sie auf mich gekommen sind. Sie durchforsten die Todesanzeigen, picken sich ältere Witwen heraus und machen ihre Kontaktdaten ausfindig.«

»So eine miese Tour«, ereifert sich Théo. »Sie hätten es verdient, dass man Ihnen an die Gurgel geht.«

Jeanne mustert den Mann mit kaltem Blick.

»Wenn Sie nicht wollen, dass ich Sie anzeige, werden Sie mir mein Geld zurückgeben müssen.«

Doch damit kommt sie bei ihm nicht durch. Es ist nicht das erste Mal, dass er versucht, Hinterbliebene übers Ohr zu hauen, und sicher haben ihn vor uns schon andere entlarvt. Er pocht auf seine Ehrlichkeit, und wir haben keinerlei Möglichkeit, ihm seine Böswilligkeit nachzuweisen.

Auf dem gesamten Rückweg denkt Théo sich lustige Geschichten aus, und ich versuche immer wieder, ein Gespräch in Gang zu bringen. Jeanne reagiert weder auf das eine noch auf das andere. In der Wohnung möchte sie, dass wir uns zu ihr aufs Sofa setzen, schaltet den Fernseher ein, legt uns beiden eine Decke über die Beine, lässt sich gegen die Rückenlehne sinken. Dann nimmt sie meine und Théos Hand in ihre Hände.

64

Jeanne

Als Jeanne das Atelier betrat, stiegen die Erinnerungen in ihr auf. Es gab ein paar neue Gesichter, aber die Gerüche, die Geräusche und die Szenerie waren unverändert. Diejenigen, die Jeanne kannten, verließen sofort ihren Arbeitsplatz, um sie zu begrüßen. Viviane, die Leiterin des Ateliers, umarmte sie lange. Jeanne erinnerte sich wieder an ihren Einstieg im Jahr 1980 – oder war es 1981, im Jahr der Präsidentschaftswahlen? Viviane war damals noch ganz jung gewesen, heute stand sie kurz vor der Rente. Luis, Marianne, Clotilde, Paul und die anderen hatten sich um sie geschart, und Jeanne wunderte sich, dass sie das Gefühl hatte, sie alle erst am Vortag verlassen zu haben.

Obwohl sie es versprochen hatte, war sie mit keiner ihrer ehemaligen Kolleginnen in Verbindung geblieben. In den ersten Wochen nach ihrem Abschied hatte sie ein paar Mal bei ihnen vorbeigeschaut, doch die Angst zu stören, hatte sie zunehmend belastet. Immerhin arbeiteten die anderen, ihr Besuch lenkte sie nur ab. So war sie von täglich zu nie mehr übergegangen. Ein paar Telefonate hatte es noch gegeben, bevor auch diese im Alltag und inmitten neuer Projekte untergegangen waren.

Jeanne kam rasch auf Sinn und Zweck ihres Besuchs zu sprechen. Die Erlaubnis der Direktion musste eingeholt werden, was nicht schwer war, denn ihr Vorschlag fand allseits Begeisterung. Auf die Idee zu diesem Projekt war Jeanne am Vorabend beim Einschlafen gekommen. Drei Wochen zuvor hatte sie ihre Beziehung zu den Schlafmitteln beendet, und obwohl ihre Nächte inzwischen ruhiger verliefen, waren einige Anpassungen nötig. Zwischen zwei düsteren Gedanken war Jeanne eingefallen, wie viele Stoffreste täglich im Atelier weggeworfen wurden. Dort betrachtete man sie als wertlosen Abfall, mit dem nichts mehr anzufangen war. Für andere aber war das Wertlose viel. Am frühen Morgen hatte Jeanne bei einer der Hilfsorganisationen, denen sie hin und wieder Geld spendete, an die Tür geklopft.

Zurück in ihrer Wohnung machte sich Jeanne sofort an die Arbeit und schaute erst von der Nähmaschine auf, als ihr Besuch bei Pierre anstand. Abends nähte sie weiter, ebenso am nächsten und am übernächsten Tag. Das angenehme Gefühl bei der Berührung des Stoffs und das Surren der Maschine, verbunden mit der Hoffnung, nützlich zu sein, erfüllten sie mit Freude, etwas, was sie befürchtet hatte, für immer verloren zu haben. Jeanne hatte immer eine besondere Gabe zum Glücklichsein besessen. Diese Gabe gehörte zu ihrem Wesen, sie war nichts, dessen sie sich rühmte, vielmehr empfand sie es als Glücksfall, dass sie sich leicht über Dinge freuen konnte, was sich als Gegengewicht zu ihrer dunklen Seite auswirkte. Mitunter hatte sie sich gefragt, ob nicht beides miteinander zusammenhing, ob das Wissen um die Flüchtigkeit des Lebens möglicherweise eine erhöhte Aufmerksamkeit für die kleinen Freuden mit sich brachte. Zwar hatten die Schicksalsschläge, die sie erlebt hatte, ihren Optimismus gedämpft, aber zerstört hatten sie ihn nie. Mit Pierres Tod war etwas in ihr erloschen, und sie war überzeugt, dass es nie wieder aufleuchten würde. Jetzt aber, nach einem langen Winterschlaf, spürte Jeanne, wie sie wieder zum Leben erwachte.

Sie faltete das Teil, das sie soeben fertiggestellt hatte, und legte es zu den anderen in den Korb. Morgen würde sie alles bei der Organisation abgeben, bevor sie die nächsten Näharbeiten in Angriff nahm. Bald würden kleine Kinder Lätzchen, Stoffrasseln, Kuschelkissen, Strampelhöschen und Wickeltücher aus Taft, Jacquard, Brokat oder Organza in ihren pummeligen Händchen halten.

65

Théo

Ich habe vorher niemandem gesagt, dass ich komme. Ich war mir nämlich nicht sicher, ob ich es wirklich tun würde. Ich gehe einmal außen rum, am Zaun entlang, und erkenne die Schlupflöcher wieder, die wir immer benutzt haben, um abzuhauen. Eins ist sogar noch da, das haben sie nicht geflickt. Ich höre sie, noch bevor ich sie sehe. Die Kleinen spielen in Gruppen auf dem Hof. Die Großen diskutieren und kicken. Ahmed sitzt auf der Tischtennisplatte. Ich pfeife, er fährt herum und kommt laut schreiend auf mich zugerannt.

Nico lässt mich rein, es ist ein komisches Gefühl, durch dieses Tor zu gehen. Alle kommen und stehen um mich herum, ich kriege ein paar Klapse auf den Rücken, ein paar Küsschen und werde von Mayline gedrückt, einer Kleinen, die immer gern mit mir zusammen war. Es sind ein paar Neue da, die etwas auf Abstand bleiben. Ich weiß nicht genau, was ich fühle, alles Mögliche durcheinander, aber ich lächle die ganze Zeit. Es ist wie bei einem Crossover, wenn zwei Serien für die Dauer einer Episode zusammenfallen. Ich habe das Gefühl, mein altes Leben taucht in meinem neuen Leben auf, und die Episode fängt gut an.

Ahmed sagt mir, Gérard sei auf seinem Zimmer. Wir stürmen rein, ohne anzuklopfen, und werfen uns auf ihn. Er hört über Kopfhörer Musik, checkt erst gar nichts und versucht, sich freizukämpfen, aber als er mich sieht, lacht er laut. Ahmed auch, sein altes Ziegenlachen, und danach bin ich dran. An der Wand über seinem Bett hängt ein Foto von uns dreien im Eisstadion. Da waren wir dreizehn oder vierzehn. Auf der Eisbahn haben wir mehr Zeit auf dem Hintern verbracht als auf Schlittschuhen, und ein Stück von meinem Stolz habe ich auch da zurückgelassen, aber trotzdem ist es immer noch eine meiner schönsten Erinnerungen.

Ahmed war drei Jahre alt, als er zusammen mit seiner großen Schwester hier ankam. Ihre Mutter war gestorben, und der Vater hatte nicht die Mittel, sie ordentlich großzuziehen. Gérard ist zwei Jahre nach mir gekommen. Seinen Eltern war das Sorgerecht entzogen worden, weil sie ihn misshandelt hatten. Genaueres hat er uns nie erzählt, aber am Körper und im Kopf hat er Spuren zurückbehalten. Manchmal kommt man vor der Freundschaft noch durch ein Vorzimmer, aber die Jungs und ich, wir waren direkt drin.

Wir bleiben zwei, drei Stunden zusammen, hängen ab wie früher. Die beiden stellen mir lauter Fragen über das Leben danach. Immerhin wissen wir von vielen, die auf die schiefe Bahn geraten sind. Sie wollen glauben, dass es gut läuft, also trage ich extra dick auf. Ich erzähle ihnen von meiner Arbeit, von der Wohnung, von Jeanne und Iris, aber das mit Leïla brauche ich gar nicht groß zu erwähnen, das kapieren sie sofort, als wir Manon treffen. Wir begrüßen uns mit Küsschen, wechseln ein paar Worte, aber obwohl ich voll drauf gefasst war, spüre ich nichts, kein Zittern, keinen zugeschnürten Magen, keinen Kloß im

Hals. Ich freue mich, sie zu sehen, aber das ist auch alles. Ich bin von ihr genesen.

Den Jungs muss ich schwören, dass ich bald wiederkomme, das hätte ich so oder so getan. Ich weiß gar nicht, wieso ich geglaubt habe, ich könnte sie in der Vergangenheit zurücklassen.

Viel Zeit bleibt nicht mehr bis zum Ende der Besuchszeit, aber es kann einfach nicht sein, dass ich so nah bei meiner Mutter bin und nicht bei ihr vorbeischaue. Ich erzähle ihr von meiner Beziehung zu Jeanne und Iris, die sich anders entwickelt hat als erwartet. Ich dachte, in dieser Wohngemeinschaft würde ich Ruhe finden, und dann habe ich viel mehr als das gefunden. Ich sage ihr, dass sie sie bestimmt gemocht hätte und Leïla genauso. Meine Mutter mochte immer lieber die Leute mit Macken als die glatten. Oft hat sie gesagt, zwei glatte Oberflächen würden aneinander abrutschen, zwei verbeulte dagegen fänden Halt aneinander und würden gemeinsam stärker. Sie hatte eben nicht immer unrecht.

Bevor ich gehe, hänge ich ein neues Foto an ihre Zimmerwand. Auf dem Gang folge ich einer Familie, die auf dem Weg zum Ausgang ist: eine Frau mit ihren beiden Söhnen, bestimmt haben sie einen Angehörigen besucht. Ohne groß zu überlegen, mache ich kehrt, öffne die Zimmertür, beuge mich hinunter zu meiner Mutter und gestehe ihr, was ich getan habe und was ich im Begriff bin zu tun.

66

Iris

Heute ist mein letzter Arbeitstag vor dem Mutterschaftsurlaub. Nadia empfängt mich mit einem Tablett voller süßer Teilchen.

»Glauben Sie, ich erwarte Achtlinge?«, frage ich.

»Probieren Sie eins, dann werden Sie mir dankbar sein, dass ich so viele gemacht habe.«

Ich bin erleichtert, dass jetzt Schluss ist mit der Arbeit. Mein Bauch ist unglaublich schwer geworden. In den nächsten Tagen werde ich zwischen Nickerchen, Lesen und erneutem Nickerchen einen vollen Terminplan haben. Allerdings schien Jeanne so glücklich, als sie erfahren hat, dass ich bald den ganzen Tag zu Hause bin, dass ich wohl einige Partien Kniffel und Scrabble in meinen Zeitplan einbauen muss.

Ich habe auch nach meinem Einzug bei ihr weiter nach Wohnungen gesucht. Ich wollte ihr kein Leben mit Baby und allem, was dazugehört, aufzwingen. Egal ob mir die Wohnung gefiel oder nicht, ich habe einfach meine Bewerbungsunterlagen abgegeben. Letzte Woche bin ich vom Eigentümer einer Einzimmerwohnung in Bagneux unter etwa zwanzig Mitbewerbern ausgewählt worden. Als ich beim Abendessen davon erzählt habe, hat Jeanne sich in eine Polizeikommissarin verwandelt: »Wie groß?«

»Zweiunddreißig Quadratmeter.«

»Zu klein. Miete?«

»720 Euro.«

»Zu teuer. Doppelfenster?«

»Einfache.«

»Schlechte Isolierung gegen Temperaturen und Lärm. Wievielte Etage?«

Keine meiner Antworten hat ihre Zustimmung gefunden, sodass sie mir schließlich angeboten hat, bei ihr zu bleiben, bis ich eine Wohnung gefunden hätte, die diesen Namen verdient hat. Ich habe gar nicht erst versucht, meine Freude zu verbergen, das wäre mir nicht gelungen. Als ich aufgestanden bin, um sie zu umarmen, hat Théo uns gedroht, den Tisch zu verlassen, falls wir in Tränen ausbrechen.

»Ich habe Ihre Vertretung kennengelernt«, erzählt mir Nadia, während sie ihren Rollstuhl zum Eingang manövriert. »Sie ist zusammen mit der Frau aus der Agentur gekommen. Also, mit der wird es viel nerviger werden als mit Ihnen. Mein Sohn hat sich einen kleinen Scherz erlaubt, da mussten wir sie beinahe wiederbeleben.«

»Was für einen Scherz?«

»Nichts Schlimmes. Er hat in der Badewanne eine Plastikschlange liegen lassen.«

Sie lacht, und ich muss unwillkürlich mitlachen, bestimmt auch aus Erleichterung darüber, dass ich nicht selbst zur Zielscheibe dieses Scherzes geworden bin.

Den ganzen Nachmittag über weicht Nadia mir nicht von der Seite. Sie folgt mir in alle Räume und bittet mich dauernd, mich hinzusetzen und mit Saubermachen aufzuhören. Schließlich gehorche ich und sitze vor einem koffeinfreien Kaffee.

»Nach Ihrer Babypause kommen Sie nicht wieder, oder?«, fragt sie.

Ich schüttle den Kopf.

»Ich werde versuchen, wieder in meinen eigentlichen Beruf einzusteigen.«

Nadia seufzt lächelnd. Seit über sechs Monaten komme ich fünf Tage die Woche hierher. Ich habe einen inneren Kreis betreten. Ich bin mit Verletzlichkeit in Berührung gekommen. Ich habe die Schwachstellen, die Ängste, das Ungeschminkte gesehen. Das schafft eine Bindung. Ich weiß, dass Monsieur Hamadi und Madame Lavoir, die Nachfolgerin von Madame Beaulieu, oft in meinen Gedanken auftauchen werden. Aber Nadia nimmt dort einen besonderen Platz ein. Sie wird mir fehlen, wie einem nur Menschen fehlen können, die einem etwas bedeuten. Deshalb zögere ich nicht, als sie mich auf dem Weg zur Tür – nachdem sie mich genötigt hat, das süße Gebäck mitzunehmen, das ich nicht geschafft habe – fragt, ob wir uns wiedersehen könnten. Aus unserem Abschied wird ein Versprechen.

Februar

67

Jeanne

Als Jeanne beim Blumenhändler einen Strauß Mimosen kaufte, war sie zwischen zwei Empfindungen hin- und hergerissen. Sie hatte das Gefühl, das gemeinsame Leben mit ihrer großen Liebe hätte erst gestern und gleichzeitig schon vor einer Ewigkeit stattgefunden. Zur selben Zeit und am selben Ort war die Wunde frisch und zugleich verheilt. Ihre Gefühle fuhren Achterbahn, und sie hielt sich mit aller Kraft fest, um ihren Widersprüchen standzuhalten.

Gestern vor einer Ewigkeit hatte Pierre ihr einen Arm voller Mimosen geschenkt, die ersten Blumen der Jahreszeit. Jedes Jahr hatte er daran gedacht, weil er wusste, dass Jeanne vernarrt war in die gelben Bommeln und ihren Duft. Sie beherrschte sämtliche Tricks, um die Blumen so lang wie möglich frisch zu halten: Mit einem Hammer klopfte sie die Stielenden flach, stellte sie in der Küche, dem hellsten Raum der Wohnung, in einer durchsichtigen Vase in lauwarmes, leicht gezuckertes Wasser, besprühte sie mehrmals täglich, um sie feucht zu halten, und vor allem sprach sie mit ihnen, sanft und respektvoll, worüber Pierre sich ungemein amüsierte.

Fast ein Jahr war vergangen seit dem verhängnisvollen Tag. Bald schloss sich der Reigen der ersten Male.

Als Jeanne im Bus saß, den gelben Blumenstrauß im Arm, durchfuhr sie ein flüchtiger Gedanke: Sie hatte überlebt. Der Gedanke wurde sofort von Schuldgefühlen vertrieben, aber er hatte Spuren hinterlassen.

Nie hätte sie geglaubt, dass sie Pierre überleben würde. Wie oft hatte sie es ihm versichert, ohne darüber nachzudenken, dass es tatsächlich passieren könnte? »Ich werde vor dir gehen, das wirst du nicht verhindern können.« Er hatte es verhindert. Und sie war abgestürzt, war bis auf den Grund gesunken, war den Schatten begegnet. Dort hatte sie bleiben wollen, allein, unglücklich, hatte sterben wollen, da ihr Leben seinen Sinn verloren hatte. Man hatte ihr gesagt, die Zeit würde ihr zur Seite stehen, würde die Wunden heilen. Sie wollte es nicht hören. Der Schmerz war das Letzte, was sie noch mit ihm verband. Und doch. So wie die Sonne der Nacht täglich ein paar Sekunden raubte, so raubte auch das Leben dem Tod täglich ein paar Sekunden.

Sie sog den Duft der Mimosen ein und dachte, dass es also stimmte. Dass man alles überleben konnte.

Am Morgen hatte Jeanne sich in die Sonnenpfütze in ihrem Zimmer gestellt. Nackt, mit ausgebreiteten Armen, wie das Erdmännchen, das Pierre so geliebt hatte. Anschließend hatte sie genäht, beim Klang von Brel, Barbara und Céline Dion, einer der wenigen modernen Sängerinnen, die ihr unter die Haut gingen. Iris war spät aufgestanden, wie so oft seit dem Beginn ihres Mutterschaftsurlaubs. Jeanne hatte sie mit *Desperate Housewives* bekannt gemacht, sie hatten sich gleich zwei Episoden hintereinander angeschaut und lebhaft die Outfits von Gabrielle und das Verhalten von Bree kommentiert.

Das Leben hatte sich sein Alltagskleid angezogen.

Sie würde nie wieder dieselbe sein wie vorher. Sie war in Stücke zerbrochen und repariert worden. Der Mangel würde nicht verschwinden, das wusste sie. Sie war zerbrechlich, wackelig, aber sie stand aufrecht.

Simone war nicht da, als sie auf dem Friedhof ankam, auch der Mann nicht, mit dem Simone sich so gut zu verstehen schien. Jeanne ertappte sich dabei, wie sie lächelte, und ersetzte die verwelkten Tulpen durch die Mimosen.

68

Théo

Leïla hat mich gefragt, ob ich ihr bei ihr zu Hause Backunterricht geben könnte. Das hat mich so aufgewühlt, dass ich es nicht für mich behalten konnte und es Jeanne und Iris erzählen musste. Was ich allerdings sehr schnell bereut habe. Sie wollten unbedingt, dass ich mir ein Hemd und Altherrenschuhe anziehe, sie dachten wohl, ich gehe zu einem Kostümball. Um mir Mut zu machen, haben sie mich bis zum Treppenabsatz begleitet, und als ich unten auf dem Bürgersteig stand, haben sie vom Fenster aus weitergemacht. Ich habe so getan, als würde ich mich schämen, aber eigentlich habe ich mich gefreut.

Seit unserem ersten Kuss oben auf dem Dach haben wir uns erst zweimal außerhalb der Arbeit gesehen. Je besser ich Leïla kennenlerne, umso mehr bedeutet sie mir. Ich weiß nicht, ob es da ein Limit gibt, eine Obergrenze, einen Gipfel, einen Tag, an dem alles stillzustehen beginnt, bevor es dann wieder abwärtsgeht. Zurzeit laufe ich jedenfalls bergauf der Liebe entgegen, und das fühlt sich verdammt gut an. In der Bäckerei verhalten wir uns so, dass niemand was merkt, aber sobald sich die Gelegenheit ergibt, berühren wir uns, lächeln uns an, machen uns kleine Zeichen. An den Tagen, an denen sie nicht da ist, und an den Berufsschultagen muss ich die ganze Zeit an sie denken. So was habe ich noch nie erlebt, und obwohl es mir manchmal Angst macht, wäre ich am liebsten mein Leben lang in diesem Zustand. Alles ist leichter, alles ist weniger schlimm. Ich will nur, dass mein Herz mal aufhört, sich beim kleinsten Gedanken an sie für einen Presslufthammer zu halten, irgendwann durchschlägt es mir noch die Brust und liegt offen da.

Ein Hemd habe ich mir nicht angezogen, aber ich habe Blumen mitgebracht. Jeanne hat einfach nicht nachgegeben. Da konnte ich noch so oft beteuern, dass man so was seit dem letzten Jahrhundert nicht mehr macht.

Leïla hat keine Vase, also lässt sie ihr Waschbecken volllaufen und legt den Strauß hinein. Ihre Wohnung ist winzig, und die Küche verdient diesen Namen nicht. Ich frage sie, wo wir denn backen sollen.

»Ich hatte gar nicht wirklich vor zu backen«, sagt sie und wird rot.

»Ach so! Was willst du denn machen?«

»Monopoly spielen?«, erwidert sie lachend.

»Gute Idee!«

Als ich ihre bedröppelte Miene sehe, kapiere ich. Ich muss wieder an Jeanne und Iris denken. Offenbar bin ich der Letzte, der begriffen hat, wozu ich hergekommen bin.

Mir schlägt das Herz bis zum Hals, mir ist heiß, ich ziehe mir meinen Pullover aus. Leïla stellt sich vor mich und fragt, ob ich ihr ihren ausziehen kann.

Ich fange mit den Ärmeln an, und in Sachen idiotischer Ideen haben wir echt das große Los gezogen. Leïlas Kopf bleibt auf halber Höhe stecken, ihre Arme ragen steif in die Höhe, während ich wie ein Blöder zerre. Endlich reißt der Pullover sich los, und ich habe das Gefühl, er reißt ihre Ohren gleich mit, aber sie trägt es mit Fassung, wenn man bedenkt, dass ihre Haare in alle Richtungen stehen und ihr Lippenstift bis zur Stirn verschmiert ist. Sie presst sich an mich, küsst mich, ich kriege Gänsehaut am ganzen Körper, sie zieht mich zum Sofa.

»Warte kurz, ich klappe es auf.«

Ich helfe ihr, wir fallen auf die Laken, die Lippen fest aufeinander, sie zieht mir mein T-Shirt aus, ich mache dasselbe bei ihr, ich streichle ihre Haut, sie ist so zart, und der harte Bügel, der auf meine Rippen drückt, ist mir egal. Sie hockt sich auf mich, ich ziehe ihr die BH-Träger von den Schultern. Sie versucht, den BH zu öffnen, und ich denke in einer romantischen Anwandlung, ich könnte ihr helfen. Von wegen. Der Typ, der den BH-Verschluss erfunden hat, muss derselbe sein, der diese angeblich leicht zu öffnenden Verpackungen entworfen hat. Um das zu schaffen, braucht man einen Master. Leïla lacht und kümmert sich selbst drum. Ich brauche jetzt keinen Defibrillator mehr, sondern ein Wunder. Ich sage ihr, wie wahnsinnig schön sie ist, sie sagt, dass sie mich liebt, ich sage, ich auch, und nachdem ich die nächste Prüfung, das Ausziehen der Slim Jeans, bestanden habe, machen wir Liebe, ohne noch mal auf Los zu gehen.

69

Iris

»Machen wir einen Spaziergang?«

Boudine reagiert noch vor Jeanne. Sie läuft zur Tür und wedelt vor der an der Wand hängenden Leine mit dem Schwanz. Jeanne schaltet die Nähmaschine aus und zieht sich ihren Mantel an. Der Gynäkologe hat mir geraten, mich so oft wie möglich zu bewegen, da es gut für den Kreislauf ist und Wassereinlagerungen in meinen Beinen vorbeugt, die jetzt schon wie Knackwürste aussehen. Jeden Morgen dauert es zehn Minuten, bis ich mir die Stützstrümpfe angezogen habe, und noch mal zehn Minuten, bis sich nach der Aktion mein Rücken entspannt hat.

Als ich Jeanne das erste Mal vorgeschlagen habe, mit mir eine Runde zu drehen, habe ich mich gezwungen, langsam zu gehen, um sie nicht zu ermüden. Wir waren noch nicht ganz an der Straßenecke angekommen, da hatte sie mich schon überholt.

»Ich bin Pariserin« war alles, was sie dazu gesagt hat.

Seitdem richtet sie sich nach meinem Tempo, das sie als langsam bezeichnet, während ich es eher gemächlich nenne.

Victor steckt den Kopf durchs Fenster und grüßt uns: »Ich hoffe, Sie haben einen Regenschirm dabei, es sieht ganz danach aus, als hätte der Himmel demnächst einen Blasensprung!«

Jeden Tag ein Schwangerschaftsscherz. Ein paar Wochen lang hatte ich den Eindruck, dass der Hausmeister mehr für mich empfindet als bloße Schuldgefühle wegen meines Treppensturzes. Er ist immer höflich geblieben, aber seine Verlegenheit in meiner Gegenwart war deutlich zu spüren. Bis zu dem Tag, als Jeanne ihm gegenüber meine Schwangerschaft erwähnt hat. Ich war mir immer sicher, dass sie ihm aufgefallen war, seit ich sie nicht mehr unter weiter Kleidung versteckte. Aber nun wanderten seine Augen zwischen Jeanne und meinem Bauch hin und her, eine gute Minute lang blieben sie weit aufgerissen, dann brach er in schallendes Gelächter aus. Seitdem verhält er sich wie der Mitwisser eines wohlgehüteten Geheimnisses, und alle Verlegenheit ist verschwunden.

Als wir durchs Tor treten, spannt Jeanne ihren Regenschirm auf. Ich stelle mich dicht neben sie und wickle mir meinen Schal um den Hals. Dabei bleibt mein Blick an den Schuhen von jemandem hängen, der auf dem Bürgersteig steht. Meine Augen wandern an Jeans und Blouson hinauf und bleiben auf der Höhe des Gesichts stehen. Er lächelt mich an. Jeanne ist schon losgegangen, ich bin an Ort und Stelle erstarrt.

»Guten Tag, mein Engel.«

Jeanne dreht sich um und kommt zurück. Sie weiß sofort Bescheid.

»Ich freue mich, dich zu sehen«, fährt Jérémy fort, während er mit ausgestreckter Hand auf mich zukommt und meine Wange streicheln will. »Du hast mir so gefehlt. Es hat lange gedauert, bis ich dich gefunden habe, aber du weißt ja, wie es heißt: Zwei, die sich lieben, kann nichts voneinander trennen. Ich weiß, du denkst, ich hätte mich schlecht verhalten, aber ich habe viel nachgedacht und kann dir alles erklären. Lass uns reden, okay?«

»Alles in Ordnung, Iris?«, flüstert mir Jeanne zu.

Ich nicke, aber mein ganzer Körper brüllt das Gegenteil. Ich wusste, dass es irgendwann passieren würde. Ich dachte, ich sei inzwischen so weit, hatte diesen Augenblick schon Tausende Male im Geist durchgespielt. Aber ohne die Hauptfigur war es einfacher. Jetzt habe ich nur einen Wunsch: zu flüchten, wieder zu verschwinden, irgendwohin, wo er mich nicht findet. Ich habe Angst. Vor ihm, aber vor allem vor mir selbst. Wenn ich ihm begegne, schwindet meine Kraft. Meine Vorsätze verflüchtigen sich. Drei Jahre lang hat er mir meine Überzeugungen und meinen freien Willen geraubt. Hat meine Fäden gezogen. Ich war ein ferngesteuertes Wesen. Wie sehr, das habe ich erst außerhalb seines Einflussbereichs begriffen. Die Vorstellung, er könnte erneut die Wirklichkeit vernebeln, mich glauben machen, dass meine eigenen Gewissheiten falsch seien, jagt mir panische Angst ein. Drei Jahre lang habe ich es geglaubt, mehr als ich mir selbst glaubte. Jetzt, wo er vor mir steht, bin ich nicht mehr sicher, ob ich mich von seinem Einfluss befreit habe. Ich spüre, wie Jeannes Hand meinen Rücken streichelt. Ich kann nicht mehr zurückweichen. Ich verlasse den Schutz des Regenschirms und gehe einen Schritt auf Jérémy zu.

»In Ordnung, reden wir.«

70

Iris

Wir setzen uns in ein Café. Er bestellt zwei Perriers. Er trägt das Sweatshirt, das ich ihm ein paar Tage vor meinem Auszug geschenkt habe. Er greift nach meiner Hand.

»Du hast mir so gefehlt. Ich war verrückt vor Sorge. Anfangs habe ich geglaubt, dir sei etwas passiert. Es tut so gut, dich wiederzufinden. Bist du froh, mich zu sehen?«

Ich antworte nicht.

»Wie ich sehe, bist du mir immer noch böse«, sagt er lächelnd. »Ich habe viel nachgedacht, weißt du. Ich hatte ja Zeit dazu. Zu dritt werden wir glücklich sein. Wird es ein Junge?«

Ich nicke. Seine Augen füllen sich mit Tränen.

»Louis. Wie mein Großvater. Ich habe schon das Arbeitszimmer ausgeräumt, das wird das Kinderzimmer. Was für ein großes Glück, dass wir uns wiedergefunden haben. Verwandte Seelen sind etwas so Seltenes, Iris. Ich verstehe deine Sorgen, jetzt, wo unsere Hochzeit näher rückt. Ich habe mir auch Sorgen gemacht, weißt du. Aber ich zweifle kein bisschen daran, dass wir füreinander geschaffen sind. Manchmal wird die Liebe schwierig, wenn man sich zu sehr liebt. Ich werde dir helfen, deine Sachen zu packen, und dann fahren wir zusammen nach Hause. Trinkst du dein Glas noch leer?«

Ich hebe das Glas zum Mund und leere es in einem Zug. In letzter Zeit habe ich oft an Julie gedacht, eine Frau, die ich während meines Physiotherapiestudiums kennengelernt hatte. Eines Tages kam sie mit genähter Augenbraue und blauem Auge zum Unterricht. Zuerst hat sie versucht, uns weiszumachen, sie sei gegen eine Tür gerannt, aber schließlich hat sie sich uns anvertraut. Ihr Freund hatte sie geschlagen, nicht zum ersten Mal, aber diesmal besonders brutal. Sie zog zurück zu ihren Eltern und erstattete Anzeige. Nach einer Weile war sie wieder mit ihm zusammen. Sie hat sich nicht getraut, es uns zu erzählen, wir haben es zufällig erfahren. Eines Tages, als ich mit ihr allein zusammensaß, hat sie mir alles erklärt. Sie sagte, diesen Teil von ihm liebe sie natürlich nicht, aber ihn liebe sie. Obwohl er zu Gewalt neige, sei er ein aufmerksamer, großzügiger, witziger Mensch und höre ihr zu. Er habe ihr versprochen, aufzuhören, und eine Therapie begonnen.

Nach dem Studium habe ich sie nicht wiedergesehen, keine Ahnung, ob sie noch zusammen sind. Aber ich erinnere mich noch genau an das, was ich damals dachte. Ich verstand sie einfach nicht. Ich verurteilte sie sogar. Von außen betrachtet war es sonnenklar, dass er wieder anfangen würde, dass sie unter seinem Einfluss stand, dass keine seiner guten Eigenschaften seine Gewalttätigkeit entschuldigen konnte. Als Außenstehender kann man es sich erlauben, nur einen Teil zu sehen. Wenn man mit jemandem zusammenlebt, ist eine kategorische Haltung schwieriger. Das ist die Gefahr. Man sieht den Menschen als Ganzes, mit seinen verschiedenen Aspekten, die glücklichen Erinnerungen können einen milde stimmen, die guten Eigenschaften das Unverzeihliche abschwächen. Wenn ich Jérémys Blick sehe, sehe ich auch den Kuss, den er mir immer gab, wenn er von der Arbeit nach Hause kam, sehe ich seine Zärtlichkeit, wenn er wusste, dass ich in melancholischer Stimmung war, sehe seine Liebesworte auf dem beschlagenen Badezimmerspiegel, unsere Picknicks am Strand. Aber dass es all das gibt, bedeutet nicht, dass es nicht auch seine Gewalttätigkeit gibt.

Ich setze das Glas ab.

»Ich komme nicht zu dir zurück, Jérémy. Es ist aus, die Hochzeit ist annulliert, ich bleibe hier.«

Er drückt meine Hand.

»Bitte, Iris. Ich weiß, dass ich Mist gebaut habe, aber du musst zugeben, dass du mir keine andere Wahl gelassen hast. Wie sollte ich denn reagieren? Du bist immer noch durch den Tod deines Vaters verstört, das ist ganz normal. Man muss dir oft helfen, wieder zur Vernunft zu kommen. Aber auch wenn es dir schwierig erscheint, es ist zu deinem Besten. Du weißt doch, ich bin der Einzige, der dich wirklich versteht.«

Früher hätten seine Gedanken sich anstelle meiner eigenen in mir eingenistet. Aber durch den Abstand, den ich in den letzten Monaten gewonnen habe, sehe ich jetzt einige Details, die ich nicht gesehen habe, als ich sie unmittelbar vor der Nase hatte. Seine Manöver sind grob. Er reißt meine Wunden wieder auf, will mir weismachen, er sei der Einzige, der meine Verletzungen heilen kann. Er hat mir so viel Selbstvertrauen genommen, dass ich überzeugt war, niemand außer ihm könnte jemanden wie mich akzeptieren. Er ist ein als Feuerwehrmann verkleideter Brandstifter.

»Denk an das Baby«, fährt er fort und drückt meine Hand noch fester. »Dir ist nicht klar, wie sehr du dich wirst aufopfern müssen, das schaffst du niemals allein. Außerdem kannst du mich dem Kind nicht wegnehmen … Ich bin sein Vater!«

Er redet weiter, immer lauter, aber ich höre nicht mehr zu und sehe ihn nicht mehr. Meine Gedanken sind nach La Rochelle geflogen, in den Pausenraum meiner physiotherapeutischen Praxis.

Sieben Monate zuvor

Ich weiß nicht, wie ich bis heute Abend durchhalten soll. Er wird verrückt sein vor Freude. Ich kann den Blick nicht von den beiden weißen Stäbchen wenden. Sie sagen es klipp und klar: Ich bin seit über drei Wochen schwanger. Bestimmt ist es vor einem Monat nach dem japanischen Restaurant passiert. Da hatten wir uns wegen des Typen am Nachbartisch gestritten. Jérémy war fest davon überzeugt, er hätte mich angeguckt. Ich habe ihm immer wieder versichert, dass er sich irrt, habe versucht, ihn abzulenken, aber er hat die ganze Zeit nur daran gedacht. Als wir wieder zu Hause waren, ist er zu mir unter die Dusche gekommen. Seine Brutalität hat mich überrascht, sie war gar nicht typisch für ihn.

Seit einigen Tagen bin ich oft müde, einmal bin ich sogar bei der Behandlung des kleinen Timeo fast eingeschlafen. Und vor allem habe ich auf meine Tage gewartet. Das habe ich meiner Kollegin Coralie erzählt. Etwas in mir hoffte, dass es passiert war. In der Frühstückspause ist sie losgezogen und hat mir Schwangerschaftstests gekauft. Ich konnte es einfach nicht glauben. Es kann zwar passieren, dass man trotz Pille schwanger wird, aber nur extrem selten.

Ich weiß nicht, wie ich es Jérémy sagen soll. Er mag keine Überraschungen, aber ich will unbedingt, dass es ein unvergesslicher

Moment wird. Noch letzte Woche hat er bei einer Geburtsszene im Fernsehen geweint. Und wenn ich ihn mit der Kleinen von seinem Freund Fred sehe, weiß ich, dass er ein wunderbarer Vater sein wird. Manchmal ist er sehr fordernd, hat aber immer Gründe dafür.

Auf meinem Handy ertönt mehrmals am Tag »With or Without You«, die Klingelmelodie, die zu Jérémy gehört. Ich gehe immer ran, egal ob ich beschäftigt bin oder nicht. Einmal hatte ich mein Handy im Büro vergessen, als ich eine Patientin behandelt habe. Danach waren zweiunddreißig Anrufe in Abwesenheit auf meinem Handy und fast genauso viele besorgte Nachrichten. Ich versuche, locker zu klingen, damit er nichts merkt. Ich will es ihm von Angesicht zu Angesicht sagen. Ich will seinen Blick sehen, wenn er erfährt, dass er bald Papa wird.

Das Gespräch dauert zwei Minuten, der restliche Tag kommt mir vor wie eine Ewigkeit. Ich hatte es noch nie so eilig, nach Hause zu kommen. Jérémy ist eine halbe Stunde später da. Er ist guter Dinge, küsst mich. Es ist Wochenende, morgen machen wir einen Ausflug in die Dordogne, um Höhlen zu besichtigen. Ich gehe ein paar Schritte zurück und ziehe mein T-Shirt hoch. Auf meinen Bauch habe ich mit Filzstift »Baby im Download« geschrieben.

»Du wirst Papa, mein Schatz.«

Er lächelt breit.

»Wie denn das?«

»Tja, offenbar haben deine Spermien meine Eizelle befruchtet, und bald sind wir beide Eltern eines kleinen Wesens, das weint und in die Windeln kackt.«

Er lacht. Er denkt, es sei ein Scherz. Ich hole die Tests aus der Gesäßtasche meiner Jeans.

»Willst du mich verarschen?«

Sein Lächeln ist verschwunden, seine Stimme eiskalt. Meine Freude erstarrt. Er merkt es, wird wieder sanfter, nimmt mich in die Arme.

»Uns geht's doch gut zu zweit, mein Engel. Nur du und ich. Ein Kind würde uns voneinander entfernen, ganz bestimmt. Wir lieben uns zu sehr.«

Mein Kopf ist zwischen seinem Brustkorb und seinen Armen eingeklemmt. Meine Hand umklammert die Teststäbchen.

»Ich dachte, du würdest dich freuen.«

Abrupt stößt er mich von sich, fast stolpere ich über den Teppich.

»Versuch nicht, mir Schuldgefühle einzureden«, erwidert er hart. »Wir haben schon mehrmals darüber gesprochen, und ich habe nie gesagt, dass ich jetzt ein Kind will. Vielleicht irgendwann, mal sehen. Ich dachte, das wäre klar zwischen uns.«

»Nein, so hatte ich das nicht verstanden.«

»Natürlich! Immer verdrehst du alles! Wenn du anderen etwas mehr zuhören würdest, hättest du mir nicht diesen üblen Streich gespielt. Du hättest das Problem einfach regeln sollen, ohne mir was davon zu erzählen. Jetzt ist unser Wochenende im Eimer.«

Er geht an mir vorbei ins Badezimmer. Ich bleibe wie versteinert stehen, weiß nicht, wie ich reagieren soll. Ich weiß nur eins: Ich liebe dieses Kind, seitdem ein blauer Strich es in meiner Vorstellung erschaffen hat.

Ich bin dabei, das Abendessen vorzubereiten, als er aus der Dusche kommt. Er hat sich angezogen.

»Lass uns irgendwohin essen gehen«, schlägt er vor.

»Ich habe keinen Hunger.«

»Verdammt, Iris, mach doch jetzt kein Drama draus! Bin ich dir nicht genug? Ist es das?«

Ich schäle die Gurke weiter und antworte nicht. Er kommt die paar Schritte, die uns trennen, auf mich zu und drückt sein Gesicht an meins.

»Antworte!«, brüllt er. »Bin ich dir nicht genug?«

Ich schlucke meine Tränen hinunter.

»Doch. Das hat damit nichts zu tun.«

»Natürlich hat es was damit zu tun! Ich will, dass wir nur zu zweit sind, du kannst mir kein Baby aufzwingen. Wahrscheinlich hast du deine Pille vergessen, du hättest eben besser aufpassen müssen. Jetzt ist es an dir, die Sache in Ordnung zu bringen.«

»Wie meinst du das?«

»Wie meinst du das?«, äfft er mich nach. »Willst du, dass ich es dir aufmale? Du regelst die Sache, und ich will nichts mehr davon hören. Ich weiß ja noch nicht mal, ob es von mir ist.«

Ich habe gelernt, keine Widerworte zu geben, um seine Wut nicht weiter anzuheizen. Manchmal funktioniert es. Andere Male interpretiert er mein Schweigen als Verachtung, dann wird es schlimmer.

Er packt meine Schulter und zerrt so heftig daran, dass es mich förmlich von der Arbeitsplatte wegreißt. In einem Schutzreflex halte ich beide Hände vor meinen Bauch. Das macht ihn wahnsinnig. Ich habe kaum Zeit zu sehen, wie er den Arm hebt, da betäubt mich schon eine heftige Ohrfeige. In meinem Kopf saust es, ich halte mir eine Hand an die Wange, das nutzt er aus, um mir einen Faustschlag in den Bauch zu versetzen. Ich höre mich aufheulen und schaffe es, wegzurennen und ins Schlafzimmer zu flüchten. Hinter dem Bett hockend, lausche ich durch mein Herzklopfen und mein Ohrensausen hindurch auf seine Schritte.

Erst viel später, als es Zeit ist, ins Bett zu gehen, kommt er ebenfalls ins Zimmer. Ich liege Richtung Wand und stelle mich schlafend.

»Das wollte ich nicht, mein Engel. Du hast mich zur Raserei getrieben. Ich mache es nie wieder, versprochen. Bist du mir böse?«

Ich antworte nicht.

»Bist du mir böse, Iris?«, fragt er lauter.

»Nein«, flüstere ich und versuche, das Beben meines Körpers zu beherrschen.

Er schmiegt sich an mich, atmet in meinen Nacken, seine Hände, die er auf meine Brüste gelegt hat, wandern hinunter zu meinem Bauch.

»Ich überlasse es dir, dich darum zu kümmern, okay?«, murmelt er.

Keine Antwort.

»Okay, Iris?«

»Okay.«

Ich tue die ganze Nacht kein Auge zu. Jede Sekunde ist eine Qual.

Mein Verstand arbeitet auf Hochtouren, ständig ändere ich meine Meinung. Bei ihm bleiben und ihm verzeihen? Versuchen, ihn zu überreden? In mein Elternhaus zurückkehren? Woanders hinziehen? Aber wohin? Die Hochzeit absagen? Auf ihn verzichten? Auf mein Leben verzichten? Auf mein Baby verzichten? Und wenn er mich wiederfindet? Und wenn er recht hat?

Am frühen Morgen küsst er mich, bevor er joggen geht. »Bis nachher, mein Engel, ich bringe Croissants mit.« Ich warte, bis die Tür ins Schloss fällt, schaue ihm aus dem Fenster hinterher, dann stopfe ich alles, was mir in die Hände fällt, in den grünen Koffer. Ich schreibe ihm einen Zettel: »Lieber verzichte ich auf dich als auf das Baby. Such mich nicht.« Mein Herz rast wie wild, als ich das Haus verlasse. Ich starte den Wagen und fahre los, ohne zu wissen, wohin.

»Komm, mein Engel, sei vernünftig«, sagt Jérémy jetzt und ergreift meine andere Hand. »Willst du Entschuldigungen? Sehr gut, ich entschuldige mich. Mir ist die Hand ausgerutscht, du hast mich überrumpelt, und da bin ich in Panik geraten. Aber deswegen willst du alles infrage stellen? Deswegen lässt du mich so leiden? Ich könnte mir was Schlimmes antun, weißt du. Und denk doch auch mal ein bisschen an die Hochzeitsgäste. Denk an deine Mutter. Ich weiß, dass du mich liebst, ich sehe es in deinen Augen. Wir zwei sind doch stärker. Lass uns nach Hause gehen und unsere Familie gründen.«

Ich ziehe meine Hände aus seiner Umklammerung und schaue ihm in die Augen.

»Ich komme nicht zurück. Dir ist nicht die Hand ausgerutscht, das war Gewalt. Es war der Höhepunkt einer Missbrauchsbeziehung. Ich werde nicht diskutieren, ich weiß ja, dass du es immer irgendwie schaffst, den Spieß umzudrehen und dir einzureden, dass du das Opfer bist. Das Kind in meinem Bauch hat mir die Augen geöffnet. Was ich für mich akzeptiert habe, werde ich nicht für das Kind akzeptieren. Ich werde mich wieder aufrappeln, ich habe schon einen guten Anfang gemacht. Ich habe keine Angst mehr vor dir, und du hast keinen Einfluss mehr auf mich. Du liebst mich nicht, Jérémy, und ich, ich habe die Frau nicht geliebt, zu der ich an deiner Seite geworden bin. Ich will dich nicht mehr sehen. Wenn du mir noch einmal zu nah kommst, erstatte ich Anzeige. Am Morgen, nachdem du mich geschlagen hast, bin ich in die Notaufnahme gegangen, um feststellen zu lassen, ob es dem Kind gut geht. Ich habe Beweise. Bleib uns fern.«

Noch nie im Leben habe ich so gezittert. Ich nehme meine Handtasche und meinen Mantel und verlasse das Café. Auf dem Bürgersteig macht Jeanne mir Platz unter ihrem Regenschirm.

71

Jeanne

Keine von Jeannes Fahrten zu Pierre war so aufwühlend gewesen wie diese. Hinter ihr lag eine unruhige Nacht. Was sie sich zu tun anschickte, besaß in ihren Augen eine besondere Bedeutung.

Sie versuchte, sich abzulenken, indem sie ihre Aufmerksamkeit auf die Passanten, die Autos und die Schaufenster richtete, die am Busfenster vorbeizogen. Als das nicht mehr genügte, dachte sie wieder an die Ereignisse der letzten Tage. Iris' Blick, als ihr Ex-Freund vor ihr gestanden hatte, hatte sie erschreckt.

Nach der Aussprache mit ihm hatte die junge Frau ihnen beiden ihre Geschichte erzählt, die Jeanne bereits in groben Zügen erahnt hatte. Théo hatte sich angeboten, mit Jérémy abzurechnen, und darauf hingewiesen, dass seine drei Monate Karatetraining ihm einen gewissen Vorteil gegenüber seinem Gegner verschafften. Allerdings schien er erleichtert zu sein, als Iris ablehnte. An jenem Abend waren Jeanne, Iris und Théo, nachdem sie sich so einiges gegenseitig anvertraut hatten, offiziell von Mitbewohnern zu Freunden geworden.

Vorsichtig ging Jeanne auf Pierre zu. Ihre Hände zitterten stärker als sonst. Gerührt wie immer streichelte sie sein Foto. Ihr fiel wieder ein, wie schwer es ihr gefallen war, ein passendes auszusuchen. Sie hatte sämtliche Fotoalben hervorgeholt, und jede einzelne Aufnahme hatte in ihrem Gedächtnis das damit verbundene Erlebnis wachgerufen. Sollte sie eine förmliche Pose wählen, die ihm jedoch nur wenig gerecht wurde, oder eine weniger konventionelle, dafür aber natürlichere? Das Hochzeitsfoto oder den Sonnenuntergang in Saint-Jean-de-Luz? Pierre im Anzug oder in Jeans? Er war all das gewesen, kein erstarrtes Bild stellte ihn so dar, wie sie ihn kannte.

»Guten Tag, mein Liebling«, flüsterte sie. »Heute bin ich nicht allein gekommen.«

Sie winkte ihre beiden Begleiter heran, die sich abseits gehalten hatten.

»Ich stelle dir Iris und Théo vor«, sagte sie. »Iris, Théo, ich möchte euch Pierre vorstellen.«

Iris begrüßte den Grabstein mit lauter Stimme, während Théo sich nur zu einer unbeholfenen Verbeugung durchrang. Aus gegebenem Anlass hatte er, ohne dass Jeanne ihn darum gebeten hatte, das Hemd angezogen, zu dem die beiden Frauen ihn vor seinem Rendezvous mit Leïla hatten überreden wollen, und sich die Fliege umgebunden. Jeanne, von der Geste gerührt, hatte sich das Lachen verkniffen. Iris dagegen hatte sich ungeniert darüber amüsiert.

»Sie gehören zu meinem Leben«, sagte Jeanne. »Ich hätte mir gewünscht, dass du sie nicht nur durch meine Erzählungen kennenlernst. Iris ist eine junge Frau von verblüffender Kraft und mit einem großen Herzen. Sie wird bald Mutter eines Babys werden, das viel Glück hat mit ihr. Théo ist ein sensibler, unendlich mutiger junger Mann. Du warst es, der sie mir geschickt hat, anders kann es gar nicht sein. Diese beiden habe ich unbedingt gebraucht, um von dir geheilt zu werden.«

Théo fuhr sich mit dem Handrücken über seine von einem inexistenten Staubkörnchen gereizten Augen. Iris schnäuzte sich. Als Jeanne das Thema wechselte, setzten sich beide auf die Bank, um Jeannes Privatsphäre zu respektieren.

»Ich möchte eingeäschert werden«, sagte Théo. »Ich will nicht, dass die Leute sich verpflichtet fühlen, an meinem Grab zu weinen. Meine Mutter hatte immer große Schuldgefühle, wenn sie ihre Mutter nicht ab und zu auf dem Friedhof besucht hat. Mir wäre es lieber, man würde nur dann an mich denken, wenn man will.«

»Mir wäre es lieber, nicht zu sterben«, scherzte Iris.

»Na klar, das wäre auch cool. Aber wenn ich mir eine Bemerkung erlauben darf: Erst mal solltest du lernen, Treppen richtig zu benutzen.«

Jeanne blieb genauso lang wie an allen anderen Tagen. Somit hatten Iris und Théo ausgiebig Gelegenheit, sich die Reihe der Friedhofsbesucher anzuschauen, der Gebrochenen, der Resignierten, der Eiligen, der Nachdenklichen, der Neugierigen, der Angeschlagenen, der allein Gekommenen, der zu zweit Gekommenen, der Witwer, der Mütter, der Großväter, der Schwestern, der Cousins, der Freunde.

»Wir können gehen!«, verkündete Jeanne schließlich und lief los.

Iris und Théo folgten ihr, Théo machte aber noch einmal kehrt und ging zu Pierres Grab. Unter den Augen der beiden

Frauen, die zu weit weg waren, um ihn zu hören, flüsterte er: »Ich glaube nicht so richtig an diesen Unsinn, aber wenn wirklich Sie es waren, der mich Ihrer Frau geschickt hat, dann danke ich Ihnen. Damit haben Sie sie nämlich auch mir geschickt.«

72

Théo

Ich wusste, dass mein Auto verschrottet werden würde. Man hat mir einen Brief geschickt und mir mitgeteilt, dass der Abschleppdienst es nicht länger als dreißig Tage behalten würde. Darin stand auch, ich könne meine persönlichen Besitztümer abholen, wenn ich die Kosten begleichen und nachweisen würde, dass es sich tatsächlich um meinen Wagen handelt. Das hat mich am meisten interessiert. Ich habe jeden Monat ein bisschen Geld gespart, und als ich zweihundert Euro zusammen hatte, habe ich mir gesagt, das müsste reichen, und bin nach Montreuil zum Abschleppdienst gefahren. Als der Typ mir die Rechnung überreichte, habe ich sofort gesehen, dass sie einen Fehler gemacht hatten.

»Sie haben eine Null zu viel drangehängt«, sagte ich zu ihm.

»Du bist ja ein ganz Schlauer«, antwortete er.

Da war keine Null zu viel, und man konnte auch nicht in Raten zahlen. Ich habe also die Zettel meiner Mutter, ihre Schallplatte von Barry White und das einzige Foto von meinem Bruder und mir dagelassen, und wenn ich mal im Lotto gewinne, hole ich die Sachen ab. Ich brauche keine Objekte, um meine Erinnerungen zu bewahren, aber an denen hänge ich. Als ich den Ort verlasse, bin ich in Gedanken tief in die Vergangenheit versunken. Es wird Zeit, dass ich mir die mal als Ganzes vornehme.

Es ist sieben Uhr abends. Ich fahre zu dem Haus mit den blauen Fensterläden. In dem Leben, das ich mir jeden Abend vor dem Einschlafen ausmale, taucht es oft auf. Hinter meinen geschlossenen Lidern habe ich schon Dutzende Male auf diesen Klingelknopf gedrückt. Aber dabei habe ich nie so gezittert wie in echt. Am liebsten würde ich wegrennen, solange noch Zeit ist, aber da geht schon die Tür auf. Ein Mann tritt heraus. Er müsste jetzt um die fünfzig sein. Er schaut mich an und scheint darauf zu warten, dass ich ihm irgendwas andrehen will.

»Marc?«

»Ja. Und wer sind Sie?«

Noch habe ich die Wahl. Ich habe Angst, was Blödes zu machen, es zu bereuen, ungelegen zu kommen, das Schicksal von seinem Kurs abzubringen.

»Ich bin Théo. Laures Sohn.«

Er kommt die beiden Stufen herunter auf mich zu. Ich kann nicht erkennen, ob er sich freut oder nicht. Ich rühre mich nicht vom Fleck, meine Knie sind weich, mein Herz rast.

Er greift in meinen Nacken und zieht mich an sich. Er umarmt mich fest, und alles ist wieder da: sein Geruch nach Leder und Kippen, seine kratzigen Wangen, sein Lachen, die Geschichten, die er mir abends vorgelesen hat, die Figuren, die er mir zu zeichnen beigebracht hat, die Rechenaufgaben, bei denen er mir geholfen hat. Er war nicht mein Vater, aber er war das, was einem Vater am nächsten kam.

»Mensch, Théo. Ich wusste, dass du eines Tages kommen würdest. Du hast meine Adresse behalten, stimmt's?«

Ich kriege kein Wort raus, deshalb nicke ich nur. Er bittet mich in das Haus mit den blauen Fensterläden. Es sieht nicht so aus wie in meiner Fantasie. Es ist kleiner, drinnen liegt mehr Zeug rum, aber das Gute ist, dass es echt ist. Ein kleines Mädchen kommt angerannt. Als sie mich sieht, klammert sie sich an die Beine ihres Vaters.

»Mia, sagst du Théo Guten Tag? Er ist der Bruder deines Bruders, also auch ein bisschen dein Bruder.«

»Habe ich einen neuen Bruder?«

Wir erreichen das Wohnzimmer. Eine Frau sitzt auf dem Sofa und mustert mich. Marc geht zu ihr, ich folge ihm, ohne zu wissen, was mich erwartet.

»Das ist Théo, Laures Sohn.«

»Das habe ich verstanden«, antwortet sie lächelnd. »Ich bin Ludivine. Freut mich, dich kennenzulernen.«

Das ist echt zu schön. Selbst in meiner Fantasie habe ich mich nicht so weit vorgewagt. Marc will wissen, was ich so mache, wo ich lebe. Zu meiner Mutter stellt er mir keine Fragen, aber ich erzähle von dem Unfall, weil ich noch nie mit jemandem darüber gesprochen habe, der sie geliebt hat.

»Das tut mir leid. Davon wusste ich nichts. Vor fünf Jahren, sagst du? Hast du deshalb meine Briefe nicht mehr beantwortet?«

Ich nicke, aber in Wahrheit habe ich sie nicht mehr beantwortet, weil ich sie nicht mehr gelesen habe. Wenn ich die Fotos von ihm und seiner Familie sah, hat mich das zu sehr daran erinnert, was ich mal gehabt und jetzt nicht mehr hatte.

»Deine Mutter war kein schlechter Mensch. Sie war nur nicht für diese Welt geschaffen.«

Ludivine beißt mich nicht, Mia stellt mir lauter Fragen, eine getigerte Katze reibt sich an meiner Wade, ich fange an, mich zu entspannen, aber das Wichtigste fehlt noch.

»Ist er nicht da?«

»Dein Bruder? Der ist in seinem Zimmer und macht Hausaufgaben! Komm, wir gehen zu ihm.«

Auf der Treppe lässt er mich vorgehen. Die ganze Familie kommt hinter mir her. Ich habe das Gefühl, ich werde was Großes erledigen, und genau das wird auch passieren.

An der Tür hängt ein Durchfahrt-verboten-Schild. Ein echtes, kein Aufkleber. Ich muss innerlich grinsen, weil Gérard, Ahmed und ich mal eins an der Kreuzung in der Nähe des Rathauses geklaut haben. Bis auf unser Zimmer haben wir es aber nicht geschafft, die Erzieher haben uns schon vorher zusammengestaucht, und wir mussten es dahin zurückbringen, wo wir es entwendet hatten.

Marc streckt seinen Arm aus, drückt auf den Türgriff und macht mir Zeichen, ich soll reingehen. Das Zimmer ist dunkel, nur Lichterketten und eine Schreibtischlampe sorgen für ein bisschen Beleuchtung. Mein Bruder dreht sich um, als er die Tür hört. Dann reißt er erstaunt die Augen auf.

»Théo? Was machst du denn hier? Heute Abend ist kein Training!«

»Hallo, Sam.«

73

Iris

Seit meinem Gespräch mit Jérémy hat sich der Umfang meines Bauchs verdoppelt. Jeanne behauptet, ich würde mir endlich erlauben, schwanger zu sein. Ich dagegen glaube, dass ich mir vor allem die Kalorien erlaube. In etwas mehr als einem Monat werde ich an molligen Schenkeln knabbern. In der Zwischenzeit lasse ich mir Théos Süßwaren schmecken. Er hat sich vorgenommen, mir jeden Tag eine andere Sorte zu backen. Aus reinem Teamgeist leistet mir Jeanne beim Testessen Gesellschaft. Der kleine Scheißer hat Talent, deshalb erlaube ich ihm manchmal, meinen Pinguingang nachzuahmen.

Ich war so naiv zu glauben, meine deutlichen Worte gegenüber Jérémy hätten genügt. Bis zu zweihundert Mal pro Tag hat er mich angerufen, hat mich mit Nachrichten zugeschüttet, mal flehend, mal drohend. Ich habe auf keine einzige geantwortet. Eines Morgens, als ich mit Boudine Gassi gehen wollte, bin ich im Treppenhaus mit ihm zusammengeprallt. Er hat versucht, mich gewaltsam mitzuschleifen, hat mich am Arm gepackt und die Finger in mein Fleisch gedrückt. Ich habe Widerstand geleistet, habe um mich geschlagen, er hat mich gegen die Wand gedrückt und mir befohlen, die Schnauze zu halten. Bis ins Erdgeschoss habe ich gewartet, dann habe ich vor Victors Fenster losgebrüllt. Als der im Flur erschien, hat Jérémy die Flucht ergriffen.

Jeanne hat mich zum Polizeirevier begleitet. Die Polizistin, die meine Anzeige aufgenommen hat, hat mir versichert, dass sie ihn bald vorladen würden. Ein paar Tage habe ich nichts von ihm gehört. Beruhigt hat mich das nicht. Mir ist es lieber, wenn er Krach schlägt, dann kann ich abschätzen, was auf mich zukommt. Heute Morgen hat er sich schließlich per SMS gemeldet.

»Iris, es tut mir leid, dass es so weit kommen musste, aber ich kann dein Verhalten nicht länger dulden. Ich beende unsere Geschichte. Es wäre sinnlos, mir zu antworten oder zu versuchen, mich zu kontaktieren, ich werde meine Meinung nicht ändern. Ich kümmere mich drum, die Hochzeit abzublasen. Die entstandenen Kosten werde ich begleichen, indem ich die Sachen verkaufe, die du bei mir zurückgelassen hast. Alimente von mir zu verlangen, ist zwecklos, du kannst mich nicht zwingen, das Kind anzuerkennen. Eines Tages wirst du ihm erklären, was für eine tolle Mutter du bist. Ich habe dir alles gegeben, aber du willst immer mehr. Meinem Nachfolger wünsche ich viel Glück. Jérémy.«

Behutsam habe ich der Erleichterung die Tür geöffnet. So ganz glaube ich noch nicht dran. Ich habe noch nie erlebt, dass Jérémy etwas aufgibt. Nicht mal die Lektüre eines angefangenen Buchs. Er zieht immer alles bis zum Ende durch, aus Prinzip. Wenn es um eine Frau geht, erst recht …

Egal ob er verschwindet oder nicht, so leicht werde ich ihn nicht los. Selbst abwesend ist er präsent. Sein Schatten wird mich noch lange begleiten. Ich werde mich nach wie vor auf der Straße umdrehen, werde zusammenzucken, wenn eine Stimme seiner ähnelt, wenn eine Silhouette mich an ihn erinnert. Aber die Zeit ist auf meiner Seite. Jeden Tag entferne ich mich weiter von ihm und komme mir selbst wieder näher.

Jetzt muss ich endlich noch ein kleines Detail klären. Ich setze mich auf die Bettkante und starte den Anruf.

»Ich bin's, Maman.«

Jetzt kann ich ihr die Wahrheit erzählen, ohne ihr Sorgen zu bereiten. Ich erzähle ihr von den toxischen Sätzen, den Vorwürfen, der Gewalt. Von der Angst, der Scham, dem Alleinsein. Die widerlichen Details erspare ich ihr, gebe ihr jedoch nicht die Möglichkeit, Jérémy zu entschuldigen. Als ich fertig bin, schluchzt sie am anderen Ende der Leitung.

»Ich hatte ja keine Ahnung«, haucht sie schließlich und seufzt tief. »Er wirkte gar nicht … er ist so … na ja, du weißt, dass ich so etwas nie von ihm gedacht hätte. Es tut mir alles so leid, mein Schatz, du musst dich sehr allein gefühlt haben.«

Wieder fängt sie an zu weinen. Ich beruhige sie, indem ich ihr erkläre, sie habe nur so viel mitbekommen, wie ich wollte, dass sie mitbekommt, sie brauche sich keine Vorwürfe zu machen.

»Warum hast du mir denn nichts gesagt? Also, wenn ich das gewusst hätte, hätte ich dich gedrängt, ihn schon früher zu verlassen.«

»Weißt du, Maman, es ist alles komplizierter, als du denkst.«

»Ja, ja, bestimmt, aber trotzdem. Man darf nicht abwarten, sondern muss beim ersten Alarmzeichen gehen. Ich verstehe die Frauen nicht, die bei ihren gewalttätigen Männern bleiben. Sie sind mitverantwort…«

Mitten im Satz bricht sie ab. Diesen Satz habe ich schon so oft gehört. Manchmal sogar aus meinem eigenen Mund. Diesen Satz, der die Rollen vertauscht, der den Schuldigen die Verantwortung nimmt und sie den Opfern zuschiebt. Diesen Satz, der unterstellt, geprügelte Frauen hätten es auch ein bisschen verdient, da sie ihren Partner nicht verließen. Jetzt, wo dieser Satz ihre Tochter betrifft, wird meine Mutter vielleicht verstehen. Denn leider sind wir Menschen so beschaffen: Wir verstehen die Dinge erst wirklich, wenn wir sie selbst erlebt haben.

Die Angst. Die Liebe. Die Macht. Die Schuldgefühle. Die Kinder. Die Einsamkeit. Die fehlenden Mittel. Nirgends ein Ort, an den man flüchten kann. Gründe gibt es so viele wie Situationen. Ein Opfer ist nie verantwortlich.

»Die Vase, die er mir geschenkt hat, werde ich wegschmeißen«, sagt meine Mutter nach sekundenlangem Schweigen. »Ich will nichts mehr von ihm haben. Er soll sich unterstehen, noch mal herzukommen, dann kriegt er was zu hören!«

»Da ist noch was, Maman.«

»Aha?«

»Ich kann dir nicht sagen, warum ich geblieben bin, aber ich kann dir sagen, warum ich gegangen bin.«

Nachdem ich meiner Mutter angekündigt habe, dass sie Oma wird, und ihre Freude und Ratschläge in Empfang genommen habe, gehe ich zu Jeanne und Théo ins Wohnzimmer, wo mich ein *Baba au rhum* erwartet.

»Rum ohne Alkohol!«, stellt Théo klar.

Jeanne greift nach ihrem Teelöffel: »In meinem ist hoffentlich welcher drin.«

74

Jeanne

Tränen hatte Jeanne im Lauf ihres Lebens meistens hinuntergeschluckt. Nicht nur in Gegenwart anderer hatte sie sie unterdrückt, sondern auch wenn sie allein war, wenn keine Blicke sie hätten verurteilen können. So hatte man es ihr beigebracht, und sie hatte es mit bewundernswerter Konsequenz befolgt. Bei Pierres Beerdigung war es ihr wichtig gewesen, die Würde zu wahren, und zugleich hatte sie sich gefragt, warum dieser Anspruch eigentlich Tränen ausschloss. Als wäre Weinen etwas Würdeloses, als wäre Schmerz etwas Ordinäres.

Die Heftigkeit ihres Kummers hatte den Deich brechen lassen. Beim ersten Mal hatte sie Angst gehabt, nie mehr aufhören zu können. Ihr ganzer Körper hatte den Tränenausbruch begleitet: ihre Augen, ihr Mund, ihre Kehle, ihr Zwerchfell, ihr Bauch, ihre Hände. Sie hatte etwas Animalisches, Wildes in sich gespürt und war am Ende völlig erschöpft, aber erstaunlich besänftigt gewesen. Diese unverhoffte Entdeckung hatte sie dazu ermuntert, sich immer, wenn ihr danach war, dem Schmerz hinzugeben. Inzwischen weinte Jeanne morgens, mittags und abends gemäß einer selbst verordneten Dosierung. Ihre Dammbrüche spülten alles fort, das Fehlen von Pierre, die Abwesenheit von Louise, den Tod ihrer Eltern, die Leere in ihrem Bauch.

Die Tränen trösteten. Das hätte sie gern früher gewusst. Sie verstand nicht, warum ein derart befreiender Akt etwas Beschämendes sein sollte. Deshalb versuchte sie auch nicht, Iris' Tränen zu trocknen, als diese zu weinen begann, während sie erzählte, dass ihr Kind nie seinen Großvater kennenlernen würde. Im Gegenteil, sie nahm sie in die Arme und ermunterte sie, ihren Kummer herauszulassen.

Sie mochte die junge Frau sehr gern. Nicht selten erinnerte Iris sie mit ihren Schutzschichten und ihrer übertriebenen Befolgung der Konventionen an sie selbst. Sie genoss die Vormittage in ihrer Gesellschaft, wenn sie nähte und mit ihr über alles und jedes und dazwischen auch über sie beide redete. Es war eine ihrer neuen Gewohnheiten.

»O Gott!«, rief Jeanne und schaute von dem Strampelsack auf, den sie gerade nähte. »Ich habe gar nicht auf die Uhr geschaut, ich bin schrecklich spät dran.«

Sie griff nach ihrer Handtasche und ihrem Mantel, zog sich die Schuhe an und stürmte aus der Wohnung. Die ganze Fahrt über machte sie sich Vorwürfe. Es war ihr unbegreiflich. Sie hatte schlicht und einfach ihr Treffen mit Pierre vergessen.

Als sie endlich bei ihm war, konnte sie nicht anders, als sich ausgiebig bei ihm zu entschuldigen.

»Ich war vollkommen ins Nähen vertieft. Die Arbeit verlangt große Sorgfalt. Die Lochstickerei mache ich mit der Hand. Ich habe gar nicht gemerkt, wie die Stunden vergingen. Das passiert mir zum ersten Mal, ich kann es nicht fassen.«

Gewissenhaft säuberte Jeanne den Stein. Der Regen vom Vortag hatte Spuren hinterlassen. Als sie zum Wasserhahn ging, um das Blumenwasser zu wechseln, fiel ihr etwas auf, das ihr bisher entgangen war. Vor Schreck ließ sie die Vase fallen. Mit einer Hand auf dem Mund ging sie zum Nachbargrab. Dort hatten immer Blumen geblüht, da Simone peinlich darauf achtete, Sträuße und Gestecke beim ersten Anzeichen von Verwelken zu ersetzen, nie aber in dem jetzigen Ausmaß. Der Stein war über und über mit Sträußen und Kränzen bedeckt. Auch schienen neue Gedenktafeln aufgetaucht zu sein. Jeanne trat näher an das Grab heran, um ihre Vorahnung zu bestätigen. Simone Mignot würde fortan all ihre Zeit bei ihrem Gatten verbringen.

Der Tod dieser Frau, die sie im Grunde kaum gekannt, aber mit der vieles sie verbunden hatte, stimmte Jeanne unerwartet traurig. Darüber vergaß sie die Vase.

»Simone ist tot«, sagte sie, nach Luft ringend, als sie wieder bei Pierre stand. »Ich dachte, sie sei ins Leben zurückgekehrt, von ihren Fesseln befreit, aber da lag ich ganz falsch. Sie ist nach einem ungelebten Leben gestorben. Ich muss immer wieder daran denken, was sie mir an Neujahr gesagt hat: Das Leben findet auf der anderen Seite des Tores statt. Es gibt keine Zufälle, mein Liebling. Heute habe ich unsere Verabredung vergessen, weil ich mit Leben beschäftigt war. Ich weiß, was du sagen würdest, wenn du mich jeden Tag hierherkommen sähst.«

Sie hielt inne und blickte zu der leeren Bank, dann holte sie noch einmal tief Luft.

»Die Organisation, der ich meine genähten Werke spende«, erklärte sie Pierre, »hat mir vorgeschlagen, Nähkurse für Frauen in schwierigen Lebenssituationen anzubieten. Ich habe abgelehnt, weil mich das an zwei Nachmittagen die Woche daran gehindert hätte, dich zu besuchen. Doch jetzt werde ich zusagen.

Ich werde noch oft herkommen und dich nerven, glaub nicht, dass ich mich nun von Grund auf ändere. Aber unsere Treffen werden nicht mehr unbedingt hier stattfinden. Du bist bei mir, jede Sekunde, bei jedem Atemzug.«

Jeanne streichelte das Foto ihres geliebten Pierre.

»Komm, mein Schatz, ich nehme dich mit auf die andere Seite des Tores.«

75

Théo

Ich habe überlegt, ob ich mit Karate aufhören soll. Ich hatte mich da ja nur angemeldet, um meinen Bruder kennenzulernen, und so richtig toll fand ich es nie. Aber so habe ich immer etwas Zeit mit Sam.

Dauernd gehe ich im Geiste noch mal unser Wiedersehen durch. Wenn die Wirklichkeit ausnahmsweise mal schöner ist als mein fantasiertes Leben, lasse ich mir das nicht nehmen. Er saß an seinem Schreibtisch und tat, als würde er seine Schulaufgaben machen. Sein Vater hat ihm erklärt, wer ich bin, weil mir die Stimme versagte. An früher konnte er sich nicht mehr erinnern, was ja kein Wunder ist. Als er mich zum letzten Mal gesehen hat, war er drei Jahre alt. Aber offenbar hat er oft von mir gehört. Wenn ich gewusst hätte, dass es auf der Welt einen Ort gibt, wo ich für jemanden existiere, hätte ich mit meinem Besuch nicht so lange gewartet.

Marc hat die Szene gefilmt. Sams kleine Schwester hat sich in Sams Arme geschmiegt. Die Sache mit dem Karate fand er nicht so toll.

»Ich verstehe nicht, warum du gelogen hast.«

»Ich wusste nicht, wie du reagieren würdest. Ich wusste ja nicht mal, ob du überhaupt weißt, dass du einen Bruder hast.«

»Papa war sicher, dass du eines Tages auftauchen würdest. Ich nicht unbedingt. Man weiß ja nie, wie der Hase kackt.«

»Sam, du musst wirklich mal aufhören, so zu reden!«, hat Marc gesagt und das Video gestoppt.

Der Kleine hat mich angeguckt und gelacht, und ich konnte mir das Lachen auch nicht verkneifen. Bestimmt hätte unsere Mutter ihm den Spitznamen »kleiner Clown« gegeben.

Sie wollten, dass ich zum Essen bleibe, aber ich wollte lieber nach Hause. Mein Körper hatte schon genug aufregende Gefühle zu verkraften.

Seitdem habe ich zwei SMS von Marc bekommen, aber noch keine Nachricht von Sam.

Als ich am Anfang der nächsten Karatestunde auf ihn gewartet habe, habe ich mich gefühlt, wie wenn man ein Mädchen nach dem ersten Kuss wiedersieht. Ich habe mich gefragt, ob er mir die Hand oder ein Begrüßungsküsschen gibt oder ob er mich einfach wegzappt. Er hat mich aber nur von Weitem gegrüßt und seitdem noch nicht mit mir gesprochen. Von Zeit zu Zeit habe ich einen Seitenblick aufgeschnappt, das war alles. Als der Unterricht zu Ende ist, ziehe ich mich gar nicht erst um, sondern behalte meinen Kimono an, schlüpfe in meine Schuhe und meinen Blouson und düse los. Ich bin schon fast an der Metrostation, da höre ich hinter mir ein Fahrradgeräusch.

»Théo! Begleitest du mich nach Hause?«

Ich zucke mit den Schultern, nur so zur Show, im Kopf schlage ich Saltos. Er schiebt sein Rad, ich gehe neben ihm her, hüte mich aber, ihm zu gestehen, dass neulich, als wir zum ersten Mal so zu zweit zu ihm nach Hause gegangen sind, ich derjenige war, der die Luft aus seinen Reifen gelassen hatte.

»Du bist ja eben superschnell abgehauen«, sagt er zu mir.

»Ich muss morgen früh zur Arbeit.«

»Hast du ein Glück! Mein Vater hat mir erzählt, dass du Konditor bist. Ich will so bald wie möglich auch arbeiten, aber bis dahin dauert es noch ewig. Ich hasse die Schule, besonders Mathe. Zurzeit machen wir Dividieren, das ist voll übel.«

»Was willst du später mal machen?«

»Mein Traum ist, in einer dieser kleinen Kabinen zu sitzen, in denen man nach dem Tanken bezahlt. Mein Vater sagt, das ist kein Beruf, aber da sieht man viele Leute und man sitzt, das ist bestimmt geil. Oder Kletterlehrer oder Karatelehrer. Weißt du, wie es Maman geht?«

Die Frage kommt sehr plötzlich.

»Hat dein Vater dir nichts erzählt?«

»Sie hatte einen Unfall, stimmt's? Besuchst du sie oft?«

»Einmal im Monat. Willst du, dass wir deinen Vater fragen, ob du mal mitkommen kannst?«

Er bleibt stehen, um sich einen Schnürsenkel zuzubinden, während ich sein Rad halte.

»Ich weiß nicht«, antwortet er. »Meine richtige Mutter, das ist Ludivine. Die andere, die hat mich verlassen.«

Ich antworte nicht. Es gibt Sachen, die nicht durch Erklären verständlich werden, sondern erst mit der Zeit. Eines Tages wird Sam vielleicht erfahren, dass alles komplizierter war. Sie hat nicht uns verlassen, sondern sich selbst. Sie saß in der Falle, eingesperrt in einer Beziehung, die zu heftig für sie war. Eines Tages werde ich Sam den Text zu lesen geben, den sie geschrieben hat, als ich klein war, und den ich in ihrem Zimmer an die

Wand gepinnt habe. Nach ihrem Unfall hat man ihn in ihrer Brieftasche gefunden. Sie hat ihm den Titel »Farbe auf dem Mund« gegeben.

Wir stehen vor dem Haus mit den blauen Fensterläden. Wir geben uns einen Faustcheck, und Sam fragt mich, ob wir uns vor dem nächsten Training noch mal sehen. Ich schlage vor, am Wochenende zusammen ins Kino zu gehen. Er ist einverstanden, und nachdem er die Haustür aufgeschlossen hat, ruft er mir zu: »Du hast lange gebraucht, um aufzutauchen, aber ich bin froh, dass ich einen Bruder habe.«

Farbe auf dem Mund

»Warum hast du dir Farbe auf den Mund getan?«

Ich streichle deine Locken und bete, dass du nicht wirklich auf eine Antwort wartest. Was könnte ich dir sagen? »Mein Schatz, Maman ist im Begriff, die größte Dummheit ihres Lebens zu begehen. Also hat sie gedacht, dass ein bisschen Lippenstift ihr helfen könnte, sich weniger hässlich zu fühlen. So, und jetzt träum was Schönes.«

Ich decke dich und dein Kuscheltier zu. Du hast dir wieder mal zwei verschiedene Socken angezogen, Bärchen und Sterne. Du bist so klein.

Ich habe Lust, mich an dich zu schmiegen, meine Nase in deinem Haar zu vergraben und dich fest an mich zu drücken, aber es ist schon zu spät. Ich kann nicht mehr zurück. Ich küsse dich ein letztes Mal und schließe die Tür deines Kokons. Wenige Meter weiter, in der Küche, damit du ihn nicht siehst, erwartet mich mein erster Liebhaber.

Fünf Jahre haben wir uns nicht gesehen. Ab und zu habe ich einen Blick auf ihn erhascht, aber ich habe es geschafft, ihn zu ignorieren. Ich hatte es deinem Vater versprochen.

Meine Hand liegt auf dem Türgriff, von Schuldgefühlen versteinert. Wie konnte ich ihn nur zu mir, zu uns einladen, nach allem, was er mir angetan hat? Ich weiß jetzt schon, dass er nicht wieder gehen wird. Er stößt mich ab und zieht mich an. Ich liebe und hasse ihn.

Ich war noch keine zwanzig, als ich ihm begegnet bin. Das war bei einem Fest. Alle haben sich amüsiert, und ich war wie üblich schüchtern und gehemmt. Ich kam mir durchsichtig vor.

Bis ich ihn gesehen habe.

Sein Aussehen, sein Blond, sein Duft. Seine Beliebtheit. Ich habe mich an ihn geklammert und bin den ganzen Abend bei ihm geblieben. Ich habe ihm mein Unbehagen anvertraut, er hat mich beruhigt, mich getröstet. Er hat es sogar geschafft, dass ich getanzt habe. Die anderen waren nicht mehr wichtig.

Am nächsten Tag haben wir uns wiedergesehen. Ich hatte mich noch nie so schön, so amüsant, so stark gefühlt. Mit ihm war alles möglich. Er hat mich zu der Frau gemacht, die ich immer sein wollte.

Ich war so glücklich.

Es hat nicht lange gedauert.

Alle mochten ihn, nur meine Eltern nicht. Sie haben mir verboten, ihn wiederzusehen, aber ich konnte nicht mehr ohne ihn sein. Ich habe angefangen zu lügen, Ausreden zu erfinden, um ihn zu treffen. Ganze Nächte habe ich auswärts verbracht, habe ihn ins Haus geholt, wenn alle schliefen. Eines Abends habe ich mit meinem Gegacker meine Mutter geweckt. Ich habe sie nicht hereinkommen hören, sie hat uns beide in meinem Zimmer ertappt. Sie hat losgebrüllt und ihn die Treppe hinuntergeworfen. Da bin ich zusammen mit ihm ausgerissen.

Danach ging es bergab. Als ich deinen Vater kennengelernt habe, war ich schon durch seinen jahrelangen Einfluss zerstört. Dein Vater hat mich von dieser Beziehung befreit, hat mich mit Liebe und Geduld wieder zusammengeflickt. Wir sind zusammengezogen, ich habe Arbeit gefunden, wir haben geheiratet. Ich habe gelernt, das einfache Glück zu lieben, obwohl ich den anderen nie ganz vergessen konnte. Wie oft wäre ich beinahe schwach geworden, wie oft musste ich kämpfen, um nicht zu ihm zurückzukehren!

Und dann bist du gekommen, mit deinen langen Wimpern, die Glück verströmten, und deinem Lächeln, das alles Hässliche aus-

löschte. Erst am Tag deiner Geburt ist die Vergangenheit richtig Vergangenheit geworden. Vergessen waren die Gewalt, die Betrügereien, die Lügen. Das Leben bot mir eine Chance. Der Tod hat sie mir wieder genommen.

Seitdem dein Vater weg ist, versuche ich durchzuhalten, das verspreche ich dir, mein Liebling. Ich klammere mich mit aller Kraft an meine Versprechungen und an deine Zukunft, aber der andere sitzt in meinem Kopf, in meinem Körper, in meinen Träumen. Mein Kopf schiebt ihn weg, aber mein Körper verlangt nach ihm.

Nur einmal. Nur ein kleines Mal.

Ich öffne die Küchentür. Da ist er, steht er vor mir. Er hat sich nicht verändert.

Es tut so gut, seine Nähe zu spüren.

In einem letzten Aufbäumen versuche ich, mich daran zu erinnern, dass er mich von meiner Familie und meinen Freunden entfernt hat, dass ich wegen ihm mein Studium abgebrochen habe, dass er mich krank gemacht hat. Aber sein Duft. Verdammt, dieser Duft.

Ich gehe einen Schritt auf ihn zu.

Mir pocht das Herz in den Schläfen, ich denke nicht mehr. Ich strecke die Hand aus. Er ist da. Ich berühre ihn, ich streichle ihn. Er hat mir so gefehlt. Ich schließe die Augen und halte ihm meine Lippen entgegen.

Nur einmal. Ein kleines Mal.

Ich weiß nicht, wie spät es ist, als die Tür deines Zimmers sich öffnet. Ich weiß nicht mal mehr, welcher Tag heute ist. Auch nicht, warum ich schallend lache. Ich sehe dich nicht sofort. Ich höre nicht, wie deine zwei unterschiedlichen Socken auf mich zutapsen. Ich liege auf dem Sofa und drehe nur ein wenig den Kopf zur Seite, als deine Stimme mich erreicht.

»Geht's dir gut, Maman? Was machst du auf dem Sofa? Mit wem redest du? Die Farbe auf deinem Mund ist total verschmiert.«

Alles ist gut, nichts ist schlimm. Ich bin stark, ich bin lustig, ich bin schön. Uns kann nichts passieren.

»Geh wieder schlafen, Schätzchen. Maman verbringt den Abend mit einem alten Freund.«

Und ich lache laut, bevor ich mich meiner ersten Liebe wieder an den Hals werfe.

76

Iris

Jeanne will mich nicht auf meinem täglichen Spaziergang begleiten.

»Heute ist Sonntag, da habe ich Besseres vor«, verkündet sie.

Besseres, das bedeutet offensichtlich, sich zusammen mit Théo eine Fernsehreportage über Seekühe anzuschauen. Ich frage mich, ob ich das als Wink auffassen soll, denn die Art, wie diese Tiere sich fortbewegen, erinnert mich sehr an meine eigene.

Es dauert eine Ewigkeit, bis ich die drei Etagen zurückgelegt habe. Ich denke ernsthaft darüber nach, einen Flaschenzug installieren zu lassen, bevor sich meine Sehnen und Bänder verabschieden. Anders als ihr Frauchen war Boudine hellauf begeistert, aber angesichts meines langsamen Tempos legt sich ihre Begeisterung schnell wieder.

Die Schwangerschaft hat meine Gefühle intensiviert, ich bin eine vergrößerte Version meiner selbst. Ich schwanke zwischen Gejammer und Entzücken, zwischen Gelächter und Tränen. Von Tag zu Tag liebe ich meinen Sohn mehr, stelle mir sein Gesicht vor, rede mit ihm, schnuppere an seiner Kleidung. Ein paar von den Sachen habe ich ihm gekauft, aber das meiste hat

Jeanne genäht. Ich kann es kaum erwarten, ihn darin zu sehen. Allerdings hat der letzte Ultraschall meine Ungeduld gedämpft. Wenn ich der Schätzung seines Geburtsgewichts traue, wird mein Sohn wie Attila alles auf seinem Weg zerstören.

Jérémy würde mich als Schwangere nicht ertragen.

Wie ich befürchtet habe, war die Verschnaufpause nur von kurzer Dauer. Ein paar Stunden nach seiner Trennungserklärung kam schon die nächste Nachricht: »Lass es uns versuchen, mein Engel, wir werden uns beide Mühe geben. Tu mir das nicht an. Ich liebe dich.« Ich habe sie nicht beantwortet, auch die folgenden nicht. Ich hatte gehofft, die Tatsache, dass ich Anzeige erstattet habe, würde ihn zur Vernunft bringen, was aber offenbar nicht der Fall ist. Er wird erst dann sein Interesse an mir verlieren, wenn er es selbst beschlossen hat, vielleicht wegen einer neuen Beziehung, vielleicht weil er es satthat. In der Zwischenzeit bin ich auf der Hut. Im Grunde hat sich die Situation seit meinem Fortgang aus La Rochelle nicht verändert. Und doch ist alles anders: Ich bin nicht mehr allein.

Fast zwei Stunden später, von denen wir anderthalb im Treppenhaus verbracht haben, kommen Boudine und ich zurück. Wie dumm von mir, dass ich kein Haus mit Aufzug gewählt habe. Die Sache wird noch übel enden. Ich sehe schon die Schlagzeilen vor mir: »Weltrekord: Schwangere Frau – oder war es eine Seekuh? – braucht drei Tage, vier Stunden und sechsundfünfzig Minuten zum Verlassen ihrer Wohnung. Zur Unterstützung wurde ein Kran eingesetzt.«

Jeanne und Théo haben sich nicht einen Millimeter von der Stelle gerührt. Das kommt mir verdächtig vor angesichts Victors Behauptung, er habe die beiden während meiner Abwesenheit im Hausflur getroffen.

»Wart ihr draußen?«, frage ich.

»Überhaupt nicht!«, antwortet Jeanne eilig.

»Warum?«, will Théo wissen.

»Weil Victor euch unten gesehen hat.«

»Diese Petze«, ruft Jeanne.

Sie steht auf und macht mir Zeichen, ihr zu folgen. Théo heftet sich an meine Fersen, Boudine an Théos Fersen.

»Mach die Augen zu! Nicht schummeln!«, befiehlt sie mir auf der Schwelle zu meinem Zimmer.

Ich höre das Knarren der Tür, Boudines Krallen auf dem Parkett, das Aufziehen des Vorhangs, ein Glucksen und ein »Tataaaa!« Ich öffne die Augen. Der kleine Tisch, den ich nie benutzt habe, ist verschwunden. Stattdessen steht dort eine wassergrüne Wiege.

»Die sieht ja aus wie …«

Ich halte inne, um Jeanne nicht zu verletzen. Sie beendet den Satz für mich: »Ja, es ist die Wiege, die im Keller stand. Théo und ich haben sie frisch gestrichen. Mir war aufgefallen, dass du Grün magst.«

»Jeanne, das ist … Ich weiß gar nicht, was ich sagen soll. Das ist wundervoll!«

Théo hält sich beide Hände vor den Mund, um den Klang eines Lautsprechers zu imitieren: »Tränenausbruch in drei, zwei, einer …«

Ich versuche, mich zu beherrschen, um ihn nicht zu bestätigen, aber meine Tränendrüsen schlagen sich auf seine Seite. Jeanne nimmt mich in die Arme.

»Ich freue mich, dass sie endlich benutzt wird«, murmelt sie. »Ich habe so davon geträumt, ein Baby darin liegen zu sehen.«

77

Jeanne

Jeanne war gerade dabei, den Brief zu lesen, den sie soeben im Briefkasten gefunden hatte, als Iris zu ihr ins Wohnzimmer kam.

»Ich glaube, ich habe Wehen.«

Jeanne hatte sich immer als jemanden bezeichnet, der in jeder Lage einen kühlen Kopf bewahrt. Sie hatte Pierre häufig versichert, in einem Notfall würde sie in aller Ruhe überlegen und rational entscheiden. Angesichts der unerwarteten Ankündigung ihrer jungen Freundin war sie daher absolut in der Lage, vernünftig und ruhig zu reagieren: »So ein Mist!«

»Eigentlich kann es gar nicht sein, es ist noch zu früh«, beteuerte Iris. »Bestimmt ist es falscher Alarm. Das legt sich schon wieder.«

Zur Unterstreichung ihrer Worte krümmte sie sich und stöhnte.

Jeanne sprang auf: »Wir müssen ins Krankenhaus.«

»Warte, es eilt doch nicht. Die Hebamme hat gesagt, man könnte schon Wochen vor der Entbindung Wehen haben, es geht schon – AAAAAAAAAAAH VERDAAAMMT TUT DAS WEEEEEEEH!«

Für einen Moment war Jeanne wie gelähmt, dann fing sie sich wieder und beschloss, Iris zum Krankenhaus zu bringen.

Im zweiten Stock angekommen, musste sie die Vergeblichkeit ihrer Initiative einsehen: Iris kam pro Wehe nur eine Stufe weiter. In diesem Tempo wäre das Kind bei ihrer Ankunft im Erdgeschoss schon drei Jahre alt. Jeanne zog ihr Handy aus der Tasche und wählte Victors Nummer. In null Komma nix war er zur Stelle und trug die werdende Mutter und ihre Fracht bis ins Erdgeschoss.

Zum Glück lag das Krankenhaus nur zwei Straßen weiter. Victor begleitete die beiden Frauen. Iris musste mehrmals eine Pause einlegen, auf Jeanne gestützt, die bei jedem neuen Stöhnen ins Wanken geriet.

Noch nie hatte Jeanne eine Schwangerschaft aus so unmittelbarer Nähe miterlebt und erst recht keine Entbindung. Aber nicht nur deshalb war sie so aufgeregt. Was sie für Iris und Théo empfand, war für sie neu. Nie hätte sie zu behaupten gewagt, sie würde sie lieben wie eigene Kinder. Sie liebte sie einfach, Punkt. Und das allein genügte, um mit ihnen zu zittern.

»Vielleicht ist es Théos Apfelkuchen«, hauchte Iris zwischen zwei Wehen. »Der hat irgendwie komisch geschmeckt, ich wollte es ihm nur nicht sagen.«

»Iris, du wirst entbinden«, antwortete Jeanne mit Bestimmtheit.

Iris verneinte, aber eine neue Schmerzwelle brachte sie zum Schweigen.

Am Empfang erklärte Jeanne die Situation und holte die erbetenen Unterlagen aus Iris' Tasche. Als diese zum Untersuchungszimmer gebracht wurde, wollte Jeanne in den Wartesaal gehen.

»Jeanne, würdest du vielleicht mitkommen?«

Sie ließ sich nicht lange bitten. Sie setzte sich in eine Ecke des Raumes, um dem Pflegeteam nicht im Weg zu sein. Beeindruckt verfolgte sie, was nun geschah. Ein Mann legte zwei Gurte um Iris' Bauch und schob Sensoren darunter. Auf einem Bildschirm erschienen Zahlen.

»Das hier ist die Herzfrequenz Ihres Babys. Und das die Stärke der Wehen. Sagen Sie uns, wenn eine kommt.«

Eine Frau untersuchte Iris' Genitalbereich. Jeanne ging instinktiv zu ihrer Freundin und strich ihr über die Stirn.

»Alles wird gut.«

»Ich halte hier nur den Betrieb auf«, antwortete Iris.

Eine Grimasse verformte ihr Gesicht, und Jeanne konnte live miterleben, wie Iris' Bauch sich spannte und hart wurde. Die Zahl auf dem Bildschirm schoss in die Höhe. Die Hebamme zog sich die Handschuhe aus und trat neben Iris.

»Die Geburtsarbeit hat begonnen«, sagte sie. »Wenn Sie diesen Raum wieder verlassen, wird Ihr Baby bei Ihnen sein.«

Iris lachte und weinte gleichzeitig. Jeanne ergriff ihre Hand und streichelte sie mit dem Daumen.

»Du bleibst bei mir, okay?«

Jeanne nickte, dann ging sie zu der erstbesten Person im rosa Kittel und fragte, ob sie sich irgendwo einen Moment hinlegen könne, bevor sie umkippte.

78

Théo

Nathalie hat schlechte Laune. Man muss sie gut kennen, um es zu merken, weil ihr Gesicht nämlich immer schlechte Laune hat. Aber jetzt stöhnt sie nicht nur alle zehn Sekunden, sondern brummt auch noch vor sich hin. Eigentlich klingt es eher wie ein Rasenmäher mit Startschwierigkeiten. Es ist wegen Leïla. Die hat es gewagt, ihr vor einem Kunden zu widersprechen. Der Kunde hatte um ein nicht zu dunkles Baguette gebeten, Nathalie hatte ihm ein sehr dunkles gegeben und Leïla ihm ein helleres angeboten. Seitdem wiederholt sie die ganze Zeit dieselbe Leier.

»Du kannst mich doch nicht vor den Kunden so dumm dastehen lassen! Für wen hältst du dich eigentlich? Du hast nicht meine Erfahrung, falls du das vergessen haben solltest. Wie sehe ich denn jetzt aus?«

Auf letztere Frage hätte ich eine Antwort, aber ich bin mir nicht sicher, ob sie ihr gefallen würde. Sobald sie kann, gibt mir Leïla durch Zeichen zu verstehen, wie mies sie sich fühlt, oder sie imitiert Nathalie. Ich muss lachen, habe aber Angst, dass Nathalie es sieht. Die ahnt bestimmt sowieso schon was …

Immer wenn Leïla und ich uns begegnen, schaffen wir es irgendwie, uns zu berühren. Es ist stärker als wir. So was ist mir noch nie passiert, ich muss sie einfach sehen, sie spüren, sie hören. Einmal ist sie an mir vorbeigegangen, als ich gerade Vanillecreme angerührt habe, und hat die Gelegenheit genutzt, meinen Hintern zu streicheln. Da haben wir einen so gruseligen Schrei gehört, dass wir zusammengefahren sind.

»Was ist das denn?«, hat Nathalie gerufen und mit dem Finger auf meinen Hintern gezeigt.

»Das?«, habe ich geantwortet. »Ich glaube, das ist mein Arsch.«

»Tut bloß nicht so schlau, euer Theater habe ich voll durchschaut. Warum hast du seinen Hintern angefasst, Leïla?«

»Das habe ich nicht extra gemacht, ich bin ausgerutscht und musste mich irgendwo festhalten.«

Nur mit Mühe konnten wir uns das Lachen verkneifen.

»Seid ihr zusammen?«

»Überhaupt nicht«, haben wir gleichzeitig geantwortet.

»Passt bloß auf, ihr zwei! Ich hab euch im Visier. Keine Liebesgeschichten hier im Laden, wir sind schließlich nicht bei einer Datingshow.«

Ich wusste nicht, was sie meinte, und bin stumm geblieben. Wir haben weitergearbeitet und gehofft, dass sie uns glaubt, aber ich habe da meine Zweifel.

In meiner Tasche vibriert mein Handy. Ich muss mich verstecken, um dranzugehen, sonst macht Nathalie mir tierisch die Hölle heiß. Es ist Jeanne. Ich schließe mich im Klo ein und antworte im Flüsterton.

»Alles klar, Jeanne?«

»Iris bekommt gerade ihr Kind.«

Ich muss mich drei Stunden gedulden, bevor ich wegkann. Nathalie würde mir niemals erlauben, vor dem Ende der Arbeitszeit zu gehen, also frage ich gar nicht erst. Kaum bin ich fertig, flitze ich ins Krankenhaus. Eine Frau fragt mich, ob ich ein Verwandter von Iris bin.

»Ich bin ihr Sohn.«

Sie begleitet mich in ein Zimmer.

»Es kann sehr lang dauern«, sagt sie. »Wollen Sie fernsehen?«

»Nein, danke. Es wird schon gehen.«

Sofort bereue ich meine Antwort. Mein Handy-Akku ist fast leer, und meine Fantasiewelt ist nur schwer erreichbar, wenn ich gestresst bin. Ich bin dazu verdammt, die Regeln des Hauses und die Plakate zum Thema Stillen und Hautkontakt zu lesen. Das erzähle ich Leïla, um sie zum Lachen zu bringen. Eine Stunde später kommt sie mit einem Ladekabel und belegten Broten vorbei.

Ich habe einen Knoten im Magen und kriege nichts runter, aber weil mich ihre Aufmerksamkeit so rührt, zwinge ich mich zu essen. Sie scheint es zu merken: »Hast du Angst?«

»Ein bisschen.«

»Du magst sie sehr, stimmt's?«

Ich überlege kurz, weil es so neu und ungewohnt und noch nicht wirklich in meiner inneren Datenbank gespeichert ist.

»Ja, sehr«, antworte ich. »Jeanne und Iris sind meine Familie.«

79

Iris

Gabin schläft zusammengekauert auf meiner Brust.

Gabin Dominique. Sein zweiter Vorname ist der meines Vaters.

Ich wusste nicht, was mich erwarten würde. Manche Frauen berichten von Liebe ab dem ersten Augenblick, andere brauchen Zeit, bis sie ihrem Kind wirklich begegnen. Ich hatte mich auf beide Möglichkeiten vorbereitet. Aber es war wie eine Explosion. Mein Herz hat sich geweitet, um ihn hereinzulassen. Als die Hebamme ihn mir auf die Brust gelegt hat, hat er mir in die Augen geschaut, und ich habe in seinem Blick alles gesehen, was er mir anvertraute, alles, was uns erwartete. Jetzt fühle ich mich ganz. Ich wusste gar nicht, dass etwas fehlte, bis er kam, um die Leere zu füllen.

Der Pfleger schiebt mein Bett auf den Flur und zurück in mein Zimmer. Jeanne geht neben mir her. Sie ist während der Entbindung, die neun Stunden gedauert hat, die ganze Zeit bei mir geblieben und hat meine Hand gehalten, hat mir Mut gemacht, mich beruhigt, hat sich die Ohren zugehalten, wenn ich Himmel und Hölle verflucht habe. Sie hat sich mit meiner

Mutter in Verbindung gesetzt, die sich gleich auf den Weg gemacht hat. Am späten Vormittag wird sie da sein.

Die Tür geht auf, im Zimmer sitzt Théo schlafend in einem Sessel. Als er uns hört, schreckt er hoch.

»Ich habe nicht geschlafen!«, verteidigt er sich mit halb geschlossenen Augen. »Leïla ist gegangen, sie musste sich ausruhen. Oh, der ist ja ganz klein!«

»Sag das mal meinem Damm.«

Er lacht. Behutsam drehe ich Gabin um, Théo beugt sich zu ihm hinunter, um sein Gesicht zu betrachten.

»Er ist hübsch. Ich weiß gar nicht, von wem er das hat.«

Jeanne gluckst, dann fragt sie mich mit Blicken, ob sie ihn anfassen darf.

»Willst du ihn auf den Arm nehmen?«, frage ich.

»Niemals!«, ruft Théo zurückweichend. »Beim ersten Mal geh ich noch nicht aufs Ganze.«

»Ich meinte Jeanne.«

»Ja, gern«, murmelt sie mit glänzenden Augen.

Unsere vier Hände heben ihn an, und nach einigen gewagten Handgriffen schafft sie es, Gabin in ihre linke Armbeuge zu legen. Behutsam streichelt sie seine Wange, nimmt seine winzigen Finger in ihre, gibt ihm einen Kuss auf die Stirn, und ich beobachte sie und frage mich, wie groß ein Herz werden kann, bevor es platzt.

»Ich muss zur Arbeit«, sagt Théo mit Blick auf sein Handy. »Aber ich komme heute Abend noch mal vorbei, falls du nicht zu müde bist.«

»Ich gehe mit dir«, antwortet Jeanne und gibt mir Gabin zurück. »Iris muss sich ausruhen und ich auch.«

Sie beugt sich zu mir herunter, gibt mir einen Kuss auf die

Stirn, dann tritt sie ein wenig zurück und schaut mir tief in die Augen.

»Danke, mein Schatz. Das war eines der schönsten Erlebnisse meines Lebens.«

Ich brauche ihr nicht zu antworten, mein Blick sagt ihr, was ich fühle.

Jetzt bin ich allein mit meinem Sohn. Sein Bauch hebt und senkt sich im Rhythmus seiner Atmung. Von Zeit zu Zeit gibt er ein leises Wimmern von sich. Er trägt eine Strampelhose aus weißem Samt und eine passende Mütze, beides von Jeanne genäht. Ich kann meine Augen nicht von ihm wenden. Ich weiß schon jetzt, dass ich diesen Anblick niemals satthaben werde. Dieses unsagbar Kleine lässt mich das unsagbar Große erleben.

Die kommenden Stunden werde ich allein mit meinem Sohn genießen. Ich werde seinen Geruch, sein Weinen, seine Zuckungen verschlingen. Und dann werde ich zurückkehren in diese Wohnung, in der ich an einem Tag des vergangenen Jahres zufällig gelandet bin, bei zwei vollkommen Fremden, auf deren nähere Bekanntschaft ich damals keine Lust hatte. Diese Wohnung, die nur ein vorübergehender Zufluchtsort sein sollte und die mein Zuhause geworden ist. Bei diesen vollkommen Fremden, die nur vorübergehende Mitbewohner sein sollten und die Freunde geworden sind. Ich werde mein Leben weiterleben, das Leben, zu dem sie nun gehören.

Vieles ist noch in der Schwebe. Ich weiß nicht, ob ich irgendwann eine eigene Wohnung finde, ob ich meine Arbeit als Physiotherapeutin wieder aufnehme, ob ich in Paris bleibe. Morgen ist ein anderes Leben. Aber eines weiß ich mit Sicherheit. Es gibt Bindungen, die Jahrzehnte brauchen, um sich zu festigen, während andere schon nach kurzer Zeit unauflöslich sind. Diese Bindungen sind Gewissheiten. Jeanne und Théo sind meine Gewissheiten. Was auch immer geschieht, das wird uns bleiben.

Epilog

15. Juni

Jeanne stellte ihre beiden Füße in die Sonnenpfütze auf ihrem Parkettboden. Auf den Tag genau vor einem Jahr hatte sie das Gleiche getan, hatte die gleiche Wärme genossen, die gleiche innere Ruhe verspürt, kurz bevor ihre Welt aus den Fugen geraten war. Lange Zeit stand sie so da, nackt, das Haar offen, die Augen geschlossen, und gab sich mit all ihrer Verletzlichkeit den Erinnerungen hin.

Als es ihr gelang, aus der Vergangenheit aufzutauchen, zog sie sich an, frisierte sich und ging ins Wohnzimmer zu Iris und Théo.

»Er ist eingeschlafen«, flüsterte die junge Frau.

Jeanne näherte sich der Wiege, die dicht neben dem Sofa stand. Zwei winzige Fäuste umrahmten das winzige Gesicht des Kindes, das jeden Tag ein bisschen mehr Platz in ihrem Herzen einnahm.

»Heute ist ein besonderer Tag«, sagte sie leise und setzte sich. »Der erste Jahrestag von Pierres Tod. Bisher habe ich es nie geschafft, euch davon zu erzählen, aber heute will ich es tun.«

Und Jeanne erzählte. Von dem Koffer, der geplanten Reise im Wohnmobil, dem blauen Himmel, davon, wie Pierre aus dem Haus gegangen war, um Brot zu kaufen, von der Menschenansammlung, der Herzmassage, dem Krankenwagen, dem letzten Blick. In einem Atemzug, nur das Gestern im Sinn, erzählte sie von den letzten Momenten eines vergangenen Lebens. Sie sah nicht, wie Théo erblasste. Sie sah nicht, wie Iris sich eine Hand auf den Mund legte.

Im Laufe unseres Lebens begegnen wir Tausenden von Menschen. Zwischen ihnen und uns entstehen unsichtbare Verbindungen und formen den Menschen, der wir sind. Manche Verbindungen sind flüchtig, andere von Dauer, alle beeinflussen unser Leben. Von der Person, mit der man in einer Warteschlange ein paar Worte wechselt, bis zu der, mit der man beschließt, einen Teil des Weges zu gehen. Es gibt Gesichter, die den eigenen Weg nur kreuzen, und andere, die bleiben. Es gibt Gesichter, die man sich aussucht, und solche, die sich aufdrängen. Es gibt Gesichter, die man vergisst, und die, die einen prägen. Und es gibt Gesichter, denen man mehrmals begegnet.

Iris. Théo. 15. Juni vor einem Jahr.

Théo erinnerte sich an Nathalies Schrei: »Der Kunde ist in Ohnmacht gefallen!« Erst seit wenigen Tagen war er Lehrling in der Bäckerei gewesen. Er hatte sich an die in seinem Erste-Hilfe-Kurs erlernten Handgriffe erinnert, war nach draußen gerannt, hatte sich neben den auf dem Bürgersteig liegenden Mann gekniet und eine Herzmassage gemacht.

Iris erinnerte sich an die Menschenansammlung. Schaulustige hatten sich um jemanden geschart, der in Ohnmacht gefallen war. Sie selbst war auf dem Weg zu einem Vorstellungsgespräch bei einem Pflegedienst dort vorbeigekommen. Sie hatte gefragt, ob jemand den Notarzt gerufen habe, und als keine Antwort gekommen war, hatte sie es selbst getan.

Beide erinnerten sich an die ältere Dame, die barfuß auf den Bürgersteig gerannt kam. Als der Krankenwagen da war, hatten sie den Ort des Geschehens verlassen, hatten sich noch an die Tränen der Frau erinnert, nicht aber an ihr Gesicht.

Jeanne hörte sich an, wie sie ihr erzählten, dass ihre Wege sich schon einmal gekreuzt hatten. Dass sie miteinander verbunden waren, ohne es zu wissen. Wie leid es ihnen tue, dass sie ihn nicht hatten retten können.

Lange saß sie schweigend da, verarbeitete das Vernommene, staunte über die Geheimniskrämereien des Lebens, schaute in die beiden Gesichter, denen sie begegnet war, ohne sie gesehen zu haben, und lächelte.

»Ihn habt ihr nicht gerettet, aber mich.«

Dank

Als ich begonnen habe, diesen Roman zu schreiben, wusste ich nur eines mit Sicherheit: Er würde von Begegnungen handeln. Ich bin überzeugt, dass die Menschen, die man im Laufe seines Lebens trifft, dem eigenen Weg eine Richtung geben. Deshalb denke ich jetzt, da ich meinen Dank niederschreibe, an all jene Begegnungen, die mich tagtäglich als Frau und Romanschriftstellerin formen.

Dank an meine Familie – meine Basis, mein Fundament, meine Pfeiler, mein Sauerstoff: meine Kinder und mein Mann, mit denen ich meine Tage, meine Nächte und mein Herz teile. Meine Mutter, mein Vater, meine Schwester, mein Neffe, meine Nichte, meine Großeltern, meine Tanten, meine Onkel, allesamt so wichtig.

Dank an meine Freunde – meine Gewissheiten: Sophie, Cynthia, Serena, meine lieben Bertitis, die mir bewiesen haben, dass einem wahre Freundschaft in jedem Alter begegnen kann, Marine, Gaëlle, Baptiste, Justine, Yannis, Faustine, dafür, dass ihr schon so lange an meiner Seite seid.

Dank an die, die bereit waren, meinen Text zu lesen, bevor er zu euch, meinen Leserinnen und Lesern, kam, und deren Anmerkungen es mir erlaubt haben, ihn zu verbessern: Arnold, Muriel, Serena Giuliano, Sophie Rouvier, Cynthia Kafka, Baptiste Beaulieu, Constance Trapenard, Audrey, Marie Vareille, Michael Palmeira, Sophie Bordelais, Florence Prévoteau, Marine Climent, Camille Anseaume.

Unendlicher Dank gilt Fabien alias Grand Corps Malade, nicht nur ein begabter Künstler, sondern auch ein großzügiger Mensch, der bereit war, mich seinen wunderschönen Titel »Il nous restera ça« verwenden zu lassen. Ich möchte euch dazu animieren, seine Platten zu hören, besonders die, welche diesen Titel trägt. Seit Jahren muss ich beim Anhören von »Pocahontas« weinen.

Dank an meine Verlegerin Alexandrine Duhin für ihre zuverlässige Präsenz und ihre Worte, die mich immer wieder auf Kurs bringen, wenn ich ins Stocken gerate.

Dank an Sophie de Closets für ihr Vertrauen, ihren aufmerksamen Blick und ihre Freundschaft.

Dank an all jene, die im Schatten arbeiten, damit meine in die Tasten geschriebenen Worte zu dem Buch werden, das ihr in den Händen haltet, Menschen, mit denen in vielen Fällen schöne Beziehungen entstanden sind.

Bei Fayard: Jérôme Laissus, Sophie Hogg-Grandjean, Katy Fenech, Laurent Bertail, Carole Saudejaud, Catherine Bourgey, Éléonore Delair, Florian Madisclaire, Pauline Duval, Romain Fournier, Pauline Faure, Ariane Foubert, Véronique Héron, Iris Neron-Bancel, Florence Ameline, Clémence Gueudré, Anne Schuliar, Delphine Pannetier, Martine Thibet.

Bei Livre de poche: Béatrice Duval, Audrey Petit, Zoé Niewdanski, Sylvie Navellou, Claire Lauxerrois, Anne Bouissy, Florence Mas, Dominique Laude, William Koenig, Bénédicte Beaujouan, Antoinette Bouvier.

Dank an die Vertreter und Vertreterinnen, die sich große Mühe geben, damit meine Bücher bis zu euch gelangen.

Dank an die Buchhändler und Buchhändlerinnen, die trotz der beiden schwierigen letzten Jahre ihrer Leidenschaft treu geblieben sind und Brücken zwischen Autoren und Lesern gebaut haben.

Dank an Valérie Renaud dafür, dass sie der Suche nach dem wundervollen Cover dieses Buchs so viel Zeit gewidmet hat.

Dank an Lorraine Fouchet und Valérie Perrin, zwei schöne, auf Buchmessen entstandene Kontakte.

Dank an die Blogger und Bloggerinnen, die so bereitwillig ihre Liebe zu den Büchern verbreiten.

Und einen riesigen, aufrichtigen und tief empfundenen Dank an euch, liebe Leserinnen und Leser. Vielfach kenne ich eure Gesichter, eure Stimmen nicht, da wir uns nie begegnet sind und nie geschrieben haben. Und doch gehört ihr zu meinen schönsten Begegnungen. Danke für diese unsichtbare Präsenz, die mir so viel gibt.